KOHGYAKU NO FANFARE
[YONHIKI NO UREFUJIN]

FRANCE SHOIN BUNKO

X

肛虐の凱歌《ファンファーレ》
【四匹の熟夫人】

結城 彩雨

フランス書院文庫X

肛虐の凱歌《ファンファーレ》【四匹の熟夫人】

もくじ

フランス書院文庫X

肛虐の凱歌《ファンファーレ》
【四匹の熟夫人】

Ⅰ 准教授夫人・真紀

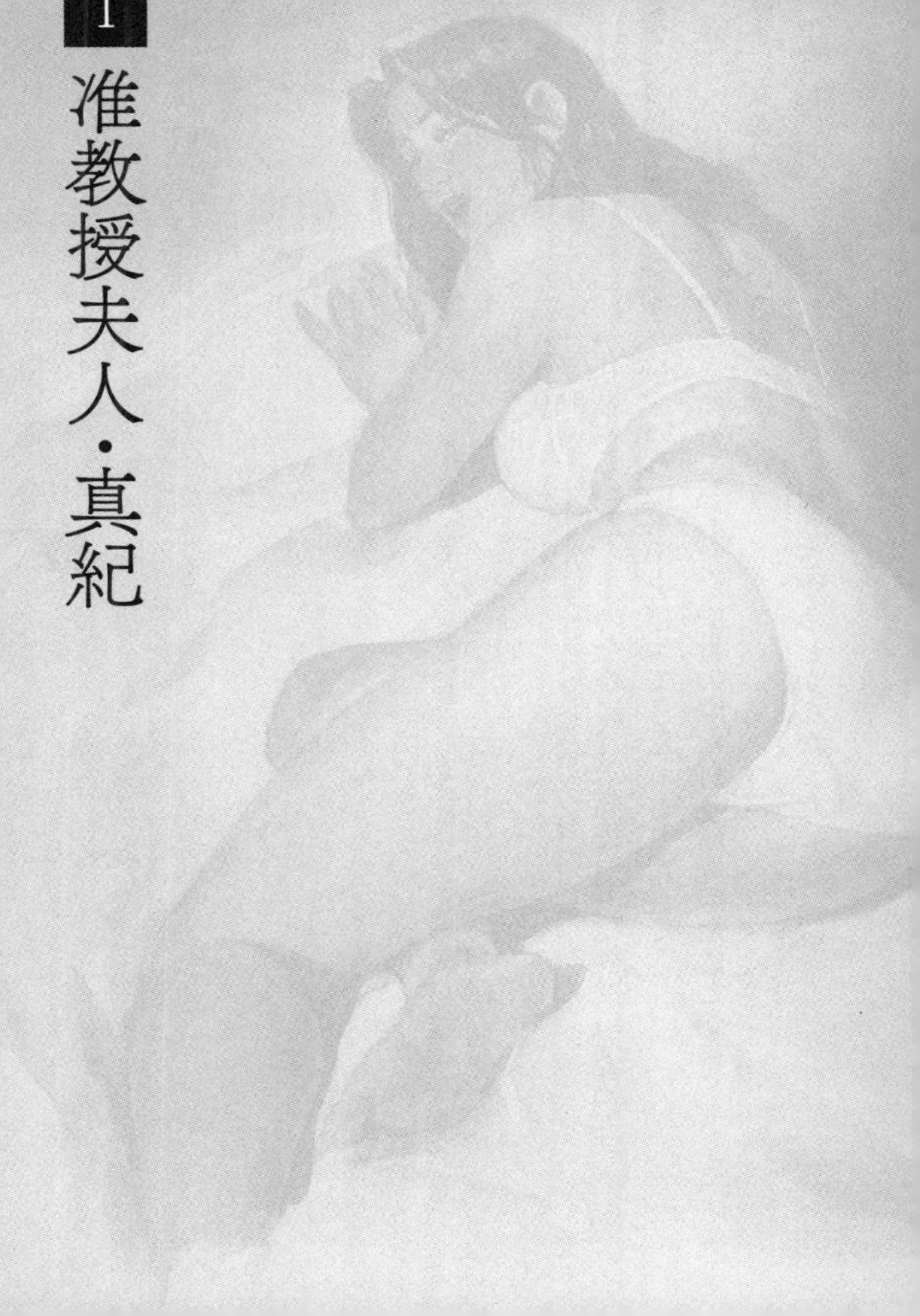

第一章　肛虐の予習

1

学部長が次の教授に森下を推薦すると言われた時、木戸は目の前が真っ暗になった。

「なぜ森下なんですか。理由を聞かせてください」

木戸は学部長につめ寄った。

自分が推薦されるとばかり思っていた。そのために、学部長や主な教授にはワイロまがいの贈り物をしてきたし、いろいろ手を打ってきたつもりだった。

「森下くんは研究や授業にきわめて熱心だ。中世の魔女狩り研究のためとか言って、派手に女遊びをしている君とはちがう」

学部長にズバリ言われて、木戸は引きさがるしかなかった。

学部長は木戸の女遊びを不快に思っている。これ以上食いさがれば、かえって木戸のボロが出るばかりだ。

なにしろ木戸は、教え子の女子大生にも手を出しているし、いかがわしいＳＭクラブにも出入りしている。

（くそッ、森下の奴）

木戸は腹が立ってならない。

木戸と森下は学生時代からのライバルで、今は二人とも准教授である。ただ森下のほうは、木戸をよき友人と思っているらしく、まじめなだけにこれまでも木戸をかばうことが多かった。

木戸も少なくとも、表面上は友人を装った。それは森下の妻の真紀のためだ。

今でも婚約者だと真紀を紹介された時のことを、木戸ははっきりと覚えている。真紀の美しさと、ワンピースの上からもわかる見事なプロポーション。女遊びをしている木戸も、一瞬声を失って見とれたほどだ。

それ以来、木戸は真紀に淫らな想いを持ちつづけている。

（森下なんかにはもったいない。チャンスがあればこの俺が……）

そう思いつづけて三年、真紀はいまやムンムンと匂うように色っぽい三十四歳の人妻になった。

つい数日前も、森下に誘われて真紀の手料理をごちそうになったが、木戸は真紀の双臀の張りを見るたびにズボンの前が硬くなった。我れを忘れてしゃぶりつきたくなったほどだ。

そんな真紀への淫らな想いと、教授の座を森下に奪われる怒りが入り混じって、木戸は恐ろしいことを考えはじめた。

（森下、お前が教授の座を奪うなら、俺はお前の一番大事な女房を奪ってやる。ただ奪うんじゃなくて、牝の奴隷に堕としてやるからな）

そんな想いが見るみるふくれあがり、木戸の口からひとりでに笑いがこぼれた。

どんなふうに真紀を罠にかけるか……真紀を誘拐監禁し、ひと思いにレイプする方法もあるが、それでは能がないというものだ。それよりも真紀をジワジワと追いつめ、夫の森下にはわからないように調教するほうが、楽しみも大きい。

そして木戸が仕掛けた罠が、森下教授内定の前祝いだった。木戸は他の准教授や助手らに声をかけ、スナックを借りきって祝賀パーティーを開くことにした。

「木戸、まだ内定も出ていないのに前祝いだなんて……」

と渋る森下を説得し、木戸は強引に事を進めた。

同僚と後輩たちによる内々のパーティーということで、森下はしぶしぶ妻の真紀と同伴で参加した。

　参加者は二十人。

「おめでとう、森下くん。いよいよ教授だな」

「今度の教授の内定は、森下くんだと思っていたよ。実力から見ても順当な人事だと思う」

「あとは正式な内定が出るのを待つだけですね、先輩」

　皆、口々に森下を祝福した。

　木戸も真紀に歩み寄ると、

「おめでとう。奥さんもじきに教授夫人ですね。友人として、森下ご夫妻を心より祝福させてもらいますよ」

　心にもないことを言い、カクテルを勧めた。

　そして酒を一気に飲み干す乾杯を全員でした。

　美しい真紀は紫のスーツに身を包み、首には真珠のネックレスが光り、いつもは肩まである黒髪はアップにまとめられ、まばゆいばかりの美しさだ。唇の燃えるようなルージュの赤が、人妻の色気をいっそう感じさせる。

さすがの木戸も正面から見つめられると圧倒される。思わず胴ぶるいがくるほどだ。そんな美しい真紀は、とくに若い助手たちにとってはあこがれの的であり、木戸がひとり占めしておくのは不可能だった。

木戸は強引に真紀と話をしようとはせず、あっちこっちとまわりながらチラチラと真紀の様子をうかがい、時々カクテルを持って歩み寄っては、

「さあ、みんなで森下の教授内定を祝って乾杯だ。一気に飲み干そう」

と、真紀に何杯も飲ませた。

それが恐ろしい罠とも知らず、真紀は夫が教授になれるうれしさもあり、また乾杯の声にもあおられて、カクテルを口に運んだ。

「木戸さん、もう勧めないで。これ以上飲んだら、私、本当に酔ってしまうわ」

そう言う真紀の美しい顔は、ほんのりとピンクに染まっていた。

それが木戸をいっそうゾクゾクさせ、スーツを剝ぎ取ってピンクの肌を見たい衝動に駆られる。

木戸は、はやる気持ちをグッと抑えた。

あせることはない。着実に計画を進めれば、真紀はまちがいなく罠にかかる。

パーティーが終わると、木戸は森下を二次会へ誘った。

「同期の男だけといこうじゃないか、森下。大丈夫、奥さんは俺のゼミの学生に送らせるから」

「せっかくだけど、もうだいぶ酒もまわっているし、僕はここで……」

「教授になったら准教授の俺とは、もう飲めないと言うのか、森下」

「そうじゃない……わかったよ、木戸。付き合うよ」

いつも強引な木戸に押しまくられる森下だ。

スナックを出ると、通りに車で学生が二人待っていた。木戸のゼミの、川島と村田である。

木戸はもうフラフラしている真紀を、車の後部座席に乗せた。

「いいな。ちゃんと森下准教授夫人を家まで送り届けるんだぞ。失礼のないようにな」

木戸はわざと大きな声で助手席と運転席の川島と村田に言うと、

「カクテルに入れた薬が効きはじめてるからな。家に着く頃にはグッタリだ。予定通りに進めるんだぞ」

まわりには聞こえないようにささやいた。

「わかってますよ。その代わりに俺たちとの約束も守ってくださいよ、木戸先生」

村田がささやくと、木戸はわかっているとうなずいた。

木戸が村田と川島の二人と交わした約束とは、今度落第すれば退学になる二人に、期末テストの主要課目の問題を事前に教えることと、もうひとつ、女子大生が木戸のところへ川島と村田にレイプされたと訴えてきた事件を、木戸のところで揉み消すことだった。

その代わりに川島と村田は、木戸の計画に手を貸すことになっていた。

そんなこととも知らない森下は、川島と村田に「よろしく頼むよ」などと人のよいことを言っている。

真紀を乗せた川島と村田の車が走り去ると、木戸は森下の肩に手をかけ、

「森下、お前の教授内定が決まって、俺は本当にうれしい。今夜はとことん飲もう」

親友を気どって別の店へと向かった。

(うまくやれよ、村田に川島)

木戸は胸の内で何度も言った。

学生の川島と村田は、車を走らせながら何度も後部座席の真紀を振りかえった。

「すごい美人だな。あの森下にこんな美人の女房がいたとは」

「マジメ先公の女房ってんで、どんなブスかと思ったけど、とんでもねえぜ。こんないい女は今まで見たことがねえ」

川島と村田はヒソヒソとささやき合った。

後部座席の真紀は、木戸がカクテルにそっと混ぜた薬が効果を表わしたのか、もうシートの背もたれに頭をもたせかけ、両目を閉じてグッタリとしていた。

村田と川島のささやきも聞こえず、スーツのスカートがズリあがって太腿がなかば剝きだしになっているのも気づかない。

「いい身体してるぜ。あの太腿を見てみろよ。たまらねえ……」

「試験問題を教えてもらえて、レイプも揉み消してくれるうえに、こんないい女を楽しめるなんて、夢みてえだな」

「いろいろ遊んできたけど、人妻ってのは初めてだな。どんな味をしてるか楽しみだぜ、へへへ」

村田と川島はニヤニヤとだらしなく笑って、舌なめずりした。

森下准教授の家までは木戸にもらった地図で三十分ほどなのだが、その三十分が村田と川島にはひどく遠く思えた。

ようやく家の前に車を停めた時には、村田と川島は焦れたように目の色が変わっていた。さっきから真紀を見ているだけでも、ズボンの前はもうパンパンである。

「奥さん、着きましたよ」

「大丈夫ですか」

そんなことを言って後部座席の真紀の肩をゆらし、反応をうかがう。

真紀はうつろに目を開いた。意識を完全に失ってはいなかったが、もうろうとしている。村田と川島に左右から抱き支えられて、家のなかへと連れこまれる。

川島がさりげなくスカートの上から双臀を撫で、村田が乳房のふくらみをいじっても、真紀はなにをされているのかもわからないようだ。

それが川島と村田を大胆にした。

「木戸が言った通りだぜ。薬の効き目はたいしたもんだな」

「へへへ、完全に気を失ってる奥さんを犯るんじゃ、今ひとつおもしろくないからな」

川島と村田はニヤニヤと笑いながら、玄関に入ると真紀のハイヒールを脱がせ、ほとんど抱きあげるようにして寝室へ向かった。

「う、う……」

真紀はなにをされるのかもわからず、うつろに目を開いたまま、低くうめいただけだ。

2

寝室をさがして真紀を連れこむと、ベッドの上へあお向けに横たえた。

「いよいよお楽しみだ、へへへ」

「カメラを忘れねえようにしねえと、あとで木戸に怒られるからな」

「百枚は撮れとは、木戸もよく言うよな。それも、奥さんが積極的にいどんでるように見せろとはよ」

「ボヤくな。その分、これだけいい女を楽しめるんだ」

川島と村田はカメラを三脚にセットすると、もう欲望を抑えきれないというように服を脱いで裸になった。若くたくましい肉棒は、もう天を突かんばかりに屹立して、その欲情の昂りを物語るように脈打っていた。

そして村田と川島は互いに顔を見合わせてうなずき合うと、左右からベッドの真紀に手をのばした。

真紀のスーツの上衣を脱がせ、ブラウスのボタンをはずして袖から両腕を抜く。さらにスカートのホックをはずし、ファスナーを引きさげ、スカートを足もとから抜き取る。

下は淡いブルーのスリップで、その下にやはりブルーのパンティとブラジャーが透けて見えていた。

「ああ……」

真紀は小さく声をあげたが、意識はうつろで裸にされていくこともわからない。

村田と川島は無言でスリップの肩紐をはずして引きさげると、パンストといっしょにつま先までめくりおろして抜き取った。

もう真紀はブラジャーとパンティだけだ。剝きだしの肌は白く肌理が細かく、まぶしいばかり。

「高級な下着をつけてるじゃないか。さすがに人妻だな」

「この肌だってムチムチだぜ。女子大生とは較べものにならない色気だ」

村田と川島はうなるように言った。

ゴクリと喉を鳴らし、ブラジャーのホックをはずしにかかった。ブラジャーを取ると、驚くほど豊かな乳房が、ブルンとゆれて露わになった。

どんな男でも思わずハッと息を吞む見事な真紀の乳房。白くシミひとつなく、人妻の成熟味があふれんばかりで、見ていて吸いこまれる。

それがいっそう村田と川島の欲情をあおり、二人はふるえる手で真紀のパンティのゴムに指をかけた。一気に足もとまで引きさげる。

「綺麗だ……」

「なんていい身体をしてるんだ……」

村田と川島の目がまぶしいものでも見るように細くなった。

一糸まとわぬ人妻の全裸が目の前に横たわっている。

今にも乳首から乳が垂れそうな豊満な乳房、なめらかな腹部と細い腰、そして成熟味がムンムンと匂う太腿、その付け根には艶やかな茂みが、ムッとするような匂いを立ち昇らせて妖しくもつれ合っていた。

白い肌に茂みの黒が、ひときわ鮮やかで、人妻のかぐわしい色気を倍増させた。

「たまらねえ……」

同時につぶやいたと思うと、村田と川島は左右から真紀の足首をつかんで、大きく割りひろげた。

そして太腿の間を食い入るように覗きこむ。二人とも目は血走り、息も荒くなって、淫らな欲情を剝きだした。

艶やかにもつれ合った繊毛におおわれた丘は小高く、そこから肉の割れ目が切れこみ、それは左右に開いた内腿の筋に引かれてほぐれ、妖しくピンクの肉襞をのぞかせていた。そのしっとりとした柔肉に、いやでも川島と村田の目は吸いついた。

「人妻だというのに、綺麗な色をしてるじゃねえか」

「形も崩れてねえし……こりゃいいオマ×コしてるぜ。たまらねえな」

手をのばして真紀の割れ目を左右へひろげ、覗きこみながら、川島と村田は舌なめずりをした。

そして人妻の肉の構造を確かめるように、丹念に指でまさぐりはじめた。

川島が真紀の膣に指を沈めてまさぐれば、村田は真紀の女芯の包皮を剝いて肉芽をいじる。

もう一方の手は自然と真紀の乳房にのびて、タプタプと揉みこみはじめた。

「あ……ああ……」

真紀は声をあげ、うつろな美貌を右に左に振ったが、相変わらずなにをされているのかわからず、意識はもうろうとしたままだ。ただ真紀の身体だけが、男たちの手に反応している。それは夫婦生活で培われた人妻としての性感覚が、勝手に反応すると言ってよかった。

川島と村田は互いに分担を決めていたのか、うまく真紀の身体を愛撫していく。

川島が真紀の媚肉を指でまさぐりつつ、肉芽を口に含んで吸い、舐めまわしはじめた。村田のほうは真紀の乳房を揉みながら、乳首を舐めまわしてはチュウチュウ吸い、時々ガキガキと噛む。

「ああ……あむ……」

意識がうつろなまま、真紀のあげる声が露わになり、その回数も多くなった。意識がもうろうとなっている分、男たちの指や唇と舌が送りこんでくる刺激がストレートに身体の芯に反応する。

刺激を受ける肌が熱をはらみ、まず反応は乳首にきた。しだいに乳首が硬くなって、ツンととがっていく。

そして吸いあげられる肉芽も、充血してヒクヒクと大きくなりはじめた。それとともに、指でまさぐられる媚肉も肉襞が充血してじっとりとしてきた。

いつしか熱をはらんだ身体の奥から、愛液がジクジクと溢れはじめ、真紀の腰が小さくふるえだした。

「あ、ああ……」

半開きの真紀の口から、ハアハアと熱い吐息が出た。

「敏感な身体してやがる。さすがに人妻だな、へへへ」

「もういいんじゃねえのか。ぶちこんでやれよ、川島」

「ＯＫ、写真のほうを頼むぜ」

川島はニヤリとすると、真紀の左右へ割り開いた両脚の間に位置して、上からのしかかるようにして腰を突きだした。

たくましく屹立した肉棒の頭で真紀の媚肉の割れ目をなぞるようにしてから、ゆっくりと分け入っていく。

もうろうとした真紀の抵抗は、まったくと言ってよいほどなかった。

「あ、あなた……あむむ……」

川島が一気に押し入った瞬間、真紀はそう叫んだ。うつろな真紀の脳裡には、夫との愛の営みがよぎっているのか。

川島はできるだけ深く埋めた。

肉棒の先端が真紀の子宮口に届き、ズンと突きあげた。

「ああ……」

ビクンと真紀の腰がふるえ、上体がのけぞった。

「どうだ、川島」

カメラを手に結合部を覗きながら、村田が聞いた。

「すげえぜ……薬で半分気を失ってるってのに、クイクイ締めつけてきやがる。これが人妻の味か」

川島はうなるように言った。

「そんなにか……よし、まずは写真だ」

村田はうつろな真紀の両手を川島の体にまわし、さも真紀が自分から積極的に川島に抱きついているようなポーズをとらせて、カメラのシャッターを押した。

さらに真紀の両脚も川島の腰に巻きつかせ、シャッターを押す。真紀は意識がもうろうとしているだけで気を失っているわけではないので、ほとんど村田にされるがままにポーズをとらされた。

「もう楽しんでもいいぞ、川島。あとの写真は奥さんがもっと気分を出してからだ」

「それじゃ、奥さんにうんと気分を出させてやるか」

川島はうれしそうに腰を動かし、真紀を突きあげはじめた。

突きあげるたびに肉が締まり、肉襞が妖しくからみついてくる。その妖美な感触が川島をうならせた。

「こいつはすげえぜ」

川島はたちまちのめりこんでいく。美しい真紀の顔を見ているだけで、今にも果てそうになって、川島は必死にこらえた。

「ああ……あなた、ああ……」

真紀はハアハアと火の息を吐いてあえぎつつ、うつろな頭をグラグラとゆらした。

その両手は無意識のうちに川島に抱きついたままだった。

川島はしっかりと真紀を貫いたまま、ゴロリとあお向けにころがって、真紀を上に乗せた。

「いいポーズだ。奥さんのほうから川島にいどみかかっているってとこだな、へへへ」

これなら木戸のリクエストの写真にぴったりだ、と村田はカメラをかまえてたてつづけにシャッターを切った。

「次はこのポーズだ」

川島は上体を起こすと、膝の上に真紀を抱く格好で下からグイグイと突きあげた。

さらに真紀を深く貫いたまま後ろ向きに回転させる。

真紀の両脚をあぐらをまたいで大きく開かせ、後ろから深々と串刺しにされた媚肉を、カメラのレンズにさらした。

たっぷりと写真に撮らせてから、真紀の上体をベッドに伏せさせ、双臀を高くもたげさせて、後ろから突きあげる。

「ああ、あうッ……ああ……」

真紀はわけもわからず官能に翻弄されるようで、あられもない声をあげてシーツをキリキリと噛みしばった。

川島が肉棒を打ちこみ、下腹を押し当てるたびに真紀の豊満な双臀がブルンとゆれ、乳房が重たげにはずんだ。

「これだけいいオマ×コしてりゃ、一発で妊娠するかもな」

「かまやしねえよ。あとは木戸にまかせりゃいいんだ」

「それじゃドボッと注いでやるか」

川島はニヤッと笑うと、しっかりと真紀の腰をつかんでスパートをかけた。

3

川島につづいて村田が真紀を犯しにかかり、今度は川島がカメラをかまえる。

「こいつはたまらねえ。こんないいオマ×コは初めてだ」

村田はもう真紀に夢中だ。

真紀は意識がもうろうとしたまま。

だが、村田にはどうでもいいことだ。ヒクヒクとまとわりつき、からみついてくる妖美な肉の感触が、快美の世界へと引きずりこむ。

「あ、あなた……ああ……」

真紀がまた、夫のことを口にした。

「へへへ、亭主に抱かれてる気になってやがる。それでそんなにオマ×コをとろけさせてるんだな」

どれ、ヌルヌルのオマ×コもしっかり撮っとかなくちゃよ、と川島はカメラをかまえた。

川島は、村田に横向きで後ろから真紀を貫くポーズをとらせ、真紀の上の脚を開いて村田の太腿の上へ乗せさせ、開ききった股間と真紀の顔がレンズにおさまるような位置からシャッターを切った。

たくましい肉棒に貫かれ、しとどの蜜を吐く媚肉は、赤く充血して生々しい。ハァハァとあえぐうつろな美貌は官能のなかに恍惚としている。

この写真を見たら、誰もが真紀がよがり狂っているとしか思えない。

「抑え気味にやらねえと負けちまうぞ。なんたって極上のオマ×コだからな」

川島がそう言う間にも、真紀に夢中の村田は抑えがきかなくなる。

「すげえッ……クソッ、う、ううッ」

村田は吠えるようにうめいたと思うと、もうこらえきれずに白濁をドッと放った。

「あ、ああッ」

真紀も自分のなかで一気に膨張する肉棒と、灼熱がほとばしるのを感じたのか、生々しい声をあげてのけぞった。

その瞬間を狙って、川島はたてつづけにカメラのシャッターを切った。

「だからあせるなと言ったじゃないか。十分ももたないとはお前らしくもない」

川島が言うと、真紀から離れた村田はニガ笑いした。

「奥さんの顔を見たら、我慢できなくなっちゃってよ、へへへ、なあに第二ラウンドじゃもうヘマはしねえよ」

「それじゃ俺も第二ラウンドといくかな」

川島がカメラを村田に手渡して、ベッドの上へあがろうとした時、木戸が姿を現わした。

「犯るのは一回だけだと言ったはずだぞ」

木戸は肩にかついできた森下を、隣りのベッドにドサッと落として言った。

さんざん酒を飲まされ、それも睡眠薬入りとあって森下は死んだように眠っている。

「すみません、先生。あんまり奥さんが色っぽいんで、つい……」

「先生に言われた通りに、ぱっちし写真は撮っておきました」

突然現われた木戸に川島と村田はあわてて、ペコペコと頭をさげて言いわけをした。

木戸はそれ以上は言わない。美しい真紀を前にして、一回きりでやめろと言うほうが無理かもしれない。

木戸はベッドの上の真紀を見おろした。

一糸まとわぬ全裸の真紀は、白くなめらかな腹部をさらして横たわっている。

白い肌は汗にじっとりして、いたるところに川島と村田のキスマークがついていた。官能味あふれる太腿は開いたままで、濡れ光る茂みの奥も生々しくひろがったまま、注ぎこまれた男の精をトロリとしたたらせた。

「ご苦労だったな、すべて予定通りというわけだ」

しゃがみこんで覗き、木戸は低い声で言った。

真紀は自分の身体になにをされたのかも、木戸が現われたことも知らず、グッタリとしたまま、もう両目を閉じている。

木戸は手をのばすと、しとどに濡れそぼった媚肉のひろがりを、指でつまんでさらにひろげた。

蜜にまみれて充血した肉襞はまだヒクヒクとうごめき、肉芽も赤くとがっている。

そこだけが、別の生き物のようだ。

「こりゃすごい……」

木戸は声がうわずった。

「いい味してますよ、この奥さん。からみついてきて吸いこまれるようで……油断するとすぐ負けますよ」

「さすがに木戸先生、いい女に目をつけますねえ、へへへ」

後ろから川島と村田も覗きこみながら、さっきまでの肉の感触を思いだして言った。川島と村田も、また肉棒はビンビンである。若いだけあって、真紀の肉体を前にすると回復も早い。

「木戸先生は犯らないんですか」

川島が聞いた。

「フフフ、ごちそうはゆっくり味わわなくちゃな。まして最高のごちそうだ」

木戸はニンマリとした。

あせることはない。若い学生の川島と村田のように、意識のはっきりしない真紀を犯してもおもしろくない。真紀を犯す時は、もっとも屈辱的で効果的な方法でやるつもりだ。その舞台装置はもう考えてある。

木戸は充分に覗きこんでから、真紀をゴロリとうつ伏せにひっくりかえした。白くなめらかな背中、そしてまるで白桃のようにムチッとした双臀、木戸の目は吸いついた。

思わず胴ぶるいがきた。

なんと見事な真紀の双臀か。まるで半球のように形がよく、その豊かな肉づきに人妻の色香がつまっている。臀丘の谷間も深く、神秘的な感じすらある。

いい尻をしていると思っていたが、目の前に見る真紀の双臀のすばらしさは、木戸の予想をはるかに超えた。

「尻には手をつけなかっただろうな」

そう言いながら、木戸は真紀の双臀を撫でまわしてから、おもむろに臀丘の谷間を割りひろげた。

深い谷間の奥に、真紀の肛門がひっそりとのぞいた。それは可憐にすぼまって、川島や村田が手をつけていないのは、ひと目でわかった。

木戸は食い入るように覗きこんだ。夢にまで見た真紀の肛門だ。

(森下の奴も手をつけていない、バージンアナルだ。こりゃ調教しがいがあるというものだ)

木戸はゾクゾクとした。

すぐにでも指で触れたい、いや、唇で吸いつきたい衝動に駆られたが、木戸はグッとこらえた。

肛門責めこそ、真紀がいやがって泣き叫んでくれないとおもしろくない。

「木戸先生……」

川島と村田が後ろで同時に言った。

「なんだ」

木戸は真紀の肛門を覗きこんだままで言った。

「た、頼みますよ、先生。あと一度だけ……一度でいいんです」

「俺なんかさっきは十分もたなくて、これじゃ物足りなくて……」

川島と村田は淫らな欲情を抑えきれなくなって、すがるように木戸に頼んだ。

木戸はすぐには返事をしなかったが、真紀の双臀から手を離してゴロリとあお向けに戻すと、川島と村田を振りかえった。

「いいだろう。ただし今度は二人がかりでだ。奥さんのオマ×コと口を使ってな」

木戸はニヤリと笑って、足もとのカメラを取りあげた。

二人の学生とからみ合う真紀を見物し、写真に撮るのもおもしろい。

喜んだのは川島と村田だ。

「これだから木戸先生って大好きです。話がわかるんだから」

「その代わり、川島と村田にはこれからも私のために働いてもらうぞ」

「わかってますって、先生」

そう言った川島と村田は、もうベッドの上の真紀の裸身にしゃぶりついていた。

「こら、写真を撮るんだから協力せんか。いかにも奥さんが二人を誘ってリードしているように見せるんだ」

木戸に言われて川島と村田は、真紀の手を自分たちの肩や腰にまわさせ、さも真紀が二人を抱こうとしているようなポーズをとらせ、左右の手にたくましく屹立したものを握らせた。

「その調子だ。自分からオマ×コと口に咥えこもうとしているポーズもとらせろ」

木戸は次々に注文を出しながら、カメラのシャッターを切っていく。

「あ……ああ……」

もうろうとしたまま、真紀はまたあえぎはじめた。そのあえぎも、口のなかへガボッと肉棒を押しこまれ、ほとんど同時に媚肉を貫かれて、くぐもったうめき声に変わった。

第二章　姦淫の学舎

1

翌朝、目を覚ました真紀は頭がガンガンして、すぐには起きあがれない。

（飲みすぎたのかしら……）

そう思った真紀は、次の瞬間にハッとした。

一糸まとわぬ全裸でベッドに横たわっている自分に気づいたのだ。

しかも、身体中にキスマークのあとが、そして肉の最奥には白濁の精を注ぎこまれた名残りが、はっきりとあった。口もとには白濁が乾いてこびりついていて、乳首も媚肉もヒリヒリうずく。

（そ、そんな……）

真紀はわけがわからない。昨夜、夫の教授内定の祝賀会のあとからの記憶が、まったくないのだ。

あわてて横を見ると、隣りのベッドで夫は、まだイビキをかいていた。本当に、夫なのか……。これまでこんなふうに夫に愛されたこともないし、朝まで全裸で寝たこともなかった。

寝室のなかには、真紀のスーツや下着がちらばっていた。

(………)

真紀は状況が呑みこめないままにベッドから出ると、ちらばった衣服を片づけてバスルームへ向かった。

頭からシャワーを浴びて、身体を洗い清めた。

(どういうことなの……)

真紀は何度も自問した。

酔って帰って寝てしまった真紀を、あとから戻った夫が酔った勢いで……そう考えるしかなかった。しかし、そんな夫ではないのだ。いくら考えても、真紀の記憶はなかった。

そのころ木戸は、日曜日にもかかわらず大学の研究室で、現像したばかりの写真を机の上に並べて、ニヤニヤながめていた。

「フフフ、どれもよく撮れてる。すごい写真ばかりだ」

木戸は今にも涎れを垂らさんばかりになって、何度も写真を見た。

どれも真紀の股間が生々しく、村田や川島とつながっているものばかりだ。百枚の予定だったが、全部で三百枚は撮っていた。

その写真のなかから、真紀の顔と男を受け入れている股間がはっきりとわかる写真や、いかにも真紀が二人の学生を誘ってリードしているように見える写真を、二十枚ほど選んだ。

それを真紀に見せた時のことを思うと、木戸は胴ぶるいが出た。

ついに真紀をものにする切り札を手に入れたのだ。

すぐにでも写真を持って真紀のところへ行きたい気持ちを抑えて、木戸は一日待つことにした。月曜日になれば、森下は朝から担当の授業やらゼミが夜までつまっているが、木戸は丸一日ひまだ。

そして月曜日の朝、木戸は森下が大学の研究室へ出勤してきたのを確かめてから、車で真紀の家へ向かった。

玄関のインターホンを押して、木戸です、と告げると、すぐに真紀が出てきた。

台所で朝の片づけものをしていたのか、ワンピースにエプロン姿だ。パーティーの時はアップにまとめていた黒髪は、艶やかに肩までウエーブしていた。

「木戸先生、どうなさったの。主人でしたら、もうだいぶ前に大学のほうへ行きましたわよ」

何事もなかったようにいつものさわやかな笑顔で真紀は言った。夫の親友と思っているので、木戸が訪ねてきても不審に思っていない。それどころか、一昨日の夫のためのパーティーの礼すら言った。

「今朝は、奥さんにちょっと相談したいことがあるんですよ。あがっていいですか」

「はい、どうぞ」

真紀に案内されて、木戸は応接間へあがって、ソファに腰をおろした。

すぐに真紀はコーヒーを運んできて、カップを木戸の前に置いた。

「相談ってなにかしら」

真紀も木戸の正面のソファに腰をおろした。これから起こる恐ろしいことなど、思いもしないようだ。

「私のゼミの学生が、こんなものを持ってましてね。問いつめたら白状したんですよ」

コーヒーをひと口飲んだ木戸は、背広の内ポケットからおもむろに封筒を取りだし、なかの写真をテーブルの上に置いた。

「なんの写真ですの。パーティーの時のかしら」

そう言って写真に目をやった真紀の笑顔が、こわばった。

その写真に写っているあられもない裸身の女が自分だとわかった瞬間、真紀の瞳が凍りついた。

「パーティーの帰りに学生二人を誘惑して、こんな淫らなことをしたそうじゃないですか」

木戸は真紀の反応を見ながら、低い声で言った。

「そ、そんなこと……ウソですッ」

真紀ははじかれるように叫んだ。

学生二人を誘惑した記憶などない。いや、パーティーのあとからの記憶がないのだ。だが、そんな恥知らずなことをするわけがない。しかし写真に写っているのはまぎれもなく真紀自身で、しかも真紀の寝室のなかで撮られたものだ。

「私だってウソだと思いたいけど、この写真を見れば、奥さんが学生を誘っているのは明白。ほら、この写真なんか、学生二人の相手をしている」

「いやッ、見せないでッ」

恐ろしさに真紀は目をそむけた。

真紀に思い当たるフシがなければ、そんないやらしい写真なんかと一笑に付すこともできただろう。だが、真紀は昨日の朝、ベッドで全裸で目を覚ました時のことを思いだしていた。

(あれは……夫ではなかったというの……)

真紀は今にも気が遠くなりそうだ。パーティーのあとの記憶がないことが、真紀の不安と恐怖をふくれあがらせた。

そんな真紀の動揺をじっくりと観察しながら、木戸はさらに追いつめにかかった。

「この写真を森下が見たら、人一倍まじめなだけに……これなんか一人の学生とつながったまま、もう一人を口にしゃぶってるんだから、とても夫として見られる写真じゃない」

「…………」

「しかも奥さんが、こんな反応して悦んでるところまではっきり写っているんだから」

「言わないでッ」

木戸の言葉をさえぎるように真紀は叫んでいた。

そしてふるえる手でテーブルの上の写真を取ると、気力を振り絞るようにして、それが本当に自分なのかを確かめようと見つめた。

「ああ……そんな……」

あられもない女体は、やはり真紀自身だった。

真紀は思わずめまいさえして、手から写真を落とした。絶望の底へ落とされた真紀は、しばし声を失って唇をワナワナふるわせるばかりだ。

木戸は腹のなかでニヤリと笑った。

だが木戸は、いかにも深刻そうな表情をつくって正面の真紀を見つめた。

「こんなことが教授会に知れたら、森下の教授内定は取り消し、それどころか大学から追放かも……」

なんといっても准教授夫人が教え子を誘惑して乱行となれば、教育者失格。木戸はジワジワと真紀を追いつめた。

「ああ、そんなことになったら……」

真紀は激しく動揺して言葉がつづかない。

「そんなことになったら森下の将来はメチャクチャだ」

「ああ……どうすればいいの……」

真紀は今にも泣きださんばかりに、両手で顔をおおった。

ここまで真紀を追いつめれば、あとひと押しで落ちるだろう。木戸は、最後のひと押しを加えた。

「困った……こうなったら、森下にもこの写真を見せて相談しますか、奥さん」

「だめですッ……ああ、こんな写真を夫に見られたら……」

真紀は叫んだあと、絶句した。見るもおぞましい自分の浅ましい写真。

木戸は真紀の反応をうかがいながら、悩むふりをして、

「こうなったら他ならぬ親友の森下と奥さんのためだ。私がなんとか考えますよ」

その言葉に、すがるように真紀は木戸を見た。

「この件を揉み消すために、私は規則違反をして危険をおかすわけですから、奥さんにもそれなりのリスクを負ってもらいますよ」

「なにを……なにをすれば……」

「私も森下のように教授になりたいのでね。そのために、私が研究している魔女狩りのモデルになって欲しいんですよ」

中世の魔女狩りではどのように魔女の正体をあばいたのか、どのように魔女であることを告白させたのか、それを再現したいので真紀にモデルになって欲しいと言う。

「…………」

真紀はすぐには返事ができなかった。だが追いつめられてワラにでもすがりたい気持ちの真紀は、深く考える余裕はなかった。

「モ、モデルになれば、そのことは誰にもわからないようにしてくれるのですね」

「保証しますよ。写真は二十枚だから、一回モデルになるたびにネガ一枚を取り戻したとして、二十回ですべて終わります」

「は、はい」

それが恐ろしい地獄への罠とも知らず、真紀はうなずいていた。

「善は急げだ。さっそく最初のモデルになってもらうため、私の研究室へ行きますか」

2

真紀を助手席に乗せ、木戸は車を大学へ向かって走らせた。

真紀に考える時間を与えず、動揺しているうちに一気に事を進めようという魂胆だ。

大学の裏門を入ると、車は研究棟のほうではなく、今では倉庫代わりになった旧研究棟の古い建物の横で停まった。その古い建物の地下の一室を、木戸は研究資材を置くという理由で大学当局から借りている。

「さあ、こっちですよ、奥さん。ここは倉庫代わりなので、足もとに気をつけて」

木戸は真紀を案内して地下へ降りると、自分の地下室のドアの鍵を開けた。他の者に入られないように鍵は二重で、なかへ真紀を入れると、気づかれないように内から鍵をかけた。

なかは壁際の机のランプがひとつ点灯しているだけで、薄暗い。部屋の中央には小さなベッドほどの台が置いてあった。

(こんなところで……)

真紀は急に不安になった。

「魔女取り調べ室というわけでね、奥さん、それじゃさっそく素っ裸になってもらいましょうか」

「な、なんですって……そんな……」

「中世では魔女として連れてこられた女は、みんなまず素っ裸にされるんですよ。魔女は、魔法を使う道具をいろいろ隠し持ってますからね」

「………」

真紀は唇を噛みしめた。

モデルになるというのである程度覚悟はしていたが、まさかいきなり全裸とは。

真紀は弱々しくかぶりを振って、思わず一歩二歩とあとずさった。

「どうしたんです、奥さん」

木戸はわざとらしく聞いた。

「私と奥さんとで互いにリスクを負って困難を克服しようというのに……その話はなかったことにして、写真を森下と教授会に見せますか、奥さん」

「そ、それだけはやめて、木戸先生」

「だったらモデルになって素っ裸になってくださいよ。これも森下を守るためです」

「……わかりましたわ……」

真紀は覚悟を決めたが、声がふるえている。

もう選択の余地はなかった。写真が夫や教授会の目に触れれば身の破滅だ。

真紀は木戸に背中を見せると、ファスナーをさげ、ワンピースを脱ぎはじめた。

真紀の手だけでなく、肩も小さくふるえている。そして真紀の美しい顔から肩まで、赤く染まるようだ。

スリップを脱ぎ、腕で乳房を覆うようにしてブラジャーをはずし、綺麗にたたんだワンピースのなかに隠す。

真紀は家にいたせいかパンストははいていず、白いパンティだけだ。

「これでゆるして……」

「パンティも脱ぐんですよ、奥さん」

木戸の言葉に唇を嚙みしめた真紀は、ふるえる手でパンティをずらし、前かがみになって足首から抜いた。

パンティもたたんだワンピースのなかに入れると、真紀は前かがみになったまま両手で乳房と太腿の付け根をおおった。片脚をくの字に折って、少しでも肌を隠そうとする。

「なるほど、中世でも魔女として引きたてられた女たちは皆、そうやって肌を隠そうとしたわけだ」

ゆっくりと真紀の周囲をまわりながら、木戸は言った。

「だが、その肌を隠すのがかえってあやしまれることになったんですよ。なにか隠し持っているんじゃないかってね」

木戸は真紀の背中を押して、中央のベッドのような台のところまで近寄らせた。台の上はレザー張りだ。

「ああ、なにをするの、木戸先生」

いきなり抱きあげられ、台の上にあお向けにされ、真紀は狼狽の声をあげた。

あわてて起きあがろうとしたが、手首をつかまれて頭上の鎖の革ベルトがはめられた。もう一方の手首にも同じように鎖の革ベルトがはめられた。

「や、やめてください、こんなことッ……ああ、なにをしようというのッ」

全裸で両手を拘束される恐怖に、真紀は悲鳴をあげた。

「そうそう、昔の女もそうやって悲鳴をあげながら、手足を鎖でつながれたんだ」

木戸は真紀の足首をつかんだ。

台の四隅には、四股を拘束するための鎖が取りつけてあった。

たちまち真紀の腕と脚は、台の四隅に向けてX字にのびきった。

「ひいッ……どういうことなのッ……こんなこと、やめて……いやあッ……」

「こうやって固定しておいて、身体にある魔女の印を調べるんですよ、フフフ」

木戸は台の上の真紀を見つめながら、うれしそうに言った。

やはり薬で意識をもうろうとさせている時よりも、こうやって悲鳴をあげて身悶えてくれるほうが、ずっといい。

「すばらしい……見事な身体だ。その妖しい美しさ、魔女としか思えない」

そんなことを言いながら、木戸は真紀の肌を首筋からゆっくりと丹念に撫でまわし、まさぐりはじめる。

ひいッという悲鳴とともに、ビクッと真紀の裸身がふるえた。

「いやッ……そんなこと、やめてッ……あぁッ、なにをするのッ」

「魔女の印をさがすと言ったでしょう。身体のすみずみまで」

「そんなッ……いや、いやッ……バカなこと、やめてッ、木戸先生ッ」

いくら叫んでも木戸の手は離れない。それどころか、ゆっくりだが首筋から左右の肩へ、そして乳房へと木戸の指がナメクジのように這いおりる。

真紀は首筋に悪寒が走って、おぞましさに総毛立った。

「美しい……」

木戸はつぶやくように言うと、両手を真紀の豊満な乳房へすべらせた。

その豊かさと形のよさを確かめるように、丹念に揉みこんでいく。乳首も指先でつまみ、クリクリといびる。その動きはまぎれもなく愛撫だ。

「あ、あ、いやッ……やめて、木戸先生」

こすられる乳首に妖しい刺激が走り、真紀は狼狽した。

「手を離してッ……ああ、い、いやッ」

真紀の悲鳴も木戸を楽しませるだけだ。

木戸は老人のようなしつこさで、丹念に乳房をいじりつづけた。

「そうやっていやがるところは、ますますあやしい」

木戸が乳房をいじりながらさがしているのはホクロだ。中世の魔女狩りでは、女体のホクロこそ魔女の印とされた。

だが真紀の身体は、まぶしいばかりの白さでシミひとつなかった。

「魔女ほど美しい肌のわかりにくいところに印があると、文献には指摘されてるんですよ、奥さん」

木戸は真紀の乳房からなめらかな腹部へと手をすべりおろした。

ホクロをさがしながら、ゆっくりと真紀の白い肌を余すところなくまさぐっていく。

「い、いやあッ」

木戸の手がしだいに開かれた股間へ近づくにつれ、真紀は恐ろしい予感に悲鳴をあげた。このままでは股間に指がのびてきても、防ぎようがない。

そんな真紀の胸の内を見抜いて、木戸は意地悪く言った。

「魔女取り調べ官は、容疑者の女性の股間は、とくに丹念に調べたんですよ」

「そんなッ……いやッ、こんなバカな研究なんて、やめてッ……木戸先生、もう、やめて、やめてッ」

「フフフ、私はその魔女取り調べ官というわけです。当時のことをくわしく研究するためにもね」

木戸は不意に指先を、艶やかにもつれ合ってふるえている茂みに持っていった。ひいッと悲鳴をあげるのをかまわず、茂みの繊毛を指でかきあげるようにして、木戸は真紀の股間を覗きこんだ。

「ひッ、ひッ……やめてッ、見ないでッ……いや、いやあッ」

真紀は我れを忘れて叫び、腰をガクガクゆさぶって、四方へのびた手脚をうねらせた。だが、手首と足首を固定している鎖はピンと張ってビクともしない。もっとも秘めておきたい柔肉に、木戸の視線が這ってくるのが、真紀は痛いまでにわかった。カアッと頭のなかが灼け、首筋まで火になった。

「み、見ないでッ」

真紀は絶叫した。

「じっくり見せてもらいますよ。もちろんただ見るだけじゃ、調べられませんがね、フフフ」

木戸はうれしそうに笑って指をのばす。秘めやかな割れ目を左右からつまむようにひろげる。

生娘のように綺麗なピンクだ。一昨日に村田と川島に犯され、充血した肉層に白濁をまみれさせ、ヒクヒクうごめいていたのが、ウソのような美しさ。

木戸は食い入るように覗きつつ、ゆっくりと妖美の構造をまさぐりはじめた。

3

三十分近くも丹念にまさぐりつづけただろうか。

いつしか真紀の柔肉は熱くうずくようになって、じっとりと濡れはじめた。

「いや……ああ、いや……」

はじめは悲鳴をあげていた真紀も、今では弱々しくすすり泣くばかりになった。もっとも、繊細な肉に這う指の感触をいくら払いのけようとしても、その刺激に肉がひとりでに熱を帯びてしまう。丹念に三十分にもわたって愛撫されたら当然だろう。

「これはこれは。調べているというのに、ここがいい色になって、濡れてきましたよ、奥さん。感じるのかな」

「いやあッ」

はじかれるように真紀は悲鳴をあげた。

こんないたずらをされているのに、恥ずかしい反応を見せる自分の身体に、真紀は生きた心地もない。

「……もう、もう、やめて……」

腰をよじって、真紀は泣き声をあげた。必死に耐えようとしても、身体は木戸の指に慕い寄ってしまい、ジクジクと熱をとろけさせる。そして充血しはじめた肉が、ヒクヒクとあえぎだした。

「敏感なんだね、奥さん」

木戸はあざ笑うように言った。

「敏感な女ほど、魔女だったそうですよ。こうなったら、もっと奥まで調べなくては」

「やめて、これ以上は……ああ、こんなこと、もう、いやですッ」

「フフフ、魔女はいろいろ道具を隠してると、さっきも言ったでしょう。そこでとくに念入りに調べられたのが、膣なんですよ」

こういう道具を使ってね……と木戸が取りあげて見せたのは、グロテスクな張型だった。男の肉棒そっくりにつくられ、長さは二十センチで、直径が五センチもあった。

「ひッ……」

真紀は見せられて息がとまり、美しい顔がひきつった。

まさかそんな道具を使って嬲られるなどとは思ってもいない。

「……………」

真紀はすぐに言葉が出なかった。

これは魔女狩りの歴史の研究なんかではない。木戸は自分を責め嬲って楽しんでいるだけではないのか……。

「そ、そんなもの……使わないで……」

真紀はやっとの思いで声を出した。歯がガチガチと鳴って、身体中がふるえだした。

「取り調べ官は必ずこれを使って調べたんですよ。使わなかったために、魔女の膣から飛びでてきた毒蛇に嚙まれ、取り調べ官が死んだ事例があるんですよ」

木戸は平然と言い、グロテスクな張型にすべり油を塗っていく。テカテカと黒光りして、いっそうグロテスクさが際立った。

真紀の瞳がひきつった。

「やめて、木戸先生ッ。そんなもの使うなんて、狂ってるわッ……」

「フフフ、私も毒蛇に嚙まれないように、できるだけ深く入れて調べさせてもらいますからね」

「いやあッ……そんなこと、いや、絶対にいやあッ」

真紀が悲鳴をあげるのを楽しみつつ、木戸はゆっくりと張型を乳房に押しつけた。

乳房をグリグリとこねまわしてから腹部へ這いおろす。

「たすけてッ……ひッ、ひッ、いやあッ」

張型が媚肉の割れ目に押し当てられると、真紀は魂消えるような悲鳴を噴きあげた。

「フフフ、ここはこんなにとろけて調べられたがってますよ、奥さん」

木戸はあざ笑うように言って、ゆっくりと張型の頭を分け入らせた。

「ひいーッ」

真紀は腹部をせりあげるようにしてのけぞった。

異物におぞましさ、そして恐ろしさがつのる。

だが、柔らかくとろけた柔肉を巻きこむように入ってくる張型に、心とは裏腹に肉がざわめき、カアッと灼けた。

「うむ、ううむ……やめて……」

真紀はのけぞったまま息もつけない。

身体の芯がひきつるように収縮し、肉がひとりでに押し入る異物にからみつく。

そして、身体が炎にくるまれていくのを、真紀はどうしようもなかった。

ズンと張型の頭が真紀の子宮口を突きあげ、ひいーッと真紀は白目を剝いた。

「ほうれ、うんと深く入ったでしょう、奥さん。なかにはなにも隠していないかな」

木戸はわざとらしく言って、ゆっくりと張型を抽送しはじめた。深く浅く、強く弱くと変化をつけて張型を抽送させ、リズミカルに真紀の膣をこねまわしていく。

「あ、ああッ……いや、ああッ……」

真紀は異物を挿入されたショックにハァハァと喘ぐ余裕もなく、狼狽の声をあげた。

「そんな……ああ、こんなことって……あ、ああ……」

いくらこらえようとしても、なす術もなく官能に翻弄されていく自分の身体が、真紀には信じられない。

「いや……ああ、いや……」

と泣きながらも、真紀の身体は張型の動きに反応して、しとどに蜜を溢れさせ、音さえたてはじめた。

「どうしたというんです、奥さん。なかを調べているだけだというのに、この悦びようは」

張型をあやつりつつ、木戸は真紀の顔を覗きこんで意地悪く言った。

「いや……ああ、あなたという人は……あ、ああッ……」

真紀の言葉は、途中であえぎに呑みこまれた。木戸が張型をあやつるピッチをあげ、動きを大きくした。

「あ、ああ……あああ……」

真紀はまともに口もきけない。

溺れるように口をあえがせ、張型の動きにあやつられて台の上の裸身をうねらせる。もう真紀の裸身は汗にじっとりと光り、油でも塗ったようだ。

「ああ……も、もう……」

「もうなにかな、奥さん。まさか気をやるんじゃないだろうね、フフフ」

「いや……あ……ああッ……」

木戸のからかいに反発する余裕もなく、真紀はブルブルと裸身を痙攣させはじめた。右に左にと頭を振り、鎖で固定された両脚がピンと突っ張り、つま先が内側へと反りかえった。

成熟した真紀の人妻としての性は、こんないたぶりに耐えられない。暴走しはじめた自分の身体をとめることができない。

「ひッ、ひぃーッ」

真紀の腰がガクガクはねあがってのけぞったと思うと、汗まみれの裸身が恐ろしいばかりに収縮した。

木戸のあやつる張型も、キリキリ食いしめられて絞りたてられた。

「…………」

声にならない声が真紀の喉から絞りだされ、二度三度とさらに痙攣を激しくしたと思うと、ガックリと力が抜けた。

「これはすごい。いい身体してるだけあって、たいした気のやりようだ」

木戸も張型をあやつる手をとめたが、張型は深々と入れたままだ。

真紀はグッタリとして両目を閉じ、意識が恍惚の余韻のなかに吸いこまれる。汗の光る乳房から腹部だけを、ハァハァと波打たせる。

「この取り調べ用の張型で気をやるとは、奥さんは魔女として、ますますあやしい」

木戸は内腿の付け根近くの小さなホクロに触れた。そのホクロの存在は、一昨日に村田と川島が真紀を犯した時に気づいたものだ。

「ああ……」

真紀はシクシクと泣きだした。

木戸の前で絶頂を極めてしまったショックに打ちひしがれた。

「フフフ、奥さんが魔女だということがはっきりしてきましたよ」

「……魔女だなんて……ああ……」

「これがなによりの証拠」

木戸は真紀の内腿のホクロを指差すと、畳針のようなものを取りだした。

「この針を魔女の印であるホクロに刺すと、魔女ならば血も出ないし、なんともない」

バカげたことをもっともらしく言って、木戸はその針をゆっくりと真紀の内腿のホクロに突き刺した。

「ひいーッ」

針は十センチ近くまで入れられても、真紀に苦痛はなく、血も噴きださない。針には仕掛けがあって、先の十センチほどが後ろに引っこむようになっている。

「やはり、フフフ、となると魔女であることを自白させるには、この道具を使うと決まっているんですよ」

針を抜いた木戸が代わりに取りだしてきたのは、一升瓶ほどの筒だった。

金属の筒の中央はガラスになっていて、先端にはノズルが、手前には手押しのポンプのようなものがついていた。

「……なにをしようというの、これ以上……」

真紀の声がふるえた。

それが中世に使われた魔女尋問用の責め具である浣腸器だということを、真紀はまだ知らなかった。

第三章　人体実験

1

木戸はうれしそうにシリンダーを引いて、一升瓶ほどの長大な金属の筒に、液体を吸いあげていく。

金属の筒の中央部はガラスである。吸引される液体が不気味に渦巻き、いっぱいになっていくのが見えた。

拷問台の上に全裸でX字に固定された真紀は、それでなにをされるのか、まだわからない。

（ああ……なにをしようというの……も、もう、これ以上は……）

おびえと不安が増加し、真紀の唇はワナワナとふるえた。

グロテスクな張型を使われて絶頂を極めさせられたショックと、まだその余韻が冷めないことが、そしてその張型が抜き取られずに埋めこまれたままであることが、真紀の思考をさまたげる。

「フフフ……」

木戸は金属の筒にたっぷりと液体を充満させ、真紀に見せつけてニヤニヤと笑った。

「歴史の記録によると、魔女の疑いをかけられた若い女は、これを見て泣き叫んだそうですよ、奥さん」

「……こ、これ以上、なにを……」

真紀のすすり泣く声がふるえた。おびえに言葉がつづかない。得体の知れない金属の筒から目が離せない。

いったい、なにをする道具なのか……。

「これを使って魔女であることを自白させるんですよ、フフフ、奥さんのように若く美しい女には、とくに効果があると記録がありましてね」

どう使うかはすぐにわかりますよ……木戸は金属の筒を真紀に見せつけて、うれしくてならないというように何度も舌なめずりした。

木戸は拷問台の下のハンドルをまわしはじめた。それにつられて台が中央部から折れて、台の両端がゆっくりとあがりだす。手脚をX字に固定された真紀の裸身を、腹部のところから二つ折りにするように、台がV字になっていく。

それだけでなく、真紀の両脚の間の三角形の部分は、逆に下へと傾いていく。真紀の開ききった股間と双臀が、宙で剝きだしの形になった。

「あ、あ、そんなッ……い、いやあッ……」

真紀は狼狽の声をあげて、右に左に頭を振った。

婦人科の内診台に乗せられた格好で、いやでも開ききった股間の張型が目に入る。

「ああッ……いやッ……ああッ……」

真紀は、あわてて目をそらした。

「それで思いっきり気をやったくせして、今さらいやもないでしょうが、奥さん」

「いや……ああ、もう、取って……」

「そうはいきませんよ。魔女がなにも隠せないように、張型をふさいでおかなくてはあぶない、フフフ」

「そ、そんな……」

真紀の声は、不意に木戸に双臀を撫で回されて、途中からああッと悲鳴に変わった。

木戸の手は、宙に浮いた真紀の双臀をゆっくりと撫でまわした。

ムチムチと官能味あふれる肉づきが、汗で油でも塗ったようだ。

「見事な尻だ。この肉づき、形のよさ、色香はこの世のものとは思えない」

そんなことを言いながら尻肉を撫でまわしていく木戸の目は、真紀の肛門に吸いついていた。

開ききった真紀の股間は、まだ張型を咥えたままヒクヒクうごめく媚肉も生々しく、そのわずか下には、秘められた排泄器官が蕾のようにすぼまっていた。

(可愛い尻の穴をしてる。たっぷりと責めてやるから、フフフ、この尻の穴をずっと狙ってたんだ)

木戸は胸の内でつぶやきながら、真紀の双臀を撫でまわす手を、臀丘の谷間へとすべらせた。

「ひいッ」

真紀の裸身がビクンとふるえ、汗の光る喉に悲鳴が噴きあがった。肛門に指で触れるなど、思ってもみなかった。

「いや、いやですッ……ああ、そんなところを……や、やめてッ」

「魔女は取り調べ官によって、尻の穴も徹底して調べられたんですよ、奥さん」

木戸の指先は真紀の肛門を、ゆっくりと円を描くように揉みこんだ。その動きに、真紀の肛門はひッとすくみあがり、ヒクヒクとあえいだ。

「いやッ……ああッ……ああ……」

肛門をいじられると、泣き声がしだいに力を失った。

（こんな……ああ、こんなことって……）

肛門を揉みほぐされる感覚がたまらず、真紀はとてもじっとしていられず、ブルブルと双臀をふるわせてよじり、泣き顔を右に左にと振った。

「ああッ、い、いや……そんなところ……もう、もう、いやあッ……」

真紀は時々耐えきれなくなったように、泣き声を大きくした。それとともに揉みこまれる肛門が、キュウ、キュウッと引き締まってヒクヒクとふるえた。

だが、木戸の指は蛭のように真紀の肛門に吸いついて離れず、ゆるゆると揉みほぐしていく。

（た、たまらない……なんていい尻の穴だ。さぞかし味のほうも……）

すぐにでも真紀の肛門にしゃぶりつき、その秘蕾を犯したい衝動を、木戸はグッとこらえた。

木戸がにらんだ通り、真紀の肛門はまだ未開の処女地だ。夫でさえ触れたことのない蕾をいじりまわしているのだと思うと、木戸は胴ぶるいがきた。

真紀は自分の手のなかにある。

時間をかけて真紀の肛門を責め、じっくりと楽しんでからバージンアナルをいただくのだ。まずは、指で真紀の肛門の感触を楽しみ、魔女狩りで使われた中世の浣腸器を使ってやる。

木戸がそんな恐ろしいことを考えているとも知らず、真紀は哀願を繰りかえした。

「も、もう、やめて……ああ、指を……指をどかして……」

「フフフ、魔女はこの尻の穴のなかになにを隠しているか、徹底して調べておかないと取り調べ官の命があぶないんですよ」

「いや……ああ、なにも隠してなんか……ああ、そんなところを……狂ってるわ……」

「魔女は尻の穴を調べられるのをいやがったんです。奥さんもそんなにいやがるところを見ると、フフフ」

これは中まで調べないとだめのようだ……そう言うなり、木戸は指先に力を加えた。

「あ、そんなッ……ああッ……いやあッ……」

ジワジワと沈んでくる木戸の指に、真紀は悲鳴をあげて裸身を硬直させた。

揉みほぐされてフックリとふくらみはじめた真紀の肛門が、キュウと引き締まったが、それはかえって木戸の指を咥えこむことになる。

「ああ、いやッ……あああッ……」

あわてて真紀の肛門がフッとゆるむと、すかさず木戸の指が侵入する。

ひいっと真紀はV字型になった台の上でのけぞった。

侵入を防ごうと肛門を締めれば、いやでも木戸の指を咥え、感じ取ってしまい、かといってゆるめれば、どこまでも入ってきそうだ。

「やめて、やめてッ……こんな……ひッ、ひッ……ああッ、いやあッ……」

真紀の狼狽ぶりを楽しみながら、木戸はゆっくりと指で蕾を縫った。

貫くにつれてきつく締めつけてはフッとゆるみ、またあわてて食いしめ、おびえにヒクヒクおののくのが心地よい。

「どうです、奥さん。指の根元まで入ったのがわかるでしょう」

「………」

真紀はキリキリと唇を噛んでかぶりを振った。

「それじゃ、じっくりと奥さんの尻の穴のなかを調べさせてもらいますよ、フフフ」

木戸は、真紀の肛門に埋めこんだ指をゆっくりとまわした。指先を曲げるようにして、腸壁をまさぐる。

「ああッ……や、やめて……」

激しくかぶりを振って、真紀は泣き声をあげた。

回転させる指が、薄い粘膜をへだてて前に埋めこまれたままの張型と触れると、真紀は腰をはねあげるようにして、ひいひい泣いた。

「いやあッ……ああ、ひッ、ひいッ……そんなこと、いやあ……」

「そんなにいやがるとは、ますますあやしいですよ、奥さん」

「いやあッ……」

真紀は肛門でうごめく指に、悲鳴をあげて泣きじゃくるばかり。

木戸はうれしそうに笑いながら、深く肛門を縫った指をまわし、抽送させ、腸壁をまさぐって張型を指先に感じ取る。

そしてもう一方の手で、たっぷりと液体を吸った金属の筒を取りあげた。

「ああ、なにを……い、いやあ……」

不意に指が抜かれ、代わって入ってきた硬質な感触に、真紀は悲鳴をあげた。

V字に開いた太腿の間に不気味な金属の筒が見え、その先端のノズルが指に代わって肛門を貫いているのが、真紀にもはっきりわかった。

「なにをするのッ……こ、これ以上、変なことは、しないで……」

「フフフ、これで奥さんの尻の穴のなかを徹底して調べるんですよ。このシリンダーを押して薬を入れれば、なにもかも出すことになる」

真紀の美しい泣き顔がひきつり、唇がわななないて歯がガチガチ鳴った。

「わかったでしょう。魔女の尋問には、浣腸器がよく使われたんですよ。とくに奥さんのように美しい魔女にはね」

「そ、そんな……」

真紀はあまりのことに言葉がつづかない。

「フフフ、奥さんは美しいいし、これだけいい尻をしているのだから、薬はグリセリンの原液をストレートで入れてあげますよ」

木戸は真紀の顔を覗きこんで、ニンマリとした。

2

ノズルができるかぎり深く真紀の肛門を貫くと、ゆっくりと長大なシリンダーが押されはじめた。

ドクッ、ドクッとグリセリン原液が重く脈打つように、真紀の中に注入されていく。

「あぁッ……いやッ、ひッ、ひいーッ……あぁッ、ひいッ……」

真紀は白目を剝いてのけぞり、ブルルッと腰をふるわせた。

それは、これまで経験したことのないおぞましさだ。

「やめてッ……ああ、あむッ……ひッ、ひッ……入れないでッ」

「フフフ、ほおれ、奥さんがいい声で泣きだした」

木戸はじっくりと楽しもうと、わざとゆっくりと長大なシリンダーを押していく。注入していく手応えが心地よい。

そればかりか、木戸は注入しながらノズルを抽送し、円を描くように動かして真紀の肛門をこねまわす。キュウ、キュウとすぼまる真紀の肛門のうごめきが、木戸の目を楽しませた。

「どうです、奥さん。尻の穴の奥になにか隠しているなら、白状するのは今のうちですよ。もっとも白状しなくても、あとでドバッとひりだすことになるが」

木戸は真紀をあざ笑った。はやる気持ちを抑えて、ゆっくりと長大なシリンダーを押していく。

からかいに反発する気力もなく、真紀は泣きじゃくる。その泣き声に、しだいにうめきともあえぎともつかない声が入り混じりだした。

グリセリン原液を注入されるおぞましさだけでなく、しだいに腸内にひろがってくる重苦しい圧迫感が、いっそう真紀を狼狽させる。

「あ……ああッ……も、もう、いや……もう、やめてッ……」

真紀にとっては永遠とも思える羞恥と屈辱の時の流れ。ドクッ、ドクッと入ってくる感覚。真紀の腰が揉まれるようによじれ、ブルブルとふるえた。それと連動して、媚肉に埋めこまれた張型が、妖しくうごめいた。

木戸には、真紀の媚肉が張型で突きあげられるのを待ち望んで、あえいでいるようにも見えた。

もうどのくらいの量を注入しただろうか。真紀の泣き声が力を失って、うめき声が多くなった。

ブルブルと双臀のふるえも大きくなり、汗にヌラヌラと光る肌にさらにあぶら汗が噴きだした。玉の汗がふるえる肌をすべり落ちた。

いつしか真紀のなかで、ジワジワと便意がふくれはじめた。

「あ、ああ……ううむ……」

真紀はおびえた。薬液を注入されるのは恐ろしいが、それに便意の苦痛と不安が加わった。

真紀はガチガチと歯を噛み鳴らし、身ぶるいを必死に抑えようとした。だが、いくらこらえようとしても、便意を押しとどめ逆流させて入ってくる薬液に、腹部はグルルッと鳴った。

「ああ……う、うむ……」

片時もじっとしていられず、真紀の腰はひとりでにうごめいた。

「ううッ……もう、ゆるして……」

「ここでやめては取り調べにならない。全部呑むんですよ、奥さん」

「そんな……ああ、これ以上は……ううむ、たすけて……」

真紀の声は途中からうめき声に呑みこまれた。こねまわされる肛門が、便意をこらえようと、キュウッ、キュウとノズルを食いしめた。それとともに、張型もきつく食いしめられる。

「あ、ああ……ゆるして……あ、うむ……」

汗びっしょりの肌のふるえが、一段と露わになった。

真紀の美しい顔は苦悶の色を浮かべてひきつり、さっきまでの火照った赤色は消えて蒼ざめた。歯がガチガチと鳴って、まともに口もきけない。

（……は、早く、すませて……もう、もう、いや……）

叫ぼうとしても声にならない。

「ほおれ、どんどん入っていくのがわかるでしょう。奥さん。どんな気持ちかな」

木戸が意地悪くからかっても、真紀の返事はない。

ますます荒々しい便意がふくれあがるようで、真紀は今にも漏らしてしまいそうな肛門を引きすぼめ、ノズルを食いしめているのがやっとのようだ。

「これだけの量を入れるとなると、たいていは途中で漏らしてしまう。最後まで呑むとはさすがだ」

木戸は長大なシリンダーを底まで押しきった。ズズーと音をたてんばかりに、最後の一滴まで真紀のなかに注入された。

「う、ううむ……」

真紀はあぶら汗にびっしょりになって、息も絶えだえだ。

半開きの唇をわななかせてハァハァあえぎ、汗まみれの乳房や腹部を大きく波打たせ、真紀はグッタリとなった。

だがそれも長くはつづかない。ノズルが抜かれると、真紀は切迫した目を開いて木戸を見つめた。

「あ、ああ……ほどいてッ……お、おトイレに、行かせてッ……」

真紀は声をひきつらせた。手脚の革ベルトを解こうともがき、ブルブルとふるえる。

（早くしないと……ああ、このままでは……ああ、早く……）

革ベルトはビクともしないとわかっても、真紀はもがかずにいられない。もがくことでいっそう便意は荒れ狂う。爆ぜそうになり、真紀はあわてて身体を硬直させた。

「お、おねがい……おトイレに……」

「なにを言ってるんですか、奥さん。それじゃ尻の穴のなかになにを隠しているか調べることができないじゃないですか」

「…………」

そんな……まさかここで……恐ろしい予感が真紀のなかでふくれあがった。

そんな真紀の胸の内を見抜いた木戸は、ニンマリとした。

「奥さんがどんなものをひりだすか、じっくり調べさせてもらいますよ、フフフ」

木戸は便器を取りあげて、意地悪く真紀に見せつけた。

ひいッと真紀の総身が凍りついた。一瞬、荒れ狂う便意もどこかへ吹き飛んでしまった。

真紀は恐ろしさに気が遠くなりそうだ。

「い、いや……そんなこと、いやあッ」

「こうやってオマルをあてがってあげるからね」

「やめてッ……ここではいや、いやですッ……ゆるしてッ……」

真紀は泣き叫んで身悶えた。

便意は耐えられる限界に迫っていた。だが、おぞましい排泄を木戸に見られるという恐怖だけが、今の真紀を耐えさせていた。

「フフフ、いつでも出していいですよ、奥さん。じっくり見せてもらうからね」

便器をあてがったまま覗きこんだ真紀の美貌は、もう泣き声も途切れて唇を噛みしばり、襲いかかる便意に眦をひきつらせた。その表情が木戸をゾクゾクさせた。

「あ、うむ……もう、もう……ううむ……」

真紀はキリキリと唇を噛みしばった顔を振ってうめき、こらえられないというように腰をよじらせた。

木戸が真紀の顔から肛門へと目を移すと、もう真紀の肛門は、今にも内から盛りあがらんばかりにヒクヒクと痙攣していた。

ドス黒い絶望が真紀をおおった。

「いや……ああ、いやあ……ここでは、いや……おトイレにッ」

真紀は最後の気力を振り絞って叫んだ。

その瞬間、悲痛な泣き声が真紀の喉から噴きあがった。

「いやあッ……ああッ、あ、見ないでッ」

真紀の肛門が内からふくらんだと思うと、耐える限界を超えた便意がドッとほとばしった。

「こりゃすごい、フフフ、派手にひりだすじゃないですか、奥さん」

ほとばしりを便器に受けながら、木戸はもう一方の手を媚肉の張型にのばすと、ゆっくりと動かしはじめた。

「そんなッ……ひッ、ひッ、やめてッ」

真紀はさらに悲鳴をあげ、号泣が喉をかきむしった。

3

排泄している最中に張型で媚肉を責められるなど、真紀には信じられない。

(こんな……こんなことって……ああ、いっそ死んでしまいたい……)

ようやく絞りきった時には、ショックに、グッタリとなっていた。

「こんなにたっぷりとひりだすとは。美しい奥さんが出すものとは思えない」

便器を覗きながら木戸がからかっても、真紀の反応はなかった。

木戸が洗浄器を使って、真紀の肛門の汚れを洗い流しても、真紀は小さくうめくだけでされるがままだ。

「さてと、尻の穴は綺麗になったかな、奥さん」

木戸は便器にフタをすると、代わっていびつな形のガラス棒を手にした。

長さは二十センチ、太さは木戸の親指ほどだ。先端は丸く、途中にコブのようなふくらみがいくつもある。

「フフフ、これは浣腸したあとの尻の穴のなかを調べるために、魔女取り調べ官がガラス職人につくらせたと言われているものなんですよ」

木戸は真紀に向かってしゃべりながら、ガラス製の丸い先端へ、なにやら妖しげなクリームを塗りつけていく。

そして先端を真紀の肛門に押しつけ、ゆるゆると揉みこむように動かした。

「あ……ああ……」

真紀の腰がむずかるようにうごめいた。

「浣腸の直後なのでたまらないんじゃないかな」

木戸はすぐには挿入しようとはしなかった。

浣腸と排泄の直後とあって、真紀の肛門は腫れぼったく、まだ腸壁をのぞかせていた。それがガラス棒に触れられ、おびえるようにヒクヒクした。

「ああ……いや……そこは、もう、かんにんして……や、やめて……」

ショックに打ちひしがれることも許されず、真紀は弱々しくかぶりを振った。

「まだまだ、美しい魔女ほど尻の穴を徹底して調べると言ったでしょう。記録によれば五日や六日連続はザラですよ、フフフ」

「そんな……ああ、狂ってるわ……も、もう、いやです……」

「徹底的に調べなくては。奥さんの尻の穴に入れてね」

木戸は、ジワジワとガラス棒を埋めこみにかかった。

「やめてッ……いや、いやあッ」

真紀は悲鳴をあげて黒髪を振りたくった。

それをあざ笑うように、ガラス棒が真紀の肛門を貫いてくる。クリームのすべりもあって、まだほぐれたままの肛門はとろけるような柔らかさでガラス棒を受け入れた。

「ああッ……いや、ひッ、ひッ……」

ガラスの冷たさで肛門がただれるかと思われるばかりの刺激だ。

「こ、こわい……」

真紀はひいッと声を放った。

ガラス棒がどこまでも入ってきて、喉まで串刺しにされるような恐怖にとらわれる。

そのうえガラス棒と、まだ媚肉に埋められたままの張型とが、薄い粘膜をへだててこすれ合う。

「ゆるしてッ……こわい……」

「フフフ、尻の穴のなかを調べられるのがそんなにこわいとは、ますます魔女の容疑が強くなりましたよ、奥さん」

「狂ってるわ……」

真紀はまた声をあげて泣きだした。

深く埋めこまれたガラス棒がゆっくりと抽送され、腸をこねまわす。

ガラス棒のコブが肛門の粘膜にこすれる感触がたまらず、いやでも声が出てしまう。

媚肉の張型も、木戸のもう一方の手で動かされはじめた。張型とガラス棒とが、薄い粘膜をへだてて、前と後ろとでリズムを合わせてあやつられる。

「いや、いやッ……ああ、あああ……」

人妻として成熟した真紀の身体が、こんないたぶりに耐えられるわけがなかった。

張型ではすでに一度気をやらされているだけに、たちまち官能の火が燃えあがりはじめた。

　こらえようとしても、身体の芯が張型の動きに反応して、熱くうずいてドロドロにとろける。肛門のガラス棒の得体の知れぬ感覚が入り混じって、真紀をいっそう困惑させた。

「ああ……あああッ……」

「おやおや、調べているというのにお汁がまた溢れてきた。前も尻の穴もヒクヒク肉をからみつかせて、あきれた奥さんだ」

「いやあ……」

　真紀は自分の身体の浅ましい反応を、どうしようもなかった。ひとりでに身体が応じてしまい、張型をむさぼろうとする。

　薄い粘膜をへだてて張型とガラス棒がこすれると、身体の芯から脳天へと火が走り、我れを忘れて腰をゆすってしまう。

「ああ、もう、やめて……ああ、狂ってしまう……」

　真紀は身体中が火になって、今にも灼けただれるようだ。

　おぞましい排泄器官をガラス棒でいたぶられているというのに、あられもなく反応する身体の成りゆきが、真紀は他人のようで信じられない。

「こうなったら、さっきのように一度気をやらないと、おさまりがつかないかな、奥さん」

「いや、やめて……そんなこと……」

前も後ろもひときわ深くえぐられて、真紀はひぃーッと絶叫した。

「遠慮することはないですよ。フフフ」

木戸は張型とガラス棒の動きを一段と大きく速くして、真紀を追いあげにかかった。

「ああッ……う、うむ……いや、ああ……」

真紀は二つ折りにされた裸身を揉み絞るようにして、泣き、うめき、あえいだ。もうまともに口もきけない。満足に息すらできない。口をパクパクさせてあえいだ。張型をあやつるたびにジクジクと溢れる蜜は、肛門のガラス棒にまでしたたってねっとりと光り、さらにツーと糸を引いた。汗にヌラヌラと光る裸身も、妖しく女の色香が匂うピンクにくるまれた。

「あ、あああ……あうッ……」

真紀はもうなす術もなく、めくるめく絶頂へ向けて暴走していく。汗まみれの腰から両脚にかけて、小さな痙攣が走りはじめた。

「フフフ、もう気をやりたいんでしょう、奥さん。それ、それ」

木戸は張型とガラス棒で激しく真紀を突きあげた。

「あ……あぁッ……」

真紀の両脚がピンと突っ張って、つま先が内側へ反りかえった。

次の瞬間、真紀の身体は電気でも流されたように、総身が恐ろしいばかりに収縮し、突きあげるものを前も後ろもキリキリと食いしめ、絞りたてた。

「ひッ、ひいーッ……イクッ」

真紀は白目を剝いて喉を絞り、血を吐くように口走った。

そして真紀はさらに二度三度と激しく痙攣して、木戸が張型とガラス棒の動きをとめると、グッタリと力が抜けた。

「たいした気のやりっぷりだ。さすがにいい身体をしてるだけのことはありますね、奥さん」

木戸が覗きこんだ真紀の美貌は、両目を閉じて唇を半開きにしてあえぎ、意識が恍惚の余韻のなかに吸いこまれた。まるで、初産を終えた新妻みたいな美しさだ。

（いい表情だ……）

木戸はゾクゾクと胴ぶるいがきた。さらに真紀を責め嬲りたい衝動に駆られ、木戸はまた張型とガラス棒に手をのばした。

「もっと気をやらせてあげますよ。これだけいい身体をしてるんだ、もっと気をやりたいはず」

真紀がグッタリしているのにもかまわず、木戸は再び張型とガラス棒をあやつって、突きあげはじめた。

「あ……いや……」

真紀はうつろに目を開いた。

「いやッ……ああ、も、もう、いやあッ……」

「思いっきり気をやっておいて、いやもないですよ、奥さん」

「ああ……もうゆるして……」

真紀の泣き声は、張型とガラス棒に突きあげられて、すぐにまた身も心もゆだねたようなすすり泣きに変わった。

4

二度三度と気をやらされて、真紀はもう死んだようにグッタリした。V字に折れ曲がった台が、再び水平に戻ったのも気づかない。

台の上にあお向けで、手脚をX字に固定された真紀の裸身は、乳房となめらかな腹部がハアハアとあえいで、それが官能の名残りを示す。媚肉の張型と肛門のガラス棒もそのままで、まだヒクヒクと痙攣を見せていた。

その光景が、木戸の嗜虐の欲情をそそった。

肛門のガラス棒はそのままに媚肉の張型だけを抜き取ると、真紀の両足首の革ベルトをはずし、両脚を左右の肩へかつぎあげた。

そして木戸は、真紀の両膝を乳房へ押しつけるように、上からのしかかった。

張型でさんざん責められた真紀の媚肉は、しとどの蜜に濡れそぼってとろけきっている。

木戸は、ゆっくりと押し入った。

「う、うむ……」

真紀は腰をふるわせ、苦しげなうめき声をあげて、目を開いた。

ハアハアとあえぐ唇をワナワナとふるわせる。

「……も、もう、かんにんして……」

肉棒の先端で子宮口を突きあげられ、真紀は悲鳴とともにのけぞった。

その時になって初めて、真紀は押し入っているものが、道具でないことに気づいた。

「いやあッ……な、なんということを……いや、いやあ……」

夫の同僚に犯されて……恐ろしいと思う心とは裏腹に、身体の芯はひきつるような収縮を繰りかえす。肉がひとりでに、木戸の生身をむさぼる動きを見せはじめる。たてつづけに昇りつめさせられた余韻が、真紀の意志に関係なく勝手に反応してしまうのだ。

木戸がゆっくりと動きだすと、恐ろしいと思う気持ちさえうつろになりそうだ。

「ああ……いや、あああ……」

かすれた泣き声をひきつらせて、真紀は黒髪を振りたくった。

悪夢を見ているとしか思えない。木戸に突きあげられるたびに、身体をおおう肉の快美が、真紀は恐ろしい。

「ゆるして……変になっちゃう……」

「フフフ、奥までよく調べなくてはね。ほれ……ほれ……私のが奥まで入って調べているのがわかるでしょう」

「いや……ああ、いやッ……」

「尻の穴のほうも、もう一度調べたほうがよさそうだ」

木戸はゆっくりと真紀を突きあげつつ、もう一方の手を真紀の双臀にのばして、肛門のガラス棒を動かした。媚肉の肉棒の動きに合わせて、肛門のガラス棒をゆっくりと抽送した。

「ああッ……ひいい……」

真紀はガクガクと腰をせりあげた。

「やめて、そこッ……」

「そんなことを言いながら、クイクイと締めつけてくるじゃないか、奥さん」

「ああッ……ああ、いや、あああ……」

一度悩ましい声をあげてしまうと、もう真紀はとめられない。

いくら唇を噛みしばっても声がこぼれ、前から後ろから突きあげてくるものに、身体が応じてしまう。

身体中の肉という肉がめくるめく官能に翻弄され、ドロドロにとろけていく。

張型で二度三度と気をやらされたばかりで、木戸に犯されているというのに、真紀は、絶頂へ向けて走りはじめた自分の身体をどうしようもなかった。

「あ、ああッ……ああ、また……」

真紀の身体の痙攣が大きくなり、木戸の肉棒とガラス棒を締めつける力も大きくなって、ブルブルとふるえた。

「また気をやるのかな、奥さん」

「いや、いやッ……」

「いやなんだね、奥さん、フフフ」

真紀の悩乱の美貌を覗きこんでニヤリと笑った木戸は、不意にピタリとすべての動きをとめた。

「ああ……」

真紀は狼狽したように左右へ頭を振り、木戸を見た。

どうして?……真紀の身体はあと少しで絶頂へ昇りつめるところだった。それを不意にとめられて、しかも肉棒もガラス棒も抜かれずにいることは、女にとって耐えられないことだ。

真紀の媚肉と肛門が、とまってしまった動きを求めてヒクヒクうごめいて、肉棒とガラス棒にからみつく。

「フフフ、こうやって私とつながっている気分はどうですか、奥さん」

木戸は意地悪く言った。深く貫いたまままったく動かない。

「いやッ……」

真紀はあわてて木戸から顔をそむけた。

めくるめく官能に翻弄されて気もうつろの時とちがって、木戸に押し入られていることをひときわ思い知らされる。そして、押し入っているもののたくましさに圧倒される。

「こんなことをして……ああ、あなたという人は……けだものだわ」

「奥さんは学生二人を咥えこんだくせして、そんな言い方はないでしょうが、フフフ」

木戸はあざ笑った。

押し入っている肉棒と肛門のガラス棒は動かずとまったままだが、木戸の両手はタプタプと真紀の豊満な乳房を揉みこんでいる。

「なんならこのまま森下に電話をして、すべて話してもいいんですよ。研究室に戻っているはずだから」

「いやッ、それだけは……ああ、ゆるして……」

「奥さんがもう何回もイッてると知ったら、森下はなんと言うかな」

「ひいッ……いやですッ……」

木戸は意地悪く真紀をからかいつづける。

そしてまた、不意に腰を動かして真紀の媚肉をえぐりはじめ、肛門のガラス棒も抽送しはじめた。

「あ……ああッ……」

ひいーッと真紀はのけぞった。たちまち追いあげられていく。一度中断されて焦らされているだけに、真紀の反応は生々しく激しかった。

「あ、ああッ……死ぬ……」

木戸の動きに応じるように自ら腰を振りたて、真紀は再び、呼吸もできないような状態に追いこまれていく。

その表情がほとんど苦悶に近いのは、それだけ襲ってくる肉の愉悦も大きいからだろう。真紀は、我れを忘れて突きあげてくるものをむさぼり、恥も外聞もなく声を放った。

肉棒にからみついて、さらに深く咥えこもうとする真紀の媚肉の吸引力は、さすがの木戸も舌を巻くほどだ。油断をすると、一気に負けそうになる。

(なんというオマ×コだ。まったく森下の奴にはもったいない)

我れを忘れてのめりこみそうになるのを、木戸はグッとこらえた。

「ああッ……あああ……」

真紀の身悶えが一段と露わになって、今にも絶頂へと昇りつめそうになった。

だがまたそこで、木戸はすべての動きをピタッととめた。あとは真紀の乳房をタプタプと揉むだけだ。

「ああ……どうして……」

真紀は思わず口走った。

こんなふうに焦らされるなど、官能の炎にくるまれている女体にとっては、拷問と同じだ。

「フフフ、こっちは調べてるだけですからね。奥さんがもし気をやりたいなら、ちゃんとイキたいと言わなければ」

「そ、そんな……」

真紀は木戸のあくどさに絶句した。

「け、けだものだわ……」

あと一歩で絶頂というところまで追いあげられては中断され、引きおろされてはまた追いあげられるということを繰りかえされて、真紀は発狂しそうになる。

再び追いあげられた真紀は、

「ああ、やめないでッ……狂ってしまいます……ああ、い、イカせてッ……」

悩乱のなかにいる真紀は、自分でもなにを言っているのか、もうわからない。

「も、もう、イカせてッ……」

それを聞いた木戸は、今度は中断しなかった。きつい収縮と痙攣に耐え、容赦なく突きあげ、肛門のガラス棒をあやつった。

「ああッ……イッちゃうッ……」

真紀の叫びとともに、身体の芯が恐ろしいばかりに反った。

木戸も最後のひと突きを与えると、こらえていた白濁の精を思いっきり放った。

第四章　黒い激悦

1

木戸は約束通りにおぞましいネガを一枚真紀に渡して、家まで帰した。

「森下や警察に言っても、私はいっこうにかまわないよ、フフフ」

木戸は勝ち誇ったように言った。

学生二人とからみ合っているおぞましいネガが、まだ十九枚残っている。

(私とつながって気をやったことを、忘れるんじゃないですよ。たいした悦びようでしたよ)

そう言って笑った木戸の言葉が、重い枷となって真紀の耳に残った。

(あなた……ゆるして……ああ、どうして、こんなことに……)

今にもわあっと泣きだしてしまいそうなのを必死にこらえ、真紀は夫の前では何事もなかったように平静を装った。

夫は教授に昇格することもあって一段と仕事に熱が入り、また最近さらにいそがしくなったせいか、妻の異状にはまったく気づかない。

三日後、夫が京都での学会に出張したのを待っていたかのように、木戸が来た。

「今日は魔女狩り研究をやりますよ、奥さん。森下は出張だから、時間を気にせずに思いっきり研究できるというもの」

木戸はズカズカと家へあがりこんだ。

真紀は思わずその場にしゃがみこんでしまいそうだ。

「……もう、ゆるして……あんなこと、二度といやです……」

真紀は泣きださんばかりに言った。思いだすだけでもブルブルとふるえがくる。

「ネガはどうするのかな、奥さん。あと十九枚も残っているし、なんならこの前の研究のことも含めて、学会に出席中の森下に連絡しようか」

「いやッ、そんなことだけは……」

「だったら、私の魔女研究に協力するしかないでしょうが、奥さん」

「ああ……」

ドス黒い絶望が真紀をおおい、真紀はガックリと肩を落とした。

恐ろしい秘密を守るためには、それがどんなにおぞましく恥ずかしいことであっても、木戸に服従するしかない。

「フフフ、今日は歴史に忠実に魔女の取り調べをするためにも、当時の魔女たちが着せられていたのと同じものを着てもらいますよ」

真紀は紙袋からなにやら布地を取りだして、真紀の足もとに投げた。

「素っ裸になって、それだけ着るんだ」

「………」

足もとの布地を手にした真紀は、唇をワナワナとふるわせて噛みしめた。

バスタオルほどの一枚の布地で、真んなかに大きな穴が開いている。その穴に頭を通し、身体の前と後ろに布地を垂らして、腰のところを紐でむすぶ。

「ああ……こんなもの」

「魔女は皆着せられたんですよ。すぐに裸にして調べられるのでね」

「ゆ、ゆるして……」

「素っ裸のほうがいいと言うのかな。研究室まで裸で行くほうが、フフフ」

「………」

命じられるままに、その一枚の布地をつけるしかなかった。

真紀は後ろを向いて服を脱ぎ、下着を取って全裸になると、布地の中央の穴に頭を通した。

「ああ……こんな……」

狼狽した。腰のところを縛っても、乳房は脇からのぞき、前も後ろも超ミニで太腿は剝きだし、茂みや双臀は今にものぞきそうだ。

「ああ……こんな格好で大学まで行くなんて……いやです、かんにんして……」

「よく似合いますよ、奥さん」

木戸は真紀の背中を押し、有無を言わさず玄関へと追いたてた。

「ああ……外へ行くのは、ゆるして……」

おびえて両脚を突っ張り、尻ごみするのを強引に連れだした。

ひいッ……悲鳴をあげそうになって、真紀はあわてて唇を嚙みしばった。

昼時とあって、通りには人の姿がある。ななめ向かいの家の門の前で立ち話をしている主婦もいる。

（ああ……）

真紀は生きた心地もない。顔をうなだれて両手で肌を隠したまま、声を出すこともあらがうこともできなくなった。

主婦たちが真紀に気づいたようだが、前に停めてある木戸の車の陰になって、真紀の下半身が見えないのが、せめてもの救いだ。

真紀は逃げるように車の助手席に乗った。

ブルブルと身体のふるえがとまらない。

「このくらいでそんなにおびえて、どうするんです」

木戸はあざ笑ったが、真紀は唇を噛みしばったまま、なにも言わなかった。

車が大学に近づくにつれて、真紀はブルブルとふるえだした。

今日もまたあの恐ろしい地下の研究室で、この前みたいなことをされるのだ。真紀は走っている車から飛びおりたくなるほどだ。

「……おねがいです……この前のようなひどいことは、しないで……」

真紀はふくれあがる恐怖に、哀願せずにはいられない。

「フフフ……」

木戸は車を走らせながら、意味ありげに笑った。

「奥さんだって、ひいひいよがって気をやったのだから、フフフ、もっともこの前は初日なので、ずいぶん手を抜いたつもりだけどね」

「そ、そんな……」

「今日は時間を気にせず、思いっきり研究すると言ったでしょうが」

「…………」

真紀の噛みしめた歯がガチガチ鳴りだした。

車は大学の裏門から入って、今は倉庫として使われている旧研究棟の前で停まった。地下に、木戸の研究室がある。

「さあ、魔女の取り調べ室へ行きましょうかね、奥さん、フフフ、おびえるのはまだ早いですよ」

木戸は真紀の腕を取って、地下への階段を降りた。

この旧研究棟を使用しているのは木戸だけなので、不気味なまでに静かだ。

「ああ……」

真紀の身体のふるえも大きくなり、膝とハイヒールがガクガクした。

思わずよろけ、しゃがみこみそうになっては木戸に腕を取られ、地下の廊下を引きたてられた。

（ゆるして……ああ、怖い……あんなこと、もう二度といや……ああ、たすけて……）

真紀は胸の内で叫びつづけた。

木戸が真紀を連れこんだのは、研究室ではなくて別の部屋だった。コンクリートが剝きだしの地下室で、中央には一メートルほどの間隔で柱が二本立ち、それぞれ上下には手脚を拘束するための鎖が取りつけてあった。

そしてその二本の柱を囲むように、教室にある一人用の机が並んでいた。机は全部で九つ。

「ゼミのために改造した部屋ですよ、奥さん」

木戸はニヤニヤと笑いながら、真紀を二本の柱の間に立たせると、両手を上へV字にあげさせて左右の鎖の革ベルトにつなぎながら言った。

真紀の両脚も左右へ大きく開かせ、足首に左右の鎖の革ベルトをつなぐ。

真紀の身体はバスタオルのような布地一枚まとっただけの姿で、二本の柱の間でX字に固定された。

「ああ……」

真紀の唇がワナワナとふるえた。

四股を固定されたことよりも、部屋のなかの様子が気になった。

なにか底知れぬ恐怖がふくれあがってくる。

「なにを……なにをしようと言うの……」

木戸はニヤリと笑った。

「これから私のゼミがはじまるんですよ。もうすぐ学生たちが集まってくるはず」

「………」

真紀はあまりのことに、歯がガチガチ鳴るばかりで、すぐには言葉も出ない。

「おお、来た来た」

木戸がそう言う間にも、学生たちがゾロゾロと入ってきた。

2

木戸のゼミの学生は男ばかり九人。席につくと、食い入るように真紀を見つめた。真紀の美しさに圧倒され、また布地一枚の半裸同然の姿に、剝きだしの太腿や肌に目が吸いついた。

(ああッ……そんな……)

真紀は学生たちの食い入るような視線が、痛いまでにわかった。

「みんなも知っている森下准教授の奥さんが、今日は魔女狩り研究のモデルになってくれる。研究のためにはどんなことでもしてくれるそうだ」

木戸は学生たちに平然と言った。

真紀は思わず、ああッと声が出そうになって、あわてて唇を嚙みしめた。

(そんな……そんなことって……)

真紀の身体を戦慄が走った。

木戸はゼミで魔女研究と称してもてあそぼうとしている。

学生たちは誰も不審に思っていないようだ。早くも目をギラギラと光らせ、これから起こることをじっと待っている。

木戸はゆっくりと、二本の柱の間につながれた真紀のまわりをまわった。

ニヤニヤとあざ笑うように真紀を見ながら、

「魔女の判別法はいろいろあることはすでに教えたが、身体で判別する基準はなんだったかな」

木戸はもっともらしく学生たちに聞いた。

「はい、ホクロと水晶玉を隠し持っていることです」

すぐに学生が答えた。

「そうだ。ホクロをまずさがす。ホクロで魔女だとわかれば、どこかに水晶玉を隠しているはずだ」

ではホクロをさがしてもらおう……そう言うなり、木戸はいきなり真紀の身体をかろうじておおった布地の腰の紐を解いた。

「ああッ、なにをッ……」

思わず叫んだ真紀だったが、九人の学生が席を立って近づいてくるのに気づくと、さらに悲鳴をあげて身体をこわばらせた。

「いやッ、なにをするのッ……来ないでッ」

そう叫んだ時には、周りから九人の学生の手がいっせいに真紀の身体にのびていた。前と後ろも布地がまくられ、裸の乳房や下腹、双臀が剝きだしにされ、ところかまわず学生たちの手が這った。

「いや、いやあッ……バカなことはやめて、やめなさいッ」

真紀は二本の柱の間でのたうちまわった。

九人の学生の手が、合計で十八本もの手が、真紀の乳房をいじり、背中や腹部を撫でまわし、双臀から太腿へと這ってくる。

「いやあッ……ああ、手をどけてッ」

「気にすることはないぞ。魔女は正体をあばかれまいとするんだ。丹念に調べるんだ」

木戸はニヤニヤと笑いながら学生たちをあおった。

木戸の許可がおりていることもあって、また真紀が自ら魔女を演じていると思っているのか、学生たちの手はますます大胆になっていく。

「綺麗な肌ですね。ホクロどころかシミひとつない」

「この肌の美しさ、いきすぎですよ」

「こうなったら、なんとしてもホクロをさがしてやる」

「それにしても、なんていい身体してるんだ。それにこの色気……」

学生たちはもう真紀に夢中だ。目をギラギラと血走らせ、今にも涎れを垂らさんばかりにして、真紀の身体をまさぐりつづける。

木戸はおもしろくてならないと言うように、学生たちをあおった。木戸にはホクロがどこにあるかわかっている。

「ああッ……いや、ああッ……やめてッ……」

真紀はこらえきれずに泣きだした。

左右から乳房をすくいあげるようにしてタプタプと揉みこんでくる手と、乳首をつまんでいびってくる指、そして茂みをまさぐり、股間にまでもぐりこんでくる手。後ろからは臀丘の谷間まで割られ、肛門を覗きこまれる。

その無数の手が真紀の官能を刺激し、身体中に火をつけられていく。

「いや……ああ、いやあ……」

学生たちの手から逃れる術もなく、真紀は二本の柱の間で手脚を波打たせ、黒髪を振りたくり、腰をよじりたてて悶え狂う。

「先生、ホクロ見つけましたよ。こんなところに……」

学生の一人が、真紀の内腿の付け根近くに小さなホクロを発見した。

「どれどれ」

木戸はわざとらしく覗きこんだ。

左右へ開いた内腿は、その奥の媚肉も露わにしたまま、学生の指がたかっていた。

「フフフ、みんなそこまでだ」

学生たちはようやく真紀の身体から手を引き、未練たっぷりの様子で席に戻った。

「ああ……」

真紀の身悶えがとまり、あとはハアハアと息も絶えだえにあえぐばかり。

よってたかっていじりまわされた真紀の身体は、もう汗でヌラヌラと光って、乱れた布地をへばりつかせた。

その上からも乳首が高くツンととがっているのがわかり、左右へ開いた股間は、媚肉をじっとりさせて赤く充血させている。

「それでは奥さんが魔女かどうか、このホクロで調べてみよう」

木戸は取りあげた針を学生たちに見せて、もっともらしく言った。

先日も木戸が使った針は、畳針ほどもある大きさで、刺すと先端から半分が後ろの半分にもぐりこむようになった仕掛け針である。

その針を木戸は、ゆっくりと真紀の内腿のホクロに刺した。針がズブズブと肉を貫いていくように見えるが、先端部分は後ろへともぐりこんだ。

「おお、もう針は半分も入ったぞ。それなのに平気とは……」

学生たちは驚くふりをする。

「諸君、判定はどうかな」

木戸は針を引いて、魔女取り調べ官になったような口調で、学生たちに向かって聞いた。

「有罪だ」

学生たちも木戸に合わせて口々に言った。

木戸はニンマリすると、今度は真紀の顔を覗き、ニヤニヤ笑った。

「皆、奥さんは魔女だと判定したけど、奥さんも認めるかな」

真紀は弱々しくかぶりを振った。

「……魔女だなんて……ああ、そんなこと、どうかしてるわ……」

「否定するとなると、さらなる証拠をさがすしかないねえ、フフフ、水晶玉をさがすしか」

木戸はうれしそうに笑った。学生たちまでうれしそうに顔を崩した。

「…………」

真紀はワナワナと唇をふるわせた。

このうえ、なにをされるのか。水晶玉をさがすとはどういうことなのか。

「フフフ、魔女は水晶玉をどこに隠し持っているのかな」

木戸は真紀に聞かせるように、大きな声で学生に質問した。

「膣あるいは肛門のなかです、先生」

すかさず学生の一人が答えた。

「どうやって調べるのかな」

「道具を使います」

「では、その道具をそろえたまえ」

木戸に言われ、学生たちは嬉々として壁際のロッカーを開け、なにか探しはじめた。

「いやッ……なにをしようというの……これ以上はいや、いやですッ」

真紀はおびえて叫んだ。

「学生たちは、奥さんの身体から水晶玉を探す仕度をしてるんですよ」

こういう水晶玉をね……木戸は真紀にささやいて、ポケットから取りだしたピンポン玉ほどの水晶玉を見せつけた。

そして学生たちに気づかれないように、すばやく水晶玉を開ききった真紀の股間に持っていくと、割れ目に分け入らせた。

そのまま、ググッと膣のなかへ指で押しこむ。

「ああッ、いや、いやあッ」

真紀は悲鳴をあげてのけぞった。

だが、それだけではない。つづいてビー玉ほどの水晶玉が、真紀の肛門に押しつけられた。ジワッと押しこまれ、ヌルッという感じで入った。

「ひいーッ……いやあ……」

真紀はさらにのけぞった。一個だけでなく、二個三個と入れられる。

「ひいッ……ああ、ひいーッ……」

真紀はのけぞったまま喉を絞った。

それをゾクゾクする思いで聞きながら、学生たちは準備をしていく。

机の上に不気味な金属の器具が置かれた。鳥のくちばしのようなものがついた膣拡張器である。それに金属の筒も並べられた。

先日、真紀に使われた長大な浣腸器だ。

「あ、ああッ……」

水晶玉を入れられたショックも忘れ、おぞましい責め具を見る真紀の瞳が、恐怖に凍りついた。

3

不気味な金属の器具をガーゼでみがく者、洗面器にグリセリン原液を流しこむ者、それを長大な金属の筒に吸いあげる者、そしてティッシュやタオル、便器を並べていく者。

木戸ゼミに在籍する九人の男子学生の恐ろしい検査の準備を、真紀は生きた心地もなく見つめている。

「ああッ……そんな……」

真紀は唇をわなわなかせてかぶりを振り、ハイヒールをはいただけの全裸を、二本の柱の間でブルブルとふるわせた。

二本の柱の間でまっすぐ立った真紀の裸身は、手脚をX字に開かされて、手首足首を鎖で柱の上下に固定されていた。いくらもがいてものびきった鎖はビクともせず、開いた身体を隠すことはできなかった。

「いや……ああ……」

検査の準備をすませた学生たちが席へ戻り、ニヤニヤと見つめてくるのが、真紀をいっそうおびえさせた。

学生たちがそろえた、おぞましい器具が机の上に並んでいる。

「フフフ、こっちが魔女のオマ×コを開いて奥まで覗く道具ですよ。奥さん。そしてこれが尻の穴のなかを調べる浣腸器」

木戸は鳥のくちばしのような膣拡張器を取りあげて真紀に見せつけ、次には金属の筒でつくられた長大な浣腸器を、意地悪く見せつけた。

「ああ、いやッ、そんなもの……ああ、絶対にいやですッ……」

真紀は狼狽して、黒髪を振りたくった。

「バ、バカなことはやめて……いや……そんなもの、使わないで……」

「魔女ほどそう言っていやがる。水晶玉を見つけられて取りだされてしまうと、魔力が弱まるからだ」

木戸は学生たちに平然と言った。

学生たちはニヤニヤと笑い、舌なめずりをして淫らな欲情を剝きだしにする。木戸がいなければ、我れ先にと真紀の肌にしゃぶりつかんばかりだ。

「それではまずは、前の穴の検査といこうか、フフフ、誰にこいつで奥さんのオマ×コを開いてもらおうかな」

木戸が膣拡張器の金属のくちばしをパクパクさせて、学生たちを見まわしながら言った。

いっせいに学生たちの手があがった。なんとしても木戸の指名を得ようと、上体を乗りだす。

「好みの学生がいれば、奥さんが指名してもいいですよ、フフフ」

木戸は真紀をからかいながら、膣拡張器の金属のくちばしの先端で、意地悪く開いた内腿をなぞった。

ひいッと真紀は裸身を硬直させ、美しい顔をひきつらせた。恐ろしさにこわばった肌が総毛立った。今にも金属のくちばしが入ってきそうで、思わず腰をよじりたてた。

「いやあ……」

「奥さんの指名がないので、そのいやなことを滝上にやってもらいますか」

木戸に指名された滝上は、飛びあがらんばかりに喜び、席を立って前へ飛びだしてきた。

うれしさと淫らな欲情の昂りに、木戸から膣拡張器を受け取る手もふるえている。

滝上は何度も舌なめずりをして、涎れをすすりあげる。

「ゆっくりと開くんだぞ、滝上。出産の時に膣は十センチくらい開くとはいえ、奥さんはまだ出産の経験がないんだからな」

「はい、先生……」

滝上は声をうわずらせて、大きくうなずき、真紀の前にしゃがみこんだ。

興奮のせいか、さかんに金属のくちばしをパクパクと開閉させる。

「や、やめてッ」

真紀は声をひきつらせた。

「そ、そんなもの、使わないでッ……いや、いやあッ」

金属のくちばしの先端を内腿に押し当てられて、真紀は悲鳴をあげて悶え狂った。

X字の手脚をうねらせ、黒髪を振りたくって腰をよじる。

それをあざ笑うように、金属のくちばしは真紀の内腿を這いあがり、艶やかな茂みをこねまわすように動いた。

真紀の悲鳴を楽しむように、すぐには挿入しようとはしなかった。

「たまんない……この美しい色気……まどわされそうだ」

滝上がうなるように言った。

他の学生たちも身を乗りだして、息を呑んで見守っている。どの目もとりつかれたようにギラギラと血走った。

「やめてッ……ああ、たすけてッ……」

真紀はそんな視線を気にする余裕もなく、腰をうねらせて泣きだした。

茂みをこねまわした金属のくちばしは、さんざん真紀に悲鳴をあげさせてから、スーと媚肉の割れ目へ移った。

ひいッ……と真紀はのけぞり、ビクンと腰をふるわせた。

「い、いやッ……いやあッ……」

真紀の喉に、魂消えんばかりの悲鳴が噴きあがった。

氷のように冷たい金属が媚肉の割れ目に分け入って、ジワジワと柔肉を貫いてくる。

生まれて初めてそんな器具を挿入される恐ろしさ。

「ひいッ……あ、ああ、いやあッ……」

柔肉を巻きこむようにして入ってくる金属のくちばしに、真紀は息もつけない。それは恐ろしいまでに深く入り、しかもゆっくりと金属のくちばしを開きはじめた。ビクン、ビクンと真紀の腰がふるえ、美貌がひきつった。

「あ、ああッ……そんなッ……う、うむ……ひッ、ひッ……」

「フフフ、学生にオマ×コを開かれていく気分はどうかな、奥さん。そうそう、滝上は森下准教授の講義にも出てるんですよ」

木戸がからかっても、真紀は返事をする余裕もなく、キリキリと唇を噛みしめてかぶりを振った。

まるで身体を内から引き裂かれていくようで、唇を噛みしめただけでは耐えられずに、真紀はひいひい喉を絞った。

「た、たすけて……」

「まだまだ。玉を隠していないか調べるには、奥さんのオマ×コをうんと開かなくてはねえ」

木戸は愉快でならないというように、せせら笑った。

「す、すごい……奥まで見えてきた。これが森下准教授夫人のオマ×コのなかか」

滝上の声がうわずり、膣拡張器を持つ手が小さくふるえた。一気に限界まで開きたいのを抑えて、ジワジワと金属のくちばしをひろげていく。

開かれていく柔肉はヌラヌラと光って妖しい肉彩を見せ、そこからムッとするような女の匂いが立ち昇り、これがいやでも男の欲情をそそる。

もう学生たちのズボンの前は痛いまでに張っていた。

「う、うむ……」

真紀はキリキリと唇を噛みしめて黒髪を振りたくった。

柔肉はさらに押しひろげられて、疼痛がふくれあがる。

秘められた肉壁が外気にさらされ、学生たちの淫らな視線が奥へと潜りこんでくる。

「どうだ、滝上。玉は見つかったか」

木戸がわざとらしく滝上に聞いた。

「はっきりとはまだわかりませんが、奥に玉らしきものが」

滝上は滝上で、もう柔肉にくるまれた玉が見えているのに、とぼけてさらに金属のくちばしをジワジワと開いていく。

次の瞬間、ヌラヌラと濡れ光る玉がまるで産み落とされるように、ツーと糸を引いて床に落下した。産卵のスローモーションを見るようだ。

「おおッ、玉があったぞ」

「ずいぶんとオマ×コの奥に隠してたんだな。それにピンポン玉くらいもある」

学生たちは木戸が真紀の膣に水晶玉を隠し入れたのを知っているくせに、わざとらしく言ってニヤニヤと笑った。

「フフフ、こんな水晶玉をオマ×コに隠していたとは、あきれた奥さんだ」

ヌラヌラと光る玉を拾いあげて、木戸もわざとらしく言った。

「ああ……う、ううッ……」

言葉もなく真紀はかぶりを振った。

水晶玉が落ちても、金属のくちばしは真紀の媚肉を押しひろげたままだ。生々しいばかりに口を開き、ヌラヌラと濡れた肉壁も、奥の子宮口の肉環ものぞいたままだ。

「……もう、ゆるして……ああ、も、もう、取って……」

哀願しようとするが、真紀の言葉は泣き声とうめきにしかならない。

「これはすごい……」

「魔女は綺麗なオマ×コをしているじゃないか」

「子宮口まで見えるぞ。たまらないねえ……」

学生たちはしゃがみこんでは、代わるがわる覗きこんだ。

「玉はひとつだけかな、奥さん」

木戸は真紀の顔を覗きこんで、意地悪くからかった。

「隠したって、学生たちが奥さんのオマ×コの奥まで覗いて調べているから、すぐにわかってしまいますよ」

「……も、もう……ゆるして……」

真紀は唇をワナワナふるわせて、そう言うのがやっとだった。真紀の白い肌はじっとりと汗に濡れて、ブルブルとふるえがとまらない。

「魔女は尻の穴にも玉を隠していることが多いんですよ。オマ×コにこんな大きな水晶玉を隠していたんだから、尻の穴も可能性が大きいということですよ、フフフ」

木戸はニンマリといやらしく顔を崩して、机の上の金属の浣腸器に手をのばした。

4

真紀は木戸によって肛門にも玉を入れられた。うずらの卵ほどが二個である。

「いや、いやッ……それだけは、いやですッ……かんにんしてッ」

木戸の手に握られた金属の浣腸器に気づいた真紀は、まだ媚肉が金属のくちばしで開かれたままなのも忘れて叫んだ。

金属の浣腸器が、どれほどおぞましく恥ずかしいものか、すでに一度思い知らされている。

「やめてッ……そんなこと、やめてッ」

そんな真紀の悲鳴をニヤニヤと聞きながら、木戸はもうたっぷりとグリセリン原液を吸った長大な金属の浣腸器を手に、学生たちを見まわした。

「奥さんの尻の穴の検査は、誰にしてもらうかな」

木戸が言うや、またいっせいに学生たちの手があがった。

「フフフ、私のゼミの学生は皆、勉強熱心だねえ。指名するのに苦労するというものですよ」

木戸は、学生全員に真紀への浣腸をさせることにした。

浣腸器の容量は千五百CCなので、学生ひとりに百CCずつ。九人で合計九百CC、残りの六百CCは木戸自ら注入することにした。

学生たちは大喜びで、さっそく真紀に浣腸する順番を決めはじめた。

そして最初の学生が木戸から金属の浣腸器を受け取って、真紀の後ろにしゃがみこんだ。

他の学生が手伝って、左右から真紀の臀丘の谷間を割りひろげ、その奥の肛門を剝きだした。

「可愛いアナルしてるじゃないか。魔女だけあって、ここまで綺麗だ」

「こりゃ水晶玉を隠してそうだな。浣腸するのが楽しみだぜ」

覗きこまれて、真紀の肛門はヒクッヒクッとおびえる。

「ああッ……いやあッ……」

膣を金属のくちばしで拡張されたまま、学生たちによってたかっておぞましい浣腸をされるのだ。

「奥さん、浣腸しますよ」

学生がそう言うなり、浣腸器の金属のノズルが真紀の肛門を貫いた。肛門の粘膜を深くえぐるように、ゆっくりと縫う。

「あ……ああッ……い、いやあッ……」

真紀は唇を噛みしばってのけぞった。

硬直した裸身が総毛立った。

「ぴっちり咥えこんでヒクヒクさせてるじゃないですか、奥さん」

学生たちがざわめいた。

ムチッと官能味あふれる真紀の双臀に浣腸器が刺さっているだけで、いっそう妖しさが際立つ。

ゆっくりと長大なシリンダーが押され、グリセリン原液がドクドクと注入されはじめた。

「あ、ああッ……いやッ、ああッ……」

真紀はひいッと喉を絞りたて、黒髪を振りたくった。

ドクドクと薬液が入ってくる。

真紀は噛みしめた歯がガチガチ鳴り、身体もふるえがとまらない。

「や、やめてッ……ああ、こんな……あ、あむッ……入れないでッ」

「フフフ、尻の穴はおいしそうにノズルを咥えて呑んでいくじゃないですか、奥さん」

「ああ……こんなこと、狂ってるわ……」

木戸のからかいに、真紀はキリキリと歯を噛みしばってかぶりを振った。

「どんどん入っていきますよ、すごい……」

学生もうれしそうに長大なシリンダーを押していく。学生にしてみれば、真紀ほどの美人妻に浣腸できるなど、最高の喜びだ。

「う、うむ……ああッ、ゆるしてッ」

真紀は歯を噛みしばって必死にこらえようとするが、耐えきれずに泣き声が噴きあがってしまう。

　たちまち百ＣＣが注入されて、いったんノズルが引き抜かれ、すぐに二番目の学生が、再びノズルを真紀の肛門に突き立てた。

「ああ、いやッ……もう、もう、いやあッ……やめてッ」

「へへへ、やめられるわけないだろ」

　真紀の悲鳴も学生の嗜虐の欲情をあおり、喜ばせるだけだ。

　再び長大なシリンダーが押され、ズーンと薬液が注入されて、真紀はひいっとのけぞって、ブルルッとふるえを大きくした。

「いやあ……」

「いい声で泣くなあ、奥さん。さすがに泣き声も色っぽいや」

「も、もう、入れないでッ……ああッ……いやッ……やめて、おねがいッ」

　真紀がいくら哀願しても、学生は薬液を注入するのをやめない。

　今度は三十ＣＣほどズーンと注入すると、あとはじっくりと楽しむように長大なシリンダーを押し、チビチビと入れていく。

「ああ……そ、そんな……ああ……」

　真紀の狼狽が大きくなった。

「フフフ、そういう入れられ方が好みかな、奥さん」

木戸が真紀をあざ笑った。

そうやってじっくりと時間をかけて百CC注入すると、三番目の学生は今度は十CCずつに区切って、ビュッ、ビュッと断続的に注ぎこみはじめた。

「あ、あぁッ……かんにんしてッ……あぁッ」

真紀の泣き声が露わになり、悲鳴が入り混じった。

今度はとてもじっとしていられない。

肛門から背筋へとしびれが走って、頭のなかが火になる。

「あぁッ……いやッ……ひッ、ひッ……」

「奥さんは、どの入れ方がお気に入りかな」

木戸はニヤニヤと真紀の顔を覗きこんだ。

学生に入れ知恵して、注入の仕方を変えさせている。

「まったくいい声で泣く奥さんですね、木戸先生。この入れ方が好みのようですよ」

学生はそんなことを言いながら、舌なめずりをして断続的に長大なシリンダーを押していく。

だが、十回も押すと百CCは入ってしまった。

「今度は俺の番だ、へへへ」

四番目の学生がうれしそうに長大な金属の浣腸器を受け取った。

「もう、もう、いやあッ……やめてッ、けだもの……」

真紀がいくら泣き叫んでもだめだ。

腰は左右から学生につかまれて臀丘の谷間を割りひろげられ、いつのまにか乳房にも左右から手がのびてタプタプと揉みこまれ、真紀は黒髪を振りたくり、X字の手脚をうねらせることしかできない。

四番目、五番目、そして六番目と学生たちの浣腸はつづいた。

九番目の学生が長大なシリンダーを押して百CC注入した時には、真紀は悲鳴も途切れて、ハァハァと息も絶えだえにあえぐばかり。

「……も、もう……ゆるして……」

そう言うのがやっとだった。

合計で九百CC注入され、ハァハァとあえぐ真紀の裸身は、汗にまみれてヌラヌラと油でも塗ったようだ。グルルと腹部が鳴って、美貌が、ふくれあがる便意の苦痛にゆがんだ。

「あと六百CC残ってますよ、奥さん。残りは私が入れてあげますからね、フフフ」

長大な浣腸器のノズルを、必死に引き締める真紀の肛門に突き刺しながら、木戸はうれしそうに言った。

「う、ううッ……ああ、これ以上は……も、もう、我慢が……」

「我慢できなければ出せばいいんですよ、奥さん」

「…………」

浣腸されるだけでなく、またおぞましい排泄を見られる。

「フフフ、残りは一気に呑ませてあげますよ。もう我慢できないとなれば、ゆっくり入れてるわけにもいかないでしょう、奥さん」

木戸はそう言うなり、力いっぱい長大なシリンダーを押した。

残り六百CCを一気に入れるやり方で、激流が真紀の直腸を襲った。

「そんなッ……ひいッ、いやあッ……ひッ、ひいいッ……」

真紀は白目を剝いてのけぞり、絶叫した。

今にも駆けくだりそうな便意を押しとどめ、逆流させて激流が渦巻き、たちまち長大なシリンダーは底まで押しきられた。

「ひいーッ」

激流の注入がとまるや、荒れ狂う便意がいっそう猛烈に巻きかえしはじめた。

「い、いやあッ」

ノズルが抜かれた瞬間、ショボショボと漏れはじめたかと思うと、真紀の肛門が内からふくらんで、一気に爆ぜた。

あてがわれた便器にはじけ、一度途切れてから、またほとばしったそのなかに、玉が、まるで産み落とされた卵のようにキラキラと光っていた。

第五章　牝奴隷宣言

1

学生たちが便器のなかを覗きこんで、ニヤニヤと笑っている。

そのなかの二人が、便器のなかからうずらの卵ほどの玉を一個ずつ拾いあげ、かざして見せた。

「先生、水晶玉がありましたよ。それもふたつです」

「オマ×コだけでなくて、尻の穴にも水晶玉を隠してるとは、奥さんは相当なタマですね、木戸先生」

木戸はニンマリとうなずいた。

真紀はもう号泣も途切れ、固く両目を閉じたまま、鎖にグッタリと身体をあずけ、汗まみれの乳房から腹部を波打たせていた。

玉の汗があえぐ肌からいくつも、ツーとすべり落ちた。

その真紀のまわりを、木戸はゆっくりとまわった。

魔女研究と称して、真紀を学生たちの前でここまで責めたことが、木戸は愉快でならない。

「これで終わりだと思ったら大間違い。まだこれからでねえ」

木戸が耳もとでささやいても、真紀の反応はなかった。

「森下真紀准教授夫人が魔女と認定され、玉を取りだしたあとは、どうされるんだったかな」

木戸は学生たちを見まわして、しらじらしく聞いた。

学生の一人が手をあげた。

「市中引きまわしのうえ、火あぶりです」

「その前に、美しい魔女は取り調べ官や看守たちによって、輪姦されるんでしたよね、木戸先生」

別の学生が言った。

「そうなんだが、輪姦には理由がある。玉は取りだしたとはいえ、魔女は自分のなかであらたな水晶玉をつくることもできる。そうさせないように、穴をふさいで魔女をクタクタにさせておくためだ」

木戸はもっともらしく学生たちに説明した。

取り調べ官や看守は、昼も夜も美しい魔女を犯しつづけたとウソぶく。学生たちは納得したようにうなずいた。この美しい人妻を犯すことができるかもしれない……そんな期待がふくらむ。どの目も焦れたように色が変わっていた。

「奥さんがその気になるように、みんなで発情させてやるんだ」

木戸がそう言うなり、学生たちは歓声をあげていっせいに真紀の身体に殺到し、肌をまさぐりはじめた。

左右から乳房をわしづかみにしてタプタプ揉み、乳首に吸いつく者、しゃがみこんで双臀を撫でまわす者、前から割れ目に指先を分け入らせる者、真紀の唇に唇を合わせようとする者と、まるで女体に群がるハイエナだった。

「う、うう……」

はじめは低くうめいて右に左にと顔を振るだけの真紀だったが、一度に九人もの学生に肌をまさぐられてはたまらない。

「あ、ああッ……いやあッ」

ハッと目を開いた真紀は、悲鳴をあげてのけぞった。

「やめてッ……ああ、いや、もう……ああッ、いやあッ……」

「フフフ、うんと気分を出すんだ、奥さん」

木戸が笑っているのが真紀に見えた。

「若い学生九人にいっぺんに愛撫してもらえるなんて、森下とするよりずっと気持ちいいはずですよ、奥さん」

「いやあッ、ああ……うむ……」

真紀の悲鳴はいきなり学生に唇を奪われ、途中からくぐもったうめきに変わった。

学生の口が真紀の唇を吸い、いやらしい舌が強引に入って、舌をからめ取られて吸われる。そして唾液まで流しこまれて呑まされた。

下では別の口が真紀の乳首を吸い、舌先で舐めまわしては、時々ガキガキと嚙んできた。背中や脇腹にも別の口が吸いつき、這いまわっている。

さらに下では学生の指が開ききった股間で真紀の女芯を剝きあげ、代わるがわる口を寄せてはとがらせた舌で舐めていた。もう膣拡張器は取りはずされていたが、代わって学生の指が膣に挿入され、柔肉をまさぐっていた。

後ろでは学生の指が、まだ腫れぼったくふくれた肛門をまさぐりつつ、唇がムチッと張った臀丘に吸いついてくる。太腿の前と後ろにも、別の唇と指とが這った。

「うむ、ううむ……うむッ」

真紀はふさがれた口の奥で泣き声をあげ、ブルブルとふるえる下半身をよじろうとした。

いくらこらえようとしても、真紀は身体の肉が火になり、とくに女芯から身体の中心を、ただれるようなうずきが走るのをどうしようもなかった。

(ああ、そんな……ああ……)

真紀を激しい狼狽が襲う。真紀がいくらつつしみ深くても、成熟した人妻の性がこのようないたぶりに耐えられるわけがなかった。

いくら抑えようとしても、真紀の乳首は硬くとがり、腰がひとりでにうごめき、女芯は血を噴かんばかりになって、肉奥に熱いものがたぎりだした。

(かんにんして……これ以上されたら……)

ふさがれた口からもれるうめきが露わになり、汗にヌラヌラと光る身体が匂うようなピンクにくるまれた。

真紀の身体から、あらがいの力が消えていく。

「木戸先生、奥さんのオマ×コがいい色になって、濡れてきましたよ」

「どんどんお汁が溢れだしましたよ。こりゃすごい、へへへ、敏感なんだな」

媚肉をまさぐっていた学生が、うわずった声で木戸に報告した。

「どれどれ」

木戸が覗きこむと、真紀の媚肉は充血した肉襞をしとどの蜜のなかにヒクヒクとうごめかせていた。

「なるほど、これじゃもう指では物足りないようですね、奥さん。太いのが欲しいんじゃないのかな」

真紀をからかっておいて、木戸は学生たちに向かって、

「もっと発情させるんだ。ただし、まだ気をやらせるんじゃないぞ」

と、真紀を焦らすように言った。

「ああ……も、もう、かんにんして……」

ようやく口を離された真紀は、すぐには口もきけなかったが、あえぐような声で哀願をした。ハァハァと火の息を吐いて、まいりきったようにグラグラと頭をゆらす。

「……もう、これ以上は……ああ、やめて……変になっちゃう……」

いくら哀願しても、学生たちの手も口も、真紀の身体から離れない。

「フフフ、変になっていいんですよ」

「そんな……ああ、いや……」

「気をやりたくなったら、自分が淫乱な魔女であることを告白して、太いのをおねだりするんだねえ、奥さん」

木戸があざ笑うように、真紀の耳もとでささやいた。

そんなことができるわけがない……真紀はいやいやとかぶりを振った。

だが、学生たちにいじりまわされる真紀の身体は、耐えきれずに浅ましく腰がうねり、開ききった股間は前も後ろもただれんばかりにうずいていた。

女芯は充血して脈打ち、柔肉はジクジクと蜜を溢れさせ、肛門までが今にも蕾をはじけんばかりにふくらませ、ヒクヒクとあえがせている。

それが木戸には、たくましいものを咥えたがってあえいでいるように見えた。

「ああ……ああ……」

こらえきれなくなった真紀は、声をあげて泣きだした。

「泣いたってだめですよ、奥さん。ちゃんと淫らな魔女であることを告白して、太いのをねだらないと」

木戸は意地悪く、真紀がどうふるまえばいいかを耳もとでささやいた。

「そ、そんな……」

強要されることの恥ずかしさに、真紀は弱々しく頭を振った。

それでも火と化した真紀の身体は、

(ああ、たまらない……どうにかして……このままでは狂っちゃう……し、して……)

そんな思いが喉まで出かかった。それがどんなに浅ましいことか、顧みる余裕はしだいになくなっていく。

肉の欲求に理性が失われ、押し流される。

2

真紀は屈服した。

唇をワナワナとふるわせてなにか言いかけてはやめ、また切なげな視線を木戸に向けて唇をわななかせることを何度か繰りかえし、

「……真紀は……真紀は淫らな魔女です……夫ひとりでは満足できない……で、ですから、たくましいので、して……ああ、太いのを入れてください……」

真紀は泣きながら、強要された言葉を口にした。口にすることで、いっそう泣き声を大きくした。

「フフフ、とうとう淫乱な魔女であることを自白しましたね、奥さん。夫ひとりでは満足できなくて、太いのを入れて欲しいとは」

木戸はあざ笑ったが、真紀はもう泣き悶えるばかり。

「そこまで発情させれば充分だろう。奥さんは屈服したからな。全員さがるんだ」

木戸はひとまず学生たちを真紀の身体から離れさせた。

「ああ……」

真紀が一人、じっとしていられず泣きながら悶えた。

開ききった内腿には、溢れた蜜がしたたっている。そしてうねる女体は、どこも汗と学生たちの唾液とで濡れ光っていた。

「さあ、もう一度おねだりするんですよ、奥さん。欲しいんでしょう」

木戸がしつこく言った。学生たちにはっきり聞かせるためだ。

いやいやと弱々しくかぶりを振った真紀だったが、もうわけもわからなくなって、

「ああ……欲しい……真紀にたくましいのを……太いのを入れて……」

泣きながら口にした。

学生たちは思わず胴ぶるいして、ズボンを脱ごうとする。木戸は手を出してとめた。

「あせるんじゃない。ここで我れを忘れたら、魔女の思惑にはまってしまうぞ。犯る

にはそれなりの段取りがある」

木戸はもっともらしいことを言って、自分はズボンを脱ぎはじめる。たくましいそれは天を突かんばかりだ。

「立派なのを持ってるんですね、木戸先生」

学生たちは声をあげた。

「ああ……」

真紀もワナワナ唇をふるわせた。

あわてて目をそらしたものの、すぐにからみつくような視線が肉棒に向けられた。

恥ずかしいおねだりをしてしまったことで、真紀のなかでなにかが崩れてしまった。今の真紀を支配するのは、肉の欲求だけだ。

「これを深く咥えこんで、こねまわされたいんでしょう、奥さん」

木戸がゆすってみせると、真紀は思わずうなずいた。

「これを、うんと深く奥さんに入れてあげますよ」

木戸はもう一度ゆすってみせた。

学生たちは真紀と木戸を取り囲んで、ニヤニヤと見守る。あとで真紀の身体を楽しめるとわかっているせいか、文句を言う者はいない。

木戸は舌なめずりをすると、真紀の後ろへまわった。

二本の柱の間でX字に鎖で固定された真紀の裸身を、後ろから抱きしめて、ムチッと盛りあがった双臀にたくましいものをこすりつけた。

「あ、ああ……」

木戸の狙いがどこにあるかも知らず、真紀はようやく媚肉に与えられる期待感に、ブルッと胴ぶるいした。しとどの蜜にまみれた媚肉は、押し入ってくるものを待ちかねるみたいに、ヒクヒクと肉襞をうごめかせた。

灼熱の頭が、真紀の臀丘の谷間にもぐりこんでくる。次の瞬間、それは真紀の肛門に押しつけられた。

「ひいッ……そこは、ちがうッ」

真紀は悲鳴をあげて叫んだ。

「フフフ、奥さんはどこに入れて欲しいか言わなかっただろ。ここでいいんだ。魔女には、尻の穴の串刺しが効果的でね」

信じられない木戸の言葉。そんなところに木戸の人並み以上のたくましいのが……。

「いやッ、そんなところッ……ああ、やめて、そこだけはッ」

真紀が叫ぶうちにも、たくましいものがジワジワとめりこんできた。

「ああッ、いやあッ……ひッ、ひいーッ」

魂消えんばかりの悲鳴をあげて、真紀はのけぞり、汗まみれの裸身を硬直させた。

ふっくらとした肛門がキュウとすぼまるが、それが強引に押しひろげられ、肛門の粘膜が引きのばされていく。

「ひいッ……痛いッ、裂けちゃう……う、ううむ……」

激痛が肛門から脳天へと走り、真紀はのけぞり、絶叫した。

キリキリと歯を噛みしばっても耐えられず、口をパクパク動かして喉を絞った。

「自分からも尻の穴を開くんですよ、奥さん。これだけいい尻をしてるんだから」

「ひいッ……ひいッ……たすけてッ」

「魔女のくせに、フフフ、だまされませんよ、奥さん」

木戸はあせらず、少しずつ進めた。ジワジワと、真紀の肛門の粘膜を極限までひろげていく。

「裂けちゃう……」

真紀の手脚がうねる。鎖で固定されていなかったら、黒髪や壁や床をかきむしっただろう。

真紀の肛門はいっぱいに押しひろげられ、木戸の肉棒の頭を呑みこもうとしていた。のびきった肛門の粘膜が、今にも裂けんばかり。硬直した双臀がブルブルとふるえて、とまらなくなった。

「うむ、うむむ……」

肉棒の頭がもぐりこんだ瞬間、真紀の目の前にバチバチと火花が散った。肛門の粘膜を引きずりこむように深く入ってくる肉棒に、目の前が暗くなる。

「裂けずに入ったでしょう、奥さんの尻の穴に入っているのがわかるでしょう」

頭がもぐりこんでしまえば、あとはスムーズだ。

後ろから覗きこんだ真紀の美貌は、返事をする余裕もなくキリキリと唇を噛みしばり、あぶら汗のなかに眦をひきつらせて、蒼白だった。

「どうです、尻の穴をふさがれた気分は」

「……た、たすけて……うう、うむ……死んじゃう……」

「まだまだ。魔女はオマ×コもふさがなくてはねえ」

木戸はあざ笑って、学生たちに合図を送った。

食い入るように見つめていた学生たちは、いっせいにズボンを脱ぎはじめた。たちまち若くたくましい肉棒が九本、真紀の目の前に乱立した。

「……い、いやあッ……」

もうろうとかすんだ真紀の目が、ハッとひきつった。

後ろから木戸に肛門を犯されている身体を、さらに学生たちが前から犯す。

「やめて……そんな恐ろしいこと……」

「フフフ、サンドイッチといって、魔女には効き目があるんですよ」

木戸はウソぶいた。

学生の若くたくましい肉棒が前から迫ってくるのを見て、真紀は逃げようとした。

だが、真紀の身体は肛門を貫いた木戸で、杭につなぎとめられたようになっている。

腰をよじろうとすれば、肛門に激痛が走り、腰を引けば、いっそう深く肛門に咥えこむことになる。

それでも真紀は腰を引き、よじらずにいられない。

「奥さん……」

学生は目を血走らせ、声をうわずらせて真紀の正面からまとわりついた。

灼熱が、茂みから割れ目へとすべりおりた。

「ああッ……いやッ……ひいッ、ひいッ……」

媚肉に分け入り、のめりこんでくる感覚に、真紀は悲鳴をあげた。

前から後ろから同時に二人の男を……真紀は目の前が暗くなる。今度は押し入る学生の肉棒が、薄い粘膜をへだてて肛門の木戸とこすれ合い、それが火花を散らす。

「ひいーッ」

学生が深く入った。真紀は白目を剝いてのけぞった。

「すっかり入りましたよ、先生」

「フフフ、どうだ、奥さんのオマ×コは」

「すごいですよ。クイクイ締めつけてきて、絞られるみたいにからみついてくるんですからね」

「あせるとすぐに出てしまうぞ」

木戸と学生は真紀の後ろと前とでそんなことを言い、ゆっくりとリズムを合わせて突きあげはじめた。

「ああッ……ひッ、ひいーッ……」

真紀は木戸と学生との間で揉みつぶされるように悶え狂い、泣きわめく。

「フフフ、たっぷりと気をやらせてあげるよ、奥さん。時間はいくらでもあるし、若い学生は九人もいる」

その声も、もう真紀には聞こえない。

3

次から次へと媚肉へ押し入ってくる学生たち……もうどのくらいの時間、前から後ろから犯されているのだろう。

真紀がハッと意識を取り戻したのは、木戸の地下研究室のソファの上だった。

「フフフ……」

目の前で木戸が、ニヤニヤと笑っていた。

学生たちの姿は、もうなかった。

「途中でのびてしまうとは、魔女のくせにだらしないですよ、奥さん、フフフ、もっともそれまでに何度気をやったことか」

木戸は真紀の顔を覗きこんで、せせら笑った。

「そんなにサンドイッチがよかったのかな。それとも肛門セックスが気に入ったのかな、気を失うくらいに」

意地の悪い木戸の言葉に、これまでのことがドッとよみがえって、真紀は弱々しく頭を振ると、肩をふるわせてすすり泣きだした。

手と脚を縮めて、ハイヒールをはいただけの全裸を、木戸の目から隠した。

「……言わないで……」

消え入るようにすすり泣く真紀の姿は、征服されて屈服した女そのものだった。

時計の鐘が鳴った。もう午前一時になっている。

「ああ……も、もう帰してください……」

「帰してあげますよ。ゼミも終わったことだしねえ、フフフ」

木戸は真紀をソファから抱き起こすと、いきなり両手を背中へひねりあげた。両手首を重ねて縄を巻きつける。

「あ、もう、いや……どうして、縛ったりするのですか」

「家へ帰してあげると言ったでしょう。縛っておかないと、奥さんが逃げるといけないのでね」

「ああ、ほどいて……逃げたりしませんから……縛られるのは、いや……」

真紀の哀願を無視して、後ろ手に縛った縄は豊満な乳房の上下にも巻きついた。

「さあ、行きましょうか、奥さん」

木戸は縄尻をつかんで、ピシッと真紀の双臀を張った。

「ああ……」

真紀は膝とハイヒールをガクガクさせて、思わずよろめいた。

腰も力が入らず、股間は媚肉も肛門もまだ肉棒が入っているみたいで、ヒリヒリとうずいた。

「しっかり歩くんだ」

また縄尻でピシッと双臀を打たれ、真紀はひッと悲鳴をあげて、足を進ませた。

木戸の研究室を出て、地下から地上へあがり、駐車場へ行く。もう夜はふけて人影もなく、空には月が光っていた。

それでも真紀はハイヒールをはいただけの全裸だ。一時も早く木戸の車のなかへ逃げこみたい。

だが、木戸は車のほうへは行かずに、大学の裏門へ真紀を引きたてた。

「ああ、どこへ行くのですか……」

「家へ帰してあげるんじゃないですか。月夜の散歩をしながらね」

「そ、そんな……いや、こんな格好でなんて」

「魔女は刑の前に、市中を引きまわされるんですよ、奥さん」

木戸はまた縄尻でピシッと真紀の双臀を打った。

「ああ……かんにんして……」

人影のない大学構内を歩かされながら、真紀は何度も哀願した。

月の光が、はっきりと真紀の裸身を照らしだした。

大学の裏門を出て道路を歩かされると、真紀はいっそう生きた心地がなくなった。

こんな姿を見られたら……膝とハイヒールがガクガクして、真紀は身体がブルブルとふるえた。

「……ゆるして……人に見られます……」

「フフフ、泣いてると余計に誰かに気づかれますよ。それとも気づかれたいのかな」

木戸はからかいながら、夜道へ真紀を引きたてていく。

少しでも真紀が立ちどまったり、しゃがみこんでしまいそうになると、容赦なく縄尻の鞭が双臀に飛んだ。

ピシッ……真紀は必死に悲鳴を噛み殺したが、鞭の音はまわりの家が起きだしてくるかと思うまでに、深夜の静けさのなかに響いた。

木戸は大通りは避けて、住宅街のなかの道へ真紀を引きたてた。

「どうです、肛門セックスは、奥さん」

わざと大きな声でそんなことを聞く。真紀がまわりに聞こえないかとビクッとふるえ、わななく唇を噛みしめると、

「感想を聞いてるんですよ。初めて肛門セックスを知った、森下真紀准教授夫人」

「ああ、そんな大きな声を出さないで……」

木戸を振りかえった真紀は、弱々しくかぶりを振った。

「あんなひどいことを……い、いやらしくて、恐ろしいだけです……」

「それにしてはひいひい泣いて悦んでたじゃないですか、奥さん。尻の穴が敏感で、とても初めてとは思えないですよ」

木戸はあざ笑って、さらに真紀の肛門の締まりがどうのと、しつこくしゃべった。

「……ああ……けだもの……」

すすり泣くような声だ。木戸には聞こえないように小さくつぶやいた。
十二、三分も歩かされ、住宅街のなかの小さな公園に出た。
そこに水飲み台があることに気づいた木戸は、その前へ真紀を連れていった。台の上に蛇口があり、その上に球状の噴水がある型である。

「綺麗に洗うんですよ。学生たちにたっぷり精を注がれてオマ×コがベトベトのはず」

「………」

真紀は唇をワナワナとふるわせた。あとずさりしようとしたが、たちまち木戸に抱きあげられて、水飲み台の上に乗せられた。

「ああ……なにを……」

「言わなくてもわかるでしょう、奥さん」

水飲み台の上で真紀に蛇口をまたがらせ、和式トイレの格好にしゃがませ、木戸は真紀の顔を覗いてニヤリと笑った。

「ああッ……そ、そんな……いやあ……」

開ききった股間の下に、蛇口の球が上を向いて突き立てられていることに気づいた真紀は、悲鳴をあげた。

「そんなこと、できない……ああ、いや、いやです」

「できなければ、朝までこのままの格好でいさせますよ、奥さん。そうすれば人が集まってくる、フフフ」

「そんな……」

狼狽する真紀の腰を、木戸はゆっくりと蛇口に向かっておろしはじめた。

真紀はキリキリと唇を噛みしばってかぶりを振るだけで、もうあらがう気力は萎えた。ブルブルとふるえるばかりで、木戸が両手で腰をつかんで支えていないと、今にも水飲み台から落ちそうだ。

「あ、ひ……うむ……」

冷たい蛇口の球が媚肉の合わせ目に触れ、真紀は悲鳴をあげそうになって、あわてて噛み殺した。

媚肉の合わせ目に分け入られ、まだただれたようにうずく柔肉を巻きこむようにして、ジワジワと蛇口の球が入ってくる。それは真紀の腰が低くなるにつれて、自ら貫かれていく。

「あ、ああッ……そんな、う、うむ……あああ、いや……」

こらえきれずに、噛みしばった真紀の口から声が出た。また学生たちに犯されている錯覚に陥る。

「か、かんにんして……」

不意に蛇口の栓がひねられ、蛇口からほとばしる水流が、真紀の子宮口を襲った。

「ああッ……ひッ、ひいッ……」

真紀ははじけるように立ちあがろうとしたが、がっしりと腰をつかんだ木戸の両手が許さない。

蛇口から噴きだす水流は、真紀の子宮口を洗い、膣のなかで渦巻き、おびただしい白濁の精とともに溢れでる。

「ひいッ……やめてッ、ひッ、ひッ……いや、いやあ……」

「フフフ、よく洗ってオマ×コを綺麗にするんですよ、奥さん」

木戸は真紀の腰をつかんだまま覗きこんで、ゲラゲラと笑った。

4

本当は真紀の肛門も同じように洗浄するつもりの木戸だったが、真紀の悲鳴と木戸の笑い声の大きさに、まわりの何軒かが目を覚ましたのか、窓に明かりがともったので、さすがの木戸も真紀を抱きあげ、公園を出た。

後ろ手に縛ったままの真紀の裸身に、肩にコートをかけて肌を隠し、大通りに出てタクシーをつかまえた。

行先を告げてタクシーが走りだすと、木戸はすぐにコートの合わせ目から手をすべりこませてきた。

上下を縄に縛られた豊満な乳房を揉んではつまみ、さらに下腹へと手を這いおろしていく。

公園の飲料水で洗浄したばかりの媚肉は、茂みから内腿までびっしょりだった。

割れ目に指先を分け入らせると、綺麗に洗われたそこは、もう白濁のヌルヌルがすっかりなくなっていた。

「あ……う、う……」

声をあげそうになって、真紀は必死に唇を噛みしばった。声を出せば、狭い車内ではたちまち運転手に聞こえてしまう。

真紀は公園でのいたぶりのショックも醒めやらず、ハァハァとあえぐこともできない。運転手の耳と、バックミラーのなかの目が気になって、生きた心地がない。

「フフフ、オマ×コはすっかり綺麗になったじゃないですか、奥さん」

木戸が意地悪く耳もとでささやいてくるのも、真紀は運転手に聞かれはしないかと、気が気でなかった。

「尻の穴も洗えなかったのは、残念だったですよ、フフフ」

ささやきながら木戸は、真紀の双臀に手をのばした。

真紀の上体を自分のほうへ抱き寄せ、横座りの格好にさせ、コートの下でネチネチと裸の双臀を撫でまわす。その手が、臀丘の谷間の肛門をうかがう。

「やめて、ここではいや……ああ、お尻はもう、いやです……」

そう言いたくても、運転手が気になってなにも言えなかった。あらがう気力もなくて、じっとされるがままだ。

それをいいことに、木戸の指先が真紀の臀丘の谷間を割って、肛門にのびた。

声をあげかけて、真紀はあわてて歯を噛みしばった。

真紀の肛門はアナルセックスのあととあって、まだ腫れぼったく、ズキズキとうずく。それを指先でゆるゆると揉みこまれるのはたまらない。

とてもじっとしていられないように、真紀の双臂がブルブルとふるえた。

(やめて、声が出てしまいます……ああ、気づかれてしまう……)

真紀は唇を噛みしめ、目で必死に哀願した。

だが木戸はせせら笑って、真紀の首筋に唇を押しつけ、

「こりゃ尻の穴はヌルヌルですよ、奥さん。せっかくの尻の穴を早く綺麗にしておかなくてはねえ」

意地悪く耳もとでささやいた。

そして指が引いたと思うと、なにか硬質な感触が真紀の肛門を貫いた。

「途中で漏らすんじゃないですよ、奥さん。ゆっくり呑ませてあげるからね」

「そんな……あ……」

肛門に入ってくる硬質な感触は、浣腸器のノズルだった。

容器がムニュと押しつぶされ、薬液がチュルチュルと流入した。

「ひいッ」

あわてて歯を嚙みしばっても遅い。

バックミラーのなかの運転手の目が、びっくりしたように真紀を見た。なにかただならぬ気配は感じたようだ。

「奥さんがそんな声を出すから、運転手があやしんでますよ、フフフ」

真紀の耳もとでささやきながら、木戸はさらに浣腸の容器を押しつぶして、残りの薬液を注入した。

「う、うむ……」

真紀はいくら歯を嚙みしばってこらえようとしても、うめき声がもれてしまう。コートの前がほぐれ、バックミラーで真紀を覗く運転手の目にも、白く豊満な乳房が、ボウとけぶるように見えた。それが上下を縄で縛られているのに気づき、運転手はギョッとした。

「気にしないでくれ。この奥さんは、こういうことをされるのが好きでね」

木戸は動じることもなく、平然と言った。コートの前をはだけて、真紀の裸身を見せつける。

「す、すごい美人ですね、お客さん。そんな美人の人妻が……」

女はわからない、というように運転手は言った。

「いい身体をしてるだろ、この奥さん。もう普通の刺激じゃ満足しないんだ」

木戸は真紀の乳房を下から手ですくって、ゆすって見せつけた。

「ああ……」

（いや、いやあッ……ひどすぎる……み、見せないで……）

胸の内では狂おしいまでに叫びながらも、真紀はなにも言えない。

「お客さんがうらやましいですよ」

バックミラーの運転手の目が、舐めるように真紀の顔から乳房へと這った。

「フフフ……」

木戸は笑いながらも、一方の手は下にまわり、真紀の肛門に二個目の浣腸を仕掛けている。

ゆっくりと真紀の肛門を貫き、容器が押しつぶされた。

再び薬液が、チュルチュルと真紀のなかへ流入した。

「あ、あ……うむ……」

また真紀の口からうめき声がもれ、身悶えが露わになる。

運転手の好奇の視線が、真紀をとらえようとバックミラーのなかで動く。

「この人妻になにをしてやってるか、わかるかい、フフフ」

木戸はおもしろがって運転手に言った。

ハッとして真紀は木戸を見て、ワナワナと唇をふるわせた。

（やめて、そんなこと言うの……ああ、おねがいッ……）

真紀の瞳が必死に訴える。

「よかったら、教えてください」

運転手がニヤニヤと笑った。

木戸はニンマリとうなずくと、真紀の耳もとへ口を持っていって、

「奥さん、なにをされているのかを、運転手に教えてあげるんですよ」

「…………」

真紀は声もなく、いやいやと弱々しくかぶりを振った。

「いやなら運転手にも浣腸させて、排泄を見せることになる」

ささやかれて、真紀は絶望に襲われた。

「ああ……」

真紀は歯がガチガチと鳴った。今にもわあっと泣きだしてしまいそうなのを必死にこらえて、

「……真紀……か、浣腸されているんです……ああ……」

真紀はすすり泣くような声で言ったが、運転手はすぐにはピンとこない。

「これだよ、フフフ、奥さんの尻の穴に入れる浣腸だよ」

木戸は真紀の肛門から押しつぶした浣腸をかざして、運転手に見せる。

運転手はギョッとした顔で後ろを振り向いた。

「心配はいらんよ。奥さんは浣腸が大好きなので、これくらいでは漏らしはしない」

木戸はニヤニヤと笑うと、三個目の浣腸を真紀に仕掛けていく。

「あ、ああ……うむ……たまらないッ」

真紀の口から泣き声が出た。それまでの緊張の糸が切れた。

「驚いたな、浣腸とは、へへへ」

好奇の目が、木戸がコートをまくって剝きだした真紀の双臀に突き刺さった。

運転手はゴクリと生唾を呑んだ。

ようやくタクシーが停まったのは、真紀が七個目の浣腸を注入された直後だった。

「お客さん、いい目の保養をさせてもらいましたぜ。それにしてもいい女ですねえ」

運転手はそう言って舌なめずりすると、未練を残しつつタクシーは走り去った。

「ひ、ひどい……どこまで辱しめれば、気がすむというの」

真紀は唇を噛みしめて泣きだした。

「なにがひどいですか。ちゃんと奥さんの家まで帰してあげたのに、フフフ」

木戸は真紀の家の玄関を開けて、せせら笑った。

後ろ手縛りの縄尻を取られて、我が家へ入った真紀の美貌が、ひいッと凍りついた。

さっきまで真紀を犯していた木戸ゼミの九人の学生が、若くたくましい肉棒も露わに待ちかまえていたのだ。

「いやあッ」

思わず逃げようとする真紀の縄尻を、木戸はグィと引いた。

「さっきは奥さんが途中で気を失ったので、ゼミの補習ということでつづきをしますよ、フフフ」

木戸がそう言ううちにも、学生はいっせいに真紀の裸身に手をのばし、しゃぶりつきはじめた。

たちまちよってたかってかつぎあげられ、家の奥へと運ばれていく。

「いやあ……たすけて……」

恐ろしさに、真紀は泣き声もかすれた。

第六章　魔液のリビング

1

さんざんゼミの学生のおもちゃにさせておいて、ようやく我が家へ戻ったら、ゼミの補習と称してさらに嬲りものにしようとする木戸に、真紀は気が狂いそうだ。

真紀には、もうあらがう力はなかった。

「いやあ……も、もう、いや……ああ、もう、ゆるしてッ」

真紀がいくら泣き叫んでも、学生たちは欲情を剝きだしにして全裸の真紀をかつぎあげる。そして廊下からダイニングルームへと運んでくる。全員で真紀をあお向けに高くかざし、剝きだしの若い肉棒をゆすり、歓声をあげた。

「ああ、たすけて……もう、いや、いやッ」

真紀は宙で黒髪を振り、ブルブルとふるえた。

学生は九人全員がいる。

真紀をダイニングルームのテーブルの上にあお向けにおろすと、いったん後ろ手縛りの縄を解いた。

すばやく二人が左右から真紀の手首をつかみ、頭上でV字に開かせて押さえる。別の一人がテーブルの端に立ち、真紀の両脚を左右の肩にかつぎあげ、媚肉を貫くのに都合のいい位置へずらした。真紀の腰の下には、クッションが押しこまれた。両手をV字にしたまま、縄で左右の手首をテーブルの脚とつないだ。

「木戸先生、全部ＯＫです」

真紀の両脚を左右の肩にかつぎあげた学生が、いつでも媚肉を犯せると肉棒をゆすった。先端が、今にも割れ目に触れんばかりだ。

他の八人もズラリとテーブルの真紀を取り囲んで、木戸の指示を待っている。

「ああ、いや……もう、ゆるして……どこまでもてあそべば気がすむの……」

逃れる術もなく、真紀はすすり泣きつつ、繰りかえしブルブルと裸身のふるえを大きくした。

「フフフ、今度は途中で気を失ってもやめませんよ、奥さん」

「ああ……いや、いや……これ以上は……死んじゃう……」

弱々しくかぶりを振った真紀だが、もうどうにもならないとわかると、必死にすがる目で木戸を見た。

「お、おねがい……せめておトイレに……先に行かせて……」

真紀はタクシーのなかで浣腸を七個もされている。輪姦される恐怖で一瞬忘れていたものの、荒々しい便意がさっきからあばれまわっていた。

「これからゼミの補習だというのに、はしたないことを言って、学生たちの勉強のじゃまをするんじゃないですよ、奥さん」

木戸は意地悪くあざ笑った。

真紀の美しい顔がひきつり、唇がワナワナとふるえた。輪姦の間、木戸は排泄をゆるさないようだ。

「そ、そんな……我慢できなくなってしまいますッ……ああっ、先におトイレへ行かせて……おねがいですからッ」

「そんなにこらえ性がないなら、栓をしてあげますよ、奥さん」

木戸が取りあげたものを見て、真紀は悲鳴をあげた。

アナルストッパーである。円錐形の根元が細くくびれて、そのくびれまで肛門に入れて栓をするようになっている。バイブレーターも内蔵されていた。

「やめてッ……そんなもの、使わないでッ」

「これなら漏れる心配はない。安心して研究材料になれますよ、奥さん」

「いや、いやッ……かんにんしてッ……おねがいですから、おトイレにッ……」

真紀の悲鳴をあざ笑うように、木戸は肛門栓にたっぷりとクリームを塗った。

真紀の肛門に押し当てる。真紀の両脚を左右の肩にかついだ学生が、膝を乳房へ押しつけるようにして真紀の肛門をさらし、木戸に協力した。

「いやあッ……あ、ああッ……ひッ、ひいッ……ゆるしてッ……」

ジワジワと肛門へ押し入ってくる肛門栓に、真紀はブルブルふるえる腰を揉み絞って悶えた。

肛門を押しひろげられることで荒々しい便意が出口めがけて殺到し、肛門栓がそれを押しとどめ、逆流させてもぐりこんだ。

いっぱいに拡張された肛門が、栓の根元のくびれをキュウと食いしめた瞬間、真紀はひいッとのけぞった。

「ほうれ、尻の穴がしっかり栓をされたのがわかるでしょう、奥さん。これでいくらよがり狂っても大丈夫」

「ああ……こんなことって……う、うむ……ゆるして……たまらないッ」

「フフフ、栓までしてあげたんだから、途中で気を失うんじゃないですよ」

木戸は学生に合図を送った。

学生たちはニンマリとうなずいて、うれしそうに舌なめずりした。

「二回目なんで、じっくりと楽しませてもらいますよ、奥さん」

学生は生意気にそう言って、真紀の両脚を左右の肩にかついだまま、若くたくましい肉棒の先端で真紀の割れ目をなぞった。

「ああッ……いやあッ、やめてッ……」

真紀は悲鳴をあげ、腰をよじって矛先をそらそうとする。

それをあざ笑うように学生の若くたくましい肉棒が、ジワジワと柔肉に分け入りはじめた。

「オマ×コがとろけきってるじゃないですか、奥さん、フフフ、いいんでしょう?」

「あ、あッ……う、うむ……」

返事をする余裕もなく、真紀は裸身を揉み絞った。

灼熱が柔らかくとろけた肉を巻きこむようにして入ってくる。息もつけなくなった。

同時にまわりから学生たちの手がのびて、乳房をタプタプと揉み、乳首をつまみ、ところかまわず肌をまさぐってきた。

身体中に淫らな虫が這いまわる。女の官能に火がつけられていく。

真紀は口もきけなくなって、ひッひッと喉を絞ってのけぞり、ブルブルと腰をふるわせる。

「ひいーッ」

先端がズンと子宮口に達し、真紀は白目を剝いた。

「あ、あぁッ……あああ……」

こらえきれない声があふれる。真紀の身体の芯がひきつるように収縮を繰りかえし、柔肉が、押し入っているものをむさぼるうごめきを見せる。

「いい声だ、フフフ、若い学生を咥えこんでよがり声をあげるとは、魔女の正体を現わしましたね、奥さん」

木戸が真紀の顔を覗きこんで、ゲラゲラと笑った。

「クイクイ締めつけてきますよ、先生。できるだけ深く入れてやっているのに、もっと奥まで吸いこまれる」

真紀を貫いた学生が、うなるように言った。

学生は今度は慎重で、すぐには動こうとしない。じっくりと肉の感触を味わい、楽しむようだ。

真紀の身体に手をのばす学生たちは、我れを忘れてしゃぶりつく。

「ああ……かんにんして……」

真紀は息も絶えだえにあえいだ。

いくら食いしめ、いどみかかるように腰をうねらせても、学生はなぜか動きだそうとはしなかった。

「ああ……いや……」

真紀はテーブルの上の頭を右に左にと振って、キリキリと唇を噛みしめた。

深く貫いた肉棒が動きださずに、乳房や肌をいじりまわされるだけでは、屈辱とつらさがドッとあふれでる。

（ああ、どうして……ひと思いに……）

そんな声が喉まで出かかって、真紀はさらにキリキリと歯を噛みしばった。

真紀を取り囲んで肌をまさぐっていた手がいっせいに引いた。学生たちは手にロウソクを持ち、火をつけはじめた。ゆらゆらとゆれる炎が真紀を取り囲んだ。

「あ、ああ……」

深々と媚肉に押し入った肉棒と肛門の栓が、真紀の思考をうつろにする。

学生たちはロウソクを手にしたまま、木戸の次の指示を待っている。

口をきく者もなく、血走った目と欲情を剝きだしにした顔だけが、ロウソクの炎に悪魔の形相みたいにゆれた。

2

木戸もまた魔物のような表情で、ニヤニヤと真紀の顔を覗きこんだ。

「思いっきり泣いてもらいますからねえ、奥さん」

「ああ……なに、なにを……」

嚙みしめた真紀の唇がワナワナとふるえ、言葉がつづかない。

「魔女への仕置きは火あぶり、火責めと決まってるじゃないですか」

木戸がそう言いながら合図をすると、学生の一人が真紀の上でロウソクを傾けた。

炎の根元からポタポタと熱ロウが、真紀の乳房へ落下した。

「ああッ……ひいッ、熱いッ……ひッ、ひいッ……やめてッ」

ビクンと真紀の裸身がはね、悲鳴が噴きあがった。

「ひいーッ、ひいッ」

っ張らせた。

真紀は豊満な乳房をブルブルとふるわせ、学生の両肩にかつぎあげられた両脚を突
それでも真紀の腰は、媚肉を貫いた肉棒が杭のようにつなぎとめている。

「ロウを垂らすと、オマ×コの締まりがきつくなって、食いちぎれそうだ」

学生は顔を真っ赤にして言った。

「そのきついところを楽しむんだ。遠慮せずにグイグイえぐって、奥さんのオマ×コをこねまわしてやれ」

木戸は学生をあおった。

学生は赤鬼のように真っ赤な顔でうなずき、ゆっくりと腰を動かして真紀を突きあげはじめた。

「あ、ああ……」

真紀には、不意に動きだした学生に狼狽している余裕はない。

熱ロウが肌を襲ってくる。学生たちはいっせいに熱ロウを垂らそうとはせず、一人ずつロウソクを傾け、真紀の乳房や腹部、腋などに熱ロウを落下させた。

「ひぃーッ……熱ッ、熱いッ、ひッ、ひいッ……ゆるしてッ」

「いい声で泣きだしたじゃないですか、奥さん」

「いや、いやあッ……ひッ、ひいーッ……」

真紀がいくら泣き叫んでも、学生たちは熱ロウを垂らすのをやめない。

真紀の媚肉を突きあげる学生もやめようとはせず、リズミカルに腰を打ちこみつづける。

「すげえ、すげえや……なんて締まりだ」

のめりこみそうになる気持ちを抑え、学生はそれでもうなりつづけた。

だが、学生の余裕がなくなっているのは、木戸にもわかった。

「奥さんを先にイカせるんだ。魔女に負けてはしようがないぞ」

「先生。だけど、こうクイクイ締めつけられちゃ……」

「よし、総がかりで犯るんだ。負けそうになったら、次々交代だ」

木戸の指示で学生は今にも精を放ちそうになると、スッと引き抜いて、次の学生と入れ替わった。

「ああ、そんな……いやあッ……」

真紀は木戸のあくどさに泣き叫んだ。

女は真紀ひとりで学生は九人、次々と入れ替わられては勝負にならない。

真紀はしとどの汗にまみれ、媚肉を衝きあげてくる官能と熱ロウの熱さが交錯し、せめぎ合いつつ、いつしか肉の快美に翻弄されていた。

肛門の栓で出口をふさがれた便意も加わり、真紀はわけがわからなくなった。

二人目の学生に入れ替わった時、真紀の身体に痙攣が走りだし、学生の肩にかつぎあげられた両脚が突っ張る。

「あ、ああッ」

「フフフ、学生に輪姦されて火責めにかけられているというのに、気をやりそうなのかな、奥さん」

「いや、いやあッ……ああッ……」

泣き叫ぶうちにも、真紀の痙攣が大きくなって腰がはねた。

とどめを刺すように、学生はグイグイと真紀を思いっきりえぐる。他の学生たちもいっせいに熱ロウを垂らした。

「ひッ、ひいーッ……イッちゃうッ……ううむッ……」

真紀は汗まみれの裸身を揉み絞った。前も後ろもキリキリ食い切らんばかりに、肉棒とアナルストッパーを食いしめた。

そのきつい収縮に、若い学生は耐えきれない。獣みたいに最後のひと突きを与えると、ドッと白濁の精を放った。

「ああッ……ひいいッ……」

ほとばしりを子宮口に浴びて、真紀はさらに二度三度とのけぞって激しく痙攣した。

だが、それで終わったわけではない。すぐに次の学生が入れ替わり、真紀の媚肉を荒々しく貫いた。

「いやッ、いやあッ」

グッタリと余韻に沈むことも許されず、たてつづけに責められて、真紀は悲鳴をあげた。

「何度でも気をやらせてあげますよ、奥さん。若い学生は九人もいるし、ロウソクだっていくらでもある、フフフ」

木戸は意地悪くあざ笑った。

「いやあッ……かんにんして……ああッ、ひッ、ひいッ……死んじゃうッ」

「輪姦も火責めも、まだこれから、フフフ、はじまったばかりですよ、奥さん」

「ひいッ……」

熱ロウをポタポタと垂らされ、グイグイと媚肉を突きあげられて、真紀の悲鳴はますぐに、めくるめく官能の渦に巻きこまれた。

「あ、あああッ……ひッ、ひッ……あうッ」

真紀はリズミカルに突きあげられる媚肉の快美に、すべてが支配されていく。熱ロウの熱さと便意の苦痛さえも、快美へとつらなる。

「フフフ、激しいですなあ、奥さん。やっと魔女の本性が出てきた」

木戸があざ笑っても、真紀には聞こえていない。口もとから涎れを溢れさせて、ひいひい泣くばかり。

真紀の媚肉を突きあげる学生は、そのきつく妖美な締まりに今にも精を放ちそうになると、スッと引き抜いて次々と入れ替わった。

「ああッ……ひッ、ひいッ……狂っちゃうッ……あああッ……」

真紀はあられもなく泣き叫んだ。熱ロウで責められる豊満な乳房がゆれ、腰が躍り、かつぎあげられた両脚がうねる。

「いくら気持ちがいいからって、夜中にそんなに大きな声でよがると、近所にまで聞こえますよ、奥さん」

木戸がからかっても、真紀はとめられない。

「ああッ、あうッ……ひッ、ひッ……」

「しようがない奥さんだ。誰か口をふさいでやるんだ。太いのを咥えさせてな」

木戸が言うと、たちまち学生の一人が真紀の黒髪をつかんで、たくましい屹立を押しつけた。

「しっかりしゃぶるんだ、奥さん」

「い、いや……ああ……」

ガボッと押しこまれて、真紀の泣き声は、途中からくぐもったうめき声に変わった。口いっぱいに含まされ、さらに喉までふさがれる。真紀は白目を剝き、満足に息もできない。

「うむ、うぐぐ……」

「フフフ、どうです、奥さん。上も下も咥えこんだ気分は」

「う、うむ……」

「返事もできないくらい気持ちいいのかな、フフフ、あとで私のを尻の穴にも咥えさせてあげますからね」

木戸は真紀の頰をピタピタとたたいてあざ笑った。

その間にも真紀の裸身に痙攣が走りはじめ、再び灼熱の絶頂へと追いあげられる。

「うむ、うむむッ」

生々しいうめき声をあげ、ブルブルと腰をふるわせ、真紀はのけぞった。

「フフフ、また気をやったのですか、奥さん。火責めにかけての輪姦はよく効く。この分だと何回イクかな」

木戸がからかううちにも、耐えられなくなった学生がドッと白濁の精を放ち、真紀はさらに激しく裸身を揉み絞った。

「ううむ……」

真紀はたてつづけに昇りつめる。

「学生はあと七人もいる。あんまり悦びすぎると、本当に狂うかもしれませんよ」

木戸はあざ笑い、真紀を休ませようともせずにすぐさま三人目をけしかけた。息もつかせぬ攻撃だ。

「う、うむ……うぐ……」

真紀は気を失ったようになりながらも、たくましい肉棒で貫かれ、ビクン、ビクンと反応を見せる。

そして汗まみれの肌に垂らされる熱ロウが、真紀が気を失うことさえ許さない。

3

真紀の意識が戻ったのは、浴室のなかだった。真紀は後ろ手に縛られたまま木戸の膝に抱かれ、湯につかっていた。

上下を縄で縛られた豊満な乳房を、木戸が湯のなかでタプタプと揉みこんでいる。下では、たくましく屹立した木戸のものが、真紀の臀丘に押しつけられた。

「ああ……」

恐ろしい現実がよみがえって、真紀は肩をふるわせて、シクシクと泣きだした。

「補習ゼミも終わって、学生たちも満足して帰っていきましたよ、奥さん」

真紀の首筋に唇を這わせ、木戸は言った。

「それにしても、学生九人も相手にして満足させるとは、さすがですねえ」

「言わないで……ああ」

九人もの学生に輪姦された恐ろしい現実に打ちのめされ、もうあらがう気力もない。熱ロウで責められた肌が湯にヒリヒリとして、まだ肉棒が押し入っているみたいだ。さんざん荒らされた粘膜がしみる。

そして真紀を驚かせたのが、まだ肛門のアナルストッパーが抜き取られずにいることだった。タクシーのなかで浣腸をされて、何時間になるのだろう。

浴室の外は朝日で明るくなって、小鳥のさえずりが聞こえた。

「……も、もう、取って……お尻のものを……はずして……」

真紀はすすり泣き、哀願した。

「尻の栓をはずして、私のたくましいので犯されたいということかな、奥さん」

「ち、ちがいます……ああ、これ以上は……」

「フフフ……」

木戸はせせら笑って真紀を浴槽のなかで立ちあがらせると、洗い場のほうへ双臀を突きださせた。

そうしておいて、ゆっくりと捻じるようにしてアナルストッパーを引きだしにかかった。

「あ、ああッ……出ちゃうッ……い、いやッ」

「はずして欲しいと言ったのは、奥さんのほうですよ、フフフ、そんなに尻の穴を締めると抜けませんよ」

「ああッ……ああッ……」

肛門の粘膜がいっしょにめくりだされ、荒々しい便意をよみがえらせて、真紀を狼狽させた。

「ああッ……ひいッ」

ヌルリと抜けでた瞬間、真紀は悲鳴をあげて、夢中で肛門を引き締めた。

アヌスはキュウと収縮して、ヒクヒクふるえた。

「どうしたんです、奥さん。そのまま垂れ流していいんですよ」

「………」

「フフフ、まだ浣腸が足りないのかな」

木戸が洗い場のほうへ身を乗りだし、洗面器でなにかしている気配に後ろを振りかえると、真紀はハッとした。

木戸の手には、長大な注射型のガラス製浣腸器が握られていた。すでに洗面器のグリセリン原液が、たっぷりと千五百CC吸われている。

「いや、そんなこと……ああ、もう、かんにんして……それは、いやです」

真紀は唇をワナワナとふるわせて、泣き声を高くした。さんざん嬲りものにしておきながら、さらに浣腸しようとする木戸のあくどさだ。

「かんにんして……」

木戸の手で臀丘の谷間を割りひろげられ、冷たい嘴管の先端を突き立てられた。

「あ……ああ、うむ……」

長大なシリンダーが押され、ガラスがキーと鳴る。

ドクドクとグリセリン原液が流入する。真紀は腰がブルブルとふるえ、歯がガチガチ鳴りだした。

「……入れないで……」

「全部呑むんですよ、奥さん。ほれ、ほれ、いいでしょう?」

「ああ、いや……う、うむ……」

真紀は背筋に悪寒が走り、急激に便意があばれ狂った。これまで抑えられていた便意が、あらたに入ってくる薬液の刺激も加わって、一気にふくれあがる。

「うむ、ううむ……くるしいッ……お腹が……あ、ああッ……」

「全部入れるまで我慢できないなら、途中でまた栓をしますよ、奥さん」

「いや……ああ、それだけは……ううむ……早く、ひと思いに……」

ブルブルと身悶える真紀に、浴槽の湯が激しく波打った。

真紀の便意の激しさは、長大なシリンダーを押す木戸の手にも圧力となってわかった。千五百CCも注入するとなれば、ゆっくり入れていては、真紀はとても最後まで耐えられないだろう。

木戸は力を入れてグイグイと長大なシリンダーを押しこんだ。

「ひいッ……で、出ちゃうッ……ううむ……」

「我慢するんだ、奥さん。それ……それ……」

たちまちに三百、七百とグリセリン原液が入っていく。

真紀のふるえが大きくなり、湯に濡れたピンクの肌に、ドッとあぶら汗が噴きだした。上体を前かがみにした美貌は、眦をひきつらせて唇を噛みしばり、襲ってくる便意に耐えている。

「だめッ……も、もう、我慢できないッ……う、ううむ……ゆるしてッ」

「栓をされたいのかな、奥さん」

「ううむ……」

真紀はキリキリと歯を噛みしばって、黒髪を振りたくった。

グイグイと押される長大なシリンダーは、千CCの目盛りを越した。千二百……千三百……あとは一気に底まで押しきられた。

「ヒッ、ヒッ……出ちゃうッ」

嘴管が引き抜かれるのと真紀が悲鳴をあげるのとが、ほとんど同時。

真紀の肛門が痙攣して内からふくらんだかと思うと、ピューッとほとばしりでて洗い場にはじけた。

「まったくこらえ性がなくて、派手にひりだす奥さんだ、フフフ、森下の奴に見せたいくらいですよ」

覗きこみながら、木戸はゲラゲラと笑って、ピタピタと双臀をたたいた。

そんなからかいが、いっそう真紀の泣き声を大きくした。

あとからあとからほとばしらせ、身をよじって泣く。一度途切れたかと思うと、肛門をヒクヒクさせて、またドッとしぶかせた。

「ああ……死にたいッ……こんな姿を……ああ、いや……」

「フフフ、こんなに派手にひりだして、死にたいもないもんですよ」

「…………」

真紀は泣きながら、かぶりを振った。

ようやく絞りきると、木戸は真紀の双臀に湯を浴びせた。そして活を入れるようにピシッとはたいた。

「もっと両脚を開いて、尻を高くするんですよ、奥さん」

「ああ……」

真紀は泣きながら、木戸にされるがままだ。

高くもたげられた真紀の双臀の前に立ち、木戸は真紀の腰をつかんだ。たくましく屹立したものを、ムチッと張った臀丘に押しつける。

「かんにんして……」

なにをされるのか、真紀は聞かなくてもわかった。ブルブルと双臀がふるえだした。

「フフフ、尻の穴はフックリとろけて、ヒクヒクと太いのを咥えたがってますよ」

「あ……あぁッ……」

灼熱の先端を肛門にこすりつけられて、ビクッと真紀の身体が硬直した。

肛門もキュウと引き締まるうごめきを見せたが、それにかまわず肉棒がジワジワともぐりこみはじめた。

「ああ、いやッ……やめてッ……」

真紀のおびえをあざ笑うように、肉棒の頭に肛門の粘膜が押しひろげられていく。

「痛いッ……う、うむ……あぁッ……」

「初めてじゃないんだから、痛いはずがないですよ、奥さん。さ、自分からも咥えこむようにするんです」

「裂けちゃう……うむ、ううむ……」

ブルブルと真紀のふるえがとまらなくなった。またあぶら汗がドッと噴きでて、濡れた肌をすべった。

真紀の肛門はいっぱいに押しひろげられて、木戸の肉棒を呑みこもうとした。

湯のなかで真紀の膝がガクガク崩れそうになって、そのたびに腰をつかまれて、木戸の手でグイと引き起こされた。

「う、ううむッ……ひいーッ」

肉の頭がもぐりこんだ瞬間、真紀は目の前が暗くなった。不気味にズルズル入りこんでくる。

「どうです。私のたくましいものが、奥さんの尻の穴にすっかり入ったのがわかるでしょう」

木戸は真紀の背中へおおいかぶさるようにして、耳もとであざ笑った。

4

木戸は真紀を深く貫いたまま、膝の上に前向きで抱きあげ、湯に肩までつかった。

真紀の両脚は、湯のなかで木戸の膝をまたいで、左右へ開いている。

「ああ……お尻でなんて……うむ……」

真紀は泣きながら頭をグラグラとゆらす。後ろ手に縛られた上体は、木戸の胸にあずけたままだ。

「どうです、奥さん。森下なんかよりも私のほうがずっといいでしょう。この際、森下とは離婚して、私のものになりませんか」

木戸は、真紀の首筋に唇を這わせながらささやいた。

「私の女房にする気はありません。奥さんは、私の研究用の牝として飼ってあげるということです」

「………」

真紀はもう言葉もない。

肛門を貫いた肉のたくましさに圧倒され、木戸の言葉に反発する気力もない。

「……か、かんにんして……」

そう言うのが、やっとだった。

木戸は一気に真紀を責めたてようとはせずに、深々と貫いたまま、ネチネチと意地の悪いことを耳もとでささやき、湯のなかで真紀の肌を洗いながらまさぐりつづける。

「お、おねがい……ひと思いに……」

早くすませて欲しいと、真紀はすすり泣く声で、あえぎあえぎ哀願した。

「フフフ、尻の穴を犯るのは私ひとり。オマ×コの時の学生九人とはちがいますからね。ここはじっくりかまえないと、いくら私でもそう長くはもちませんよ」

「そ、そんな……」

「奥さんは牝らしくよがっていればいいんですよ」

木戸はグイと突きあげて、真紀にひいっと泣き声をあげさせて、ゲラゲラと笑った。

それから両手で真紀の腰を深く抱きこみ、できるだけ深くつながると、そのまま木戸は、真紀と一体となって、浴槽のなかで立ちあがった。

浴槽から出て、脱衣場へ行く。

「あ、ああ……そんな……離れて……あああ……ゆるして……」

真紀は弱々しくかぶりを振った。

肛門を貫かれたまま浴槽から脱衣場へと歩かされ、バスタオルで濡れた身体を拭かれる。

肛門を貫かれていては力も入らず、また肛門の肉が杭になって、一人では動くこともできない。

「フフフ、森下じゃこんなことはしてくれないでしょう、奥さん。これこそ一心同体と言うのですよ」

木戸はからかい、脱衣場から廊下へと出た。

「いや……ああ、こんなの……か、かんにんして……ああ、ひッ、ひッ……」

真紀が狼狽するのもかまわず、後ろから貫いた肉で前へ押しだすように、一歩、また一歩と足を出させた。

「あ、ああッ……」

膝がガクガクと崩れそうになっては、真紀は肛門を突きあげられて、ひぃッとのびあがった。

廊下から台所へと歩かされ、真紀はうめき、あえぎ、声をあげて泣いた。

木戸は台所の冷蔵庫からビール瓶を取りだすと、いきなり湯あがりの火照った真紀の肌に押し当てた。

「ひぃッ」

真紀はビクンと裸身を硬直させた。

「ううッ」

木戸も思わずうなった。

真紀の身体が硬直するのと同時に、肛門もキュウと引き締まって、今にも肉が食い切られそうなすごさだ。

「火責めでもよく締まったけど、水責めもよく締まりますね、奥さん。負けそうになりましたよ」

そう言って木戸は、さらに二度三度と、ビール瓶を真紀のピンクの肌に押しつけ、肛門のきつい収縮を味わった。

押しつけてはビール瓶の口を咥えて、ラッパ飲みする。

「フフフ、奥さんの悲鳴と尻の穴のきつい締まりを味わいながら飲むビールは格別ですよ。たまりませんな」

木戸のからかいに反発する余裕もなく、真紀はビール瓶を肌に押し当てられては、ひいひい声を放った。

木戸は、今度は真紀を台所から寝室へと連れていく。

「ああ……ああ、ゆるして……あああ……」

真紀は肛門で木戸とつながったまま、一歩、また一歩と進まされ、ようやく寝室にたどりついた時には、息も絶えだえだ。

木戸は三面鏡の前に腰かけ、鏡を開いた。

「あ……いやッ」

あわてて目をそむけようとする真紀の黒髪をつかみ、鏡に向ける。

「見るんですよ、奥さん」

「いやです……ああ……」

真紀は泣き濡れた瞳を三面鏡に向けた。

信じられない自分の姿だ。

木戸の膝の上に前向きで抱かれ、乱れ髪を額や頬にへばりつかせ、淫らな欲望にどっぷりとつかり、乳首を硬くツンととがらせていた。

両脚は木戸の太腿をまたいでほぼ水平に開ききり、媚肉の割れ目までのぞかせた。割れ目は内腿の筋に引かれて開き、ピンクの肉層はジクジクと蜜をたぎらせる。奥には、木戸の肉棒が肛門を貫いているのまで映っていた。

「あ、あああッ……」

真紀は目がくらんだ。唇がワナワナとふるえて、すぐには言葉が出ない。

「これが奥さんの本性ですよ。ほうれ、オマ×コがこんなにヌルヌルにとろけてる、フフフ、尻の穴を犯されて感じている」

木戸は両手を前から真紀の股間へ持っていって、媚肉のひろがりをさらにくつろげて、奥まで鏡にさらした。

「……いや……」

弱々しくかぶりを振って、真紀は唇を噛みしめた。

それでも木戸に命じられるまま、うつろな瞳を鏡のなかの自分に向けて、そらそうとしない。

「フフフ、尻の穴で気をやらせてあげますからね、奥さん。自分がどんな淫らな牝か、鏡のなかの自分をよく見るんですよ」

木戸は真紀の耳もとでささやきながら、ゆっくりと真紀の腰をあやつり、突きあげはじめた。木戸もニヤニヤと、鏡のなかの真紀を覗きこむ。

木戸の上で真紀の腰がうねり、上下させられ、肛門を貫いた肉がゆっくりと律動する。肛門の粘膜が肉棒に巻きこまれ、めくりだされるのを繰りかえす。

それにつられるように、媚肉が肉襞をヒクヒクうごめかせ、ジクジクと蜜を吐きだした。

「あ、あああ……あうッ……」

肛門から身体の芯を、妖しいうずきが走り抜ける。

真紀は肛門を突きあげられるごとに、灼けただれるような肉の快美を感じた。

そんなところでそんなはずがない……と思っても、その意識さえ巻きこまれそうだ。

「あ、あ……変になっちゃう……あうッ、あうう……」

こらえきれずに、真紀の口からよがり声が出た。一度出るともう、とめられない。

湯あがりのピンクの肌が、いっそう上気して匂うような色にくるまれ、真紀は頭をグラグラとゆらしてよがりはじめた。

「フフフ、やはり尻の穴だけでたいした気分の出しようだ。これだと、尻の穴で気をやるのも時間の問題だな」

木戸がそう言う間にも、真紀はいきなり電気でも流されたように、総身に激しく痙攣を走らせてのけぞった。

「あぁッ、イクッ……ひッ、ひぃーッ……」

絶息せんばかりの悲鳴をあげて、真紀はガクガク双臀をはねあげ、キリキリと肛門を収縮させて、木戸を食いしめた。

「さすがだ……」

木戸はそのきつい収縮に耐えて、今にも放ちそうな精を抑えた。

「その調子ですよ、奥さん。今から尻の穴でイキっぱなしにしてあげますからね」

木戸は真紀の肛門を突きあげることをやめようとしない。

そろそろ大学での講義の時間だが、休講にして真紀の肛門を楽しむ魂胆だ。

第七章　灼熱地獄

1

補習ゼミもあったし、そのあと昼すぎまで肛門セックスもしたことだしと、木戸は真紀に二枚のネガをかえした。

これで今までに取り戻したネガは全部で三枚……それを一枚一枚、真紀は庭の隅で燃やした。

あと十七枚である。ネガを取り戻すために、あと十七回もあんなことをされ、嬲りものにされねばならない。

（いや……ああ、もう二度といや……）

そう思っても、ネガを取り戻すためには、木戸の辱しめに耐えるしか術はない。

夫も学会への出張から戻って、三日がたった。なにかといそがしい夫は、妻の異変にはまるで気づいていない。

いつものように朝、夫を大学へ送りだした真紀は、あと片づけをし、洗濯をした。

ずっと家にいると、木戸から呼びだしがくる気がして、真紀は美容院へ行くことにした。

美容院で髪をセットしてもらった真紀が、デパートへ向かおうと公園の前まで来た時、若い男二人が真紀の前に立ちはだかった。

「森下准教授夫人。待ってたぜ」

「ウワサ通りのすごい美人だな」

二人はニヤニヤと真紀の美しい顔からハイヒールまで、舐めるように見た。

真紀は濃紺のスーツを身にまとい、スカートの部分は膝上五センチほどのミニだ。そこからのびた両脚は、濃紺のパンストに包まれていた。

ファッション雑誌から抜けだしたような上品な美しさだ。まぶしいものでも見るように、二人の若者の目が細くなった。

「あ、あなたたちは……」

不安が真紀の脳裡をよぎった。

「へへへ。森下にはこの前のテストで落とされて、頭にきてんだよ、奥さん」

「そんなことより、奥さんのオマ×コはいい味してんだってな」

「学生となら誰とでも相手してくれるって聞いたぜ、奥さん」

学生の言葉に真紀の顔色が変わって、唇がワナワナとふるえた。

「そんな失礼なことを言うと、許しませんよ」

真紀は必死に動揺を隠して叫び、二人をにらんだ。

「一度に学生九人も相手にしたって聞いてるぜ、奥さん。俺たちも楽しませてくれよ」

「いやなら森下の奴にバラしたっていいんだぜ。奥さんの内腿の付け根にホクロがあると言えば、どんな顔をするかな」

二人の学生は余裕たっぷりだ。

「………」

真紀は言葉を失って、めまいさえした。

なんということだ。こんな恐ろしい噂が木戸ゼミの学生だけでなく、他の学生にも流れていようとは。

「あきらめるんだな、奥さん」

「さあ、公園のなかでお楽しみってのはどうだい、奥さん」

二人は真紀の腕をつかんで、公園のなかへ連れこもうとした。

「ああ、いやッ……離してッ」

真紀は反射的に二人の手を振り払った。一歩二歩とあとずさる。

「そういう態度を取るなら、これから森下の研究室へ行って、なにもかもバラすだけだぜ」

「奥さんが相手した九人も誘って、森下のところへ押しかけるか」

真紀の美貌がひきつった。

「ま、待ってッ……いっしょに公園へ行きますから……」

真紀は恐怖と絶望におおわれていく。

二人は立ちどまって、ニヤリと舌なめずりをした。

「へへへ、最初から素直にしてりゃいいものをよ。奥さんが淫乱女だってことは、わかってんだからよ」

「うんと色っぽくサービスしてくれよな、奥さん」

二人は左右から真紀の腕を取った。

昼間とあって親子連れや若いグループなどの姿があちこちに見えた。その目から逃れるように、茂みの奥へと入った。それでも、なんとか下半身が隠れる程度だ。

「ここならいいだろ。まずはオマ×コを見せてもらおうか、奥さん。パンストとパンティを脱ぐんだ」

「ああ、そんな……」

「いやなら森下のところへ行くだけだぜ」

「………」

真紀はわななく唇をキリリと噛みしめた。

白昼の公園で二人の学生に、女としてもっとも恥ずかしいところを見せる。

夫に知られたくない一心で、真紀はふるえる手を、スカートの裾からなかへすべりこませた。

パンストとパンティをひとまとめにして、双臀のほうからクルリとおろしていく。

「ああ……」

しゃがみこんでスカートのなかを覗きこむ二人の目が、真紀はたまらない。膝とハイヒールがガクガクふるえる。

固く閉じ合わせた太腿から、生皮を剝ぐようにパンストとパンティがすべりおろされた。少しでも真紀の手がとまると、二人の鋭い声が飛んだ。

「グズグズしてると、ここで素っ裸に引き剝ぐぞ、奥さん」

真紀はスカートがまくれないように裾を手で押さえ、もう一方の手でパンストとパンティをズリさげた。

パンストは濃紺のため、剝きでた両脚の白さが際立って、まぶしいほどだ。

つま先から抜き取ったパンストとパンティを、二人は荒々しく奪い取り、顔に持っていって、クンクンと匂いを嗅ぐ。

真紀はスカートの裾を押さえて、二人から目をそらした。スカートのなかがスースーして、ノーパンなのを思い知らされる。

「へへへ、この匂いのもとを見たいもんだ」

「スカートをまくるんだ、奥さん」

学生のくせに、自分では手を出そうとはせず、真紀にやらせて羞恥と屈辱を味わわせようとしている。

「……………」

真紀は生きた心地もなく、オズオズとスカートをズリあげはじめた。茂みでまわりから真紀の下半身は見えないとはいえ、白昼の公園には何人もの姿が、はっきりと見える。

（ああ……こ、こんなことって……いや、いやよ……）

真紀はスカートをズリあげて、白く官能味あふれる太腿を露わにした。しゃがみこんだ二人は、もう太腿の白さに目が吸いついて、今にもしゃぶりつかんばかりだ。

「もっとまくれ。腰まですっかり剝きだしにしろ」

学生の声にあおられて、真紀はさらにスカートをズリあげた。

固く閉じ合わせた太腿の付け根が、そして茂みがのぞいた。それは艶やかにもつれ合って小高い丘をおおい、パンティと同じ妖しい女の匂いを立ち昇らせる。

後ろは、ムチッと形のよい双臀が高く吊りあがって、深く神秘的な臀丘の谷間をピチッと引き締めた。どこもシミひとつなく、吸いこまれるような白さだ。

二人は前から後ろから、しばし声を失って見とれていた。

2

白昼の公園でスカートをまくって裸の下半身を剝きだしにする自分が、真紀には信じられない。

足もとには二人の学生がしゃがみこみ、鼻が媚肉にくっつきそうなほど近づいて見つめている。

「今度は足を開きな。スカートはまくったままだ」

「俺たちにオマ×コがパックリ見えるまで、思いっきり開くんだ」

わかってはいたが、まくったスカートをつかむ真紀の手がブルブルとふるえ、膝とハイヒールもガクガクとふるえた。

「あ、あ……」

思わず声が出そうになって真紀は唇を噛みしめ、ガクガクするハイヒールが、そして次に両膝が左右へと開きはじめた。

太腿が開くにつれて、外気とともに二人の学生の視線も這いあがってくる。

(ああ……も、もう、見えているのでしょう……ああ、恥ずかしい……)

真紀は胸の内で叫びつづけた。

それを見抜いたように、二人は食い入るように覗きながら、

「まだ見えねえ。もっとおっぴろげな」

「思いっきり開かねえと、森下のところへ行ってなにもかもバラしてやるぜ、奥さん」

「そうされたくなけりゃ、股が裂けるくらいに開くんだな」

真紀の両脚がさらに開いていく。

「あ、あ……こんなところで……ああ……」

内腿の筋が浮きあがって、ヒクヒクと痙攣した。

茂みの奥に、秘めやかな割れ目がはっきりとのぞいた。内腿の筋に引かれて左右へ開き、ピンクの肉襞をのぞかせる。

「綺麗なオマ×コじゃねえか。とても九人も咥えこんだ淫乱女のものとは思えねえ」

「なるほど……こりゃいいオマ×コだ。色といい形といい少しも崩れてねえ」

二人の言葉と突き刺すような視線に、真紀は開ききった自分の股間を、あらためて思い知らされた。

「そ、そんなに見ないで……ああ、恥ずかしくて気が狂いそう」

真紀は剝きだしの下半身をブルブルふるわせて、消え入るような声で言った。

「見ないで……もう、かんにんして……」

「冗談言うなよ、奥さん。こんなんじゃ見せたうちに入らねえ。自分の指でひろげて、奥まで見せねえかよ」

「そ、そんな……」

真紀は唇を嚙みしめた。

「さっさとしろッ」

不意に裸の双臀をピシッと平手打ちにされて、真紀はひいッと喉を絞った。

またピシッと双臀を打たれ、真紀は悲鳴をあげ、

「ぶ、ぶたないで……」

あわてて手を股間へ持っていくと、媚肉のひろがりをさらに開いていく。女の肉の構造を、二人の目にはっきりとさらしていく。

(あ、あ……かんにんして……こんな、こんなことって……)

真紀は、自ら媚肉をひろげている手を引こうとはしない。

「こりゃ味がよさそうだ。そそられるぜ、奥さん」

「ウワサ通り、いや、それ以上だな」

二人は舌なめずりをして、食い入るように覗きこんだ。

さっきからの昂った欲情が、いよいよ抑えられなくなった。二人の手が開ききった真紀の媚肉にのびる。

「ひいッ……いやッ、ああッ……」

「いやなのか、奥さん」

「ああ、待って……」

必死に声を押し殺し、真紀は激しく狼狽する。

もう真紀の手は押しのけられて、二人の手が開ききった股間でうごめいた。媚肉のひろがりがなぞられ、肉芽が剝きあげられ、肉層に指が這う。それは指で真紀の肉の構造を確かめているようであり、我れを忘れていじりまわし、愛撫しているようでもあった。

「あ……う、うむ……」

真紀は歯を嚙みしばった。

（そんなッ……）

あらたな狼狽が真紀を襲った。

白昼の公園で見知らぬ二人の学生におどされ、媚肉にいたずらされているというのに、真紀は身体の芯が熱くうずき、肉がとろけだすのをどうしようもなかった。

羞恥と屈辱とは無関係に、身体が勝手に反応してしまう。木戸のあくどい責めの連続に、いつのまにかこんな淫らな身体になってしまった。

（だめ……感じてはだめ……ああ、そんな浅ましい……）

まさぐられる柔肉が充血して、ジクジクと蜜を溢れさせる。肉芽も赤くとがっていく。そして指の動きに応じるかのように、ヒクヒクあえぎはじめた。

真紀は歯を嚙みしばって、身体の芯のたぎりが声にまで現われるのをこらえた。

「奥さん。もうお汁が溢れてきたぜ」

「オマ×コがいい色になって、クリトリスもとがってきやがった」

二人とも真紀の反応にゾクゾクと胴ぶるいし、さらにまさぐりつづける。

溢れる蜜が指先にネットリと糸を引き、膣のなかは指がとろけるほどの熱さで、ヒクヒクと肉襞がからみついた。

「ああ……」

恥ずかしい反応を二人に知られたことで、真紀は生きた心地もない。

が、心の奥底で、

(もう、どうなってもいい……ああ、もっと、もっと、して……真紀を狂わせて、なにもかも忘れさせて……)

もう一人の自分が叫ぶ。

「そろそろ太いのをぶちこんでもよさそうだな、奥さん」

下から顔を覗きこまれ、真紀は思わずうなずいた。

うなずいてしまってから、あわてていやいやとかぶりを振った。

「二人がかりでいいな、奥さん」

「へへへ、口とオマ×コだぜ。上から下からってわけだ」

一人が真紀の正面に立って、黒髪をつかんで上体を自分のほうへ伏せさせ、口にしゃぶらせようとする。もう一人は、前かがみになった真紀の後ろから、両手で腰をつかんで、媚肉に突き立てようとした。

「ああ、待って……おねがい、このことは、夫には言わないと、約束して……」

その言葉は、唇を割って押し入ってくる肉棒にかき消されてしまう。

もう一人が荒々しく媚肉を貫いたのも、ほとんど同時だった。

「うむ……うむ、うぐ……」

真紀はくぐもったうめき声をあげて、ブルブルと身体をふるわせた。

これで、二人の学生は本当に秘密を守ってくれるのだろうか。

ドロドロと官能に溶かされ、くるめきにわけがわからなくなる。

「こりゃすげえ。クイクイ締めつけて、吸いこまれるみてえだぜ」

「こっちだって吸いこんで、もう舌をからめてきやがる。なんて女だ……」

二人は夢中になって、容赦なく肉棒で真紀の子宮口をえぐり、喉までふさがんばかりに荒らしまくった。

「うむ、ううむ……」

真紀は白目を剝いて、ふさがれた喉の奥でひいひい泣いた。

膝とハイヒールがガクガクとして、学生に腰をつかまれて肉棒で突きあげられないと、一人では両脚をふんばることもできない。

真紀の両手は、肉棒をしゃぶっている学生の腰にしがみついた。

「う、ううむ……」

口をふさがれていなかったら、もう真紀は、あられもない声が出るのをこらえられなかっただろう。

「フフフ、すっかり牝になったな」

木戸が、愉快でならないというようにつぶやいた。さっきから茂みにひそんで、ずっと覗いていたのだ。

「せっかく今夜は森下が泊まりだというのに、この私から逃げようなんてするからだ。これはまだほんの序の口だよ、奥さん」

木戸が嗜虐の欲情を露わにつぶやいたのを、真紀は知るよしもない。

3

思いっきり楽しんだ二人は、ようやく真紀の身体から離れて、フウーと満足げに息を吐いた。

「ウワサ通り、いや、それ以上の味だったぜ、奥さん、へへへ」

「もっと楽しみたいところだけど、森下准教授の授業があるんでよ。これ以上休むと、きびしい森下は単位をくれねえし」

「それとも、奥さんが森下に単位をくれるように頼んでくれるかい、へへへ、もう奥さんと俺たちは他人じゃなくなったことだしよ」

学生二人は、芝の上にグッタリと崩れた真紀を見おろして、あざ笑った。

「そのうちにまた、今日みたいに楽しませてもらうぜ、奥さん」

「その時はもっとじっくり楽しめるように、奥さんの家まで訪ねていってもかまわねえんだぜ、へへへ」

そう言いながら、二人は茂みの陰から覗いている木戸のほうをチラッと見て、ペコリと頭をさげた。

二人に真紀をおどしてもてあそぶよう命じたのは木戸である。ご苦労だったな、と言うように、木戸はニヤリと笑った。

そんなこととも気づかない真紀は、固く両目を閉じてハアハアとあえぐだけで、なにも言わない。

木戸やゼミの学生たちだけでなく、他の学生たちにまで……ドス黒い絶望が真紀をおおった。

二人の学生が立ち去ってもすぐには起きあがれなかったが、やがて真紀はフラフラと上体を起こした。ティッシュで股間の汚れを拭きながら、肩をふるわせて、シクシクとすすり泣きはじめた。

さんざん荒らしまくられた媚肉は、まだ学生の肉棒で貫かれているようにうずき、腰が重くだるい。口のなかも、たっぷり呑まされた学生の白濁に、吐き気がする。

（ああ……こんなことって……）

真紀はわあっと声をあげて泣きそうになるのを必死にこらえ、木にすがるようにして立ちあがった。

スカートや上衣の乱れを直し、茂みに隠れ、公園の公衆トイレに入った。

鏡に映った自分の顔は、まるで他人みたいだった。

涙と汗とで乱れ髪を額や頬にへばりつかせ、まだ上気した顔は淫らな愉悦の余韻が匂う。口の端には白濁さえつけて、まるで娼婦みたいだ。

「い、いやッ」

真紀はあわてて蛇口をひねり、淫らに泣き濡れた顔を洗い、何度もうがいをした。

そして乱れ髪にブラシを入れ、化粧を直す。

ようやく自分に戻った気がしたが、それでも真紀はトイレを出ると、顔を伏せるようにして我が家へ向かった。

人の目がこわく、白昼の陽がまぶしい。もうデパートへ買い物に行くどころではない。一時も早く、家のなかへ逃げこみたい。

我が家の前まで来たところで、真紀は不意に見知らぬ若者三人に取り囲まれた。

「あの森下の女房がこんな美人とはな。ウワサ以上だぜ、へへへ」

「木戸ゼミの連中みたいに、俺たちも楽しませてくれよ、へへへ、奥さんが色狂いだってことはわかってるんだ」

「森下の奴にはないしょにしてやるからよ。うんとサービスしてくれよ、奥さん」

三人は欲情を剝きだしにした目で真紀を見つめ、いやらしくニヤニヤと笑った。

「ああ……」

この三人も夫の教え子である。どこかでウワサを聞いてやってきたのだ。二人の学生にもてあそばれた直後だというのに、また新手が現われるとは……真紀の膝とハイヒールがガクガクとふるえだした。

「な、なんのことでしょうか……」

真紀は必死に平静を装った。

が、後ろの学生にいきなりスカートをまくられ、悲鳴をあげてスカートの裾を押さえて、その場にうずくまった。

「気どるなよ、奥さん。ノーパンのくせしやがってよ」

「とぼけるってなら、木戸ゼミの連中をここへ呼んだっていいんだぜ」

学生たちはドスのきいた声で言うと、左右から真紀の腕を取って立ちあがらせ、そのままドアの鍵を開けさせ、玄関へと連れこんだ。

「ここで裸になってもらうよ、奥さん」

「俺たちは溜まってて、もう我慢できねえんだ。早くぶちこみたいんだよ」

「へへへ、いい身体してるな。ムチムチじゃねえか」

玄関のドアを閉めようともせず、一人がブラウスの上から胸のふくらみをわしづかみにして、ボタンをはずしにかかる。あとの二人は、前から後ろからスカートのなかへ手をすべりこませ、素肌の太腿や双臀を撫でまわしつつ、スカートのホックをはずしてファスナーを引きさげる。

「い、いやあッ……やめてッ……」

年下の学生たちを相手に、真紀は小娘のような声をあげながらも、あらがいは弱々しい。黒髪を振り、腰をよじって悲鳴をあげるばかり。

「いや、いやッ」

たちまち真紀の身体から上衣とブラウスが脱がされ、ブラジャーがむしり取られた。形よく豊満な乳房がブルンとゆれて露わになり、それに学生の手が吸いついてタプタプと揉みこむ。

「すげえおっぱいだぜ、へへへ、九十センチはあるかな」

乳房を揉みこみつつ言うと、学生は真紀の乳首に口で吸いついた。音をたてて吸い、しゃぶり、ガキガキと噛む。

「やめてッ……ひッ、ひッ、いやあ……」

のけぞる真紀の腰から、スカートが足もとにすべり落ちた。下着をつけていない真紀は、もうハイヒールをはいただけの全裸だ。

「いい尻してやがる。プリンプリンだぜ」

学生の手が真紀の双臀にのびて撫でまわし、尻肉をつかんでゆさぶれば、前の学生は必死に閉じ合わせた太腿の付け根に手をのばして、茂みをまさぐる。

「これが奥さんのオケケか、へへへ、この奥にどんなオマ×コを隠してるか楽しみだぜ。ほれ、股を開きな」

玄関のドアは開いたままで外から見えてしまうというのに、三人の学生は飢えた獣みたいに、ガツガツと柔肌をむさぼる。

「いや、ああ、いやあッ……」

玄関で全裸にされ、三人の学生にまとわりつかれて、肌をまさぐられている自分が、真紀には信じられない。

「へへへ、たまらねえぜ。なんていい身体してんだ」

「股をおっぴろげてオマ×コを見せてもらうかな。犯る前に見ておかなくちゃよ」

「綺麗なオマ×コしてるってウワサだからな、へへへ」

学生たちは真紀の裸身をあお向けに押し倒して、乳房をつかむ一人が上体を押さえつけ、残りの二人が左右から足首をつかんだ。

「いやあッ」

玄関が開いていることも忘れて、真紀は悲鳴をあげ、閉じ合わせた両脚にさらに力を入れた。

それをあざ笑うように、学生たちは真紀の足首をつかんだまま、幼児のオシメを替えるみたいに上へ持ちあげ、左右へ割りひろげはじめた。足首が、つづいて両膝が割れて、太腿が左右へ開いていく。

「あ、ああッ……ゆるしてッ……ああッ……」

内腿に外気がしのびこみ、学生たちの食い入るような視線がもぐりこんでくる。

「み、見ないでッ……ああ、見ては、いや、いやあ……」

「へへへ、思いっきりおっぴろげてやるからな、奥さん。ほれ……ほれ……」

「いやあ……」

学生たちは真紀の内腿の筋が浮きあがるまで、思いっきり開いた。

秘められた柔肉はあられもなくさらけだされ、内腿の筋に引っぱられるように肉の割れ目はほぐれ、充血した肉襞までのぞかせる。その下の肛門までが露わだ。

「こりゃすげえや。とろけきってるぜ……」

「さっきまで誰かとお楽しみだったんじゃねえのか」

「そうにちがいねえ。俺たちの前にもう学生を咥えこんだってわけか、たいした奥さんだぜ。ウワサ以上だな」

学生たちはそんなことを言いながら、食い入るように覗きこんだ。目はギラギラと光り、何度も舌なめずりする。

「いやッ……ああ、いや……」

もう真紀は泣き声をあげ、右に左にと頭を振るばかり。美しい顔だけでなく、首筋まで火になった。

外の通りをバイクが走る音に、真紀はハッとした。玄関のドアが開いたままなのを思いだしたのだ。

もし誰かが玄関を覗いたら……そう思うと、真紀は生きた心地もない。全裸で両脚を持ちあげられ、左右へ開かれているあられもない姿を、隠しようもなかった。

「おねがいッ……玄関のドアを……ドアを閉めてッ」

真紀は気力を絞って哀願した。

もうこの学生たちからは逃れられなくても、近所の人たちにこんな姿を見られるのだけは避けなければ。

学生たちは聞く耳を持たず、真紀の身体に夢中だ。

玄関の外には木戸がいて、そっと覗いていた。

(いいぞ、その調子だ、フフフ、もてあそばれる奥さんを覗き見するのもいいもんだ)

胸の内でつぶやいて、木戸はニヤニヤと笑った。

学生の一人が木戸のほうを見てニヤリと笑いかえした。そして真紀に気づかれないように小さくうなずくと、

「へへへ、うんと気分出してくれよ、奥さん。たっぷり可愛がってやるからな」

そう言うなり、口をとがらせていきなり真紀の媚肉に吸いついた。

「ひいーッ」

今にも気がイカんばかりに真紀は反りかえって、持ちあげられた両脚をゆさぶった。

その内腿にも別の学生の口が吸いつき、さらに乳首にも。

「いやあッ……ゆるしてッ」

真紀のつま先がよじれ、ハイヒールが片方、床にころがった。

いくら真紀が泣き声をあげて悶えても、三人の学生の口は蛭のように離れない。

乳首が吸われてガキガキと嚙まれ、内腿がペロペロ舐めまわされる。

そして媚肉に吸いついた口は、舌先を柔肉に分け入らせて肉襞をなぞるように舐め、すすり、さらに女芯をチュウッと音をたてて吸いあげる。

三人ともまるでおいしいものでもすするみたいだ。時々、場所を入れ替わっている。

「ひッ……いやッ……ああッ、ひッ……」

玄関が開いていることを気にする余裕もなく、真紀は三人の口にあやつられる肉の人形だった。

4

いつしか真紀の泣き声はすすり泣きに変わり、あえぎが混じりはじめた。身悶えもすっかり弱々しくなって、めくるめく官能に翻弄されていく。

「ああ……も、もう、いや……かんにんして……ああ……」

哀願の声もどこか艶めいた。

「へへへ、気分が出てきたな、奥さん」

一度顔をあげてあざ笑うと、学生はまた真紀の媚肉に吸いついていく。

女芯は充血してツンととがり、柔肉はヒクヒクうごめいて甘い蜜をにじませているのが、学生の目にもはっきりとわかった。

「あ、ああ……もう、やめて……ああ、こんなことって……」

真紀はハァハァとあえいだ。

一度官能を感じ取ってしまうと、とめどがない。あとからあとから蜜が溢れる。それでなくても、さっきの淫行の火照りがおさまっていない身体である。

「ああッ……いや、あああ……」

今にもイキそうになる自分の身体が、真紀は恨めしい。もてあそばれているというのに信じられない。

「……ゆるして……もう、かんにんして……」

「早くぶちこまれたいってことか、奥さん。へへへ、好きだな」

ようやく真紀の身体から口を離した学生たちは、ベトベトの口で舌なめずりすると、ズボンの前から肉棒をつかみだしはじめた。どれもたくましく、天を突かんばかりだ。

「ああッ……」

たくましい肉の凶器に、真紀の美貌がおびえた。

「へへへ、俺たちのはけっこうでかいだろ。森下に較べてどうだい、奥さん」

「ああ、いや……いやッ」

「なにがいやだ。オマ×コは欲しがって涎れを垂らして、ヒクヒクしてるぜ」

学生はニヤニヤと笑って肉棒をゆするると、上から真紀にのしかかろうとした。

「いやあ……」

逃げようとする真紀の腰をがっしりと押さえつけ、学生は白い両脚を左右の肩にかつぎあげた。

真紀の両手は頭の上で、もう一人の学生が押さえつけた。

（木戸先生、犯りますぜ）

と言うように、学生は一度木戸のほうを見てニヤッと笑うと、たくましい先端を真紀の媚肉のひろがりにこすりつけた。二度三度とひろがりに沿って這わせる。

「待ってッ……いや、いやッ……ああ、玄関を閉めてッ……」

真紀が声をひきつらせるのもかまわず、灼熱はジワジワと貫きはじめた。

「ああッ、いやあッ……ひッ、ひいッ……」

悲鳴をあげる真紀の口には、頭の上で両手を押さえている学生が肉棒を押しつけた。ガボッと口のなかへ押しこまれ、真紀の悲鳴はくぐもったうめき声になった。

「うむ……うむ、うぐ……」

喉までふさがれて息もできなくなる。真紀は白目を剝いてのけぞった。

その間も媚肉はたくましい肉棒でジワジワと貫かれていく。膣がいっぱいに押しひろげられ、真紀の裸身はたちまちに汗にまみれた。

そのくせ真紀の身体は、ひとりでに反応して、押し入ってくるものにからみつき、深く咥えこもうとうごめいた。

「吸いこまれてるみてえだ。たまらねえぜ」

学生はうなるように言って、一気に底まで埋めた。

「ううむッ……」

ズンと子宮口を突きあげられて、真紀は肉棒でふさがれた口の奥で、ひいーッと喉を絞った。

(先生、つながったぜ)

また玄関の入口で覗いている木戸を見た学生が、目で言った。

(どんどん責めて気をやらせるんだ。三人がかりで奥さんを休ませるなよ)

木戸もまた目で言って、手を振ってあおる。

三人の学生はうなずくと、真紀を責めはじめた。

グイグイとリズミカルに真紀の子宮口を突きあげ、膣をこねまわす。上では真紀の黒髪をつかんでゆさぶり、喉をふさがんばかりに肉棒で口のなかを荒らしまくる。しかも、もう一人の学生も肉棒を真紀の口もとに押しつけ、交互にしゃぶらせはじめた。

本当は真紀の肛門も犯して三人がかりといきたいところだが、肛門は木戸の許可が出ていない。

「フフフ、奥さんの尻の穴は、今夜のためにとっておかなくてはな」

覗きながら、木戸は低い声でつぶやいた。

何人かの主婦やセールスマンらが玄関の前を通ったが、そのたびに木戸は自分の体で巧みに真紀の裸身を隠し、玄関のドアは閉めない。

それも気づかず、もう真紀は官能の渦にドロドロと巻きこまれ、わけがわからなくなった。今にも気が遠くなりそうだ。

「う、うむ……うむ……」

真紀は、我れを忘れて左右から押しつけられる二本を交互に口に含んでしゃぶり、下から激しく最奥を突きあげられては、ひいひい喉を絞った。

いつしか真紀は自分からも腰をうねらせ、溢れでた蜜が肛門にまでしたたっているのが、覗いている木戸にもはっきり見えた。蜜にまみれた肛門が、肉棒が膣をえぐるたびにヒクヒクとうごめき、生々しく開閉する。それが木戸には、真紀の肛門がなにかを咥えたくてあえいでいるように見えた。

「まだだ、フフフ、今夜になったら、いやと言うほどその尻の穴に、太いのを咥えさせてやるからな。それまでおあずけだ」

木戸は意味ありげに小さくつぶやいた。

上気した真紀の肌に玉の汗が噴きだしてすべり落ちた。汗でヌラヌラ光る肌は、油でも塗ったようで、その肌に小さな痙攣が走りはじめた。

(フフフ、気をやるようだな)

木戸は身を乗りだした。

次の瞬間、真紀は断末魔を思わせるうめき声を絞りだして、ガクンとのけぞった。

「う、うむッ……うむッ……」

学生の肩にかつぎあげられた両脚を突っ張らせ、腰を二度三度と突き動かし、さらに痙攣を激しくする。

「なんて締まりだッ」

学生がうなった。

肉棒を襲うきつい収縮に今にも出そうになって、学生は必死にこらえるが、思いっきり最後のひと突きを与えて吠えると、ドッと白濁の精を放った。

「うむ、うむむッ」

灼けるようなほとばしりを子宮口に浴びせられ、真紀は白目を剝いてのけぞり、さらにキリキリと汗まみれの裸身を収縮させ、ブルブル痙攣させた。その間も真紀は口に肉棒を含まされたままで、声を出せない分だけ痙攣も大きく生々しい。

「気をやりやがったぜ、へへへ、好きなんだな、奥さん。もっとどんどんイカせてやるからな」

すぐに学生は入れ替わって、真紀の媚肉を突きあげはじめる。木戸の命令通りに、真紀を休ませようとしない。

「いやッ……ああ、もう、ゆるしてッ」

真紀は悲鳴をあげたが、口をふさいだ肉棒のため、声にはならない。

「うむ……ううむ……」

汗まみれの裸身を揉み絞ってうめいたが、それもすぐに身も心もゆだねきった身悶えに変わった。

「なるほど、こいつはたまらねえや。クイクイ締めつけてきやがる」

「気をやる時はとくにすげえからな。油断すると負けるぞ」

「それじゃここは、気合いを入れて犯るか」

「なあに、負けたってあとには俺がひかえてるぜ、へへへ」

学生たちはそんなことを言いながら、容赦なく真紀を責めたてた。

下から肉棒で子宮口をこねまわすように突きあげれば、上では果てたばかりの学生も加わって、また二人がかりで交互に肉棒を真紀の口に咥えさせる。

「う、うむ……うむ……」

余韻の痙攣もすっかりおさまらぬうちに、また真紀の身体に痙攣が走りはじめた。

(ああッ……また、ああッ……また、イッちゃうッ……)

ふさがれた喉の奥で、真紀は我れを忘れて叫んだ。

第八章　最終審判

1

真紀はゆり起こされて、うつろに目を開いた。

目の前で木戸が笑っていた。三人の学生の姿はない。

「学生がここまで来るとは、だいぶ奥さんのウワサがひろまっているようだ」

木戸は真紀の顔を覗きこんで、しらじらしく言った。

「ああ……」

ハッと我れにかえった真紀は、全裸の身体を小さくすると、シクシクと泣きだした。

「この分だと奥さんのウワサが大学中にひろがって、森下の耳に入るのも時間の問題ですよ」

「いやッ……」

真紀は激しくかぶりを振った。

公園といい、家の前でといい、学生に真紀を犯すように命じたのは木戸である。そんなこととも知らない真紀は、

「ああ……ど、どうすればいいの……」

黒髪を振りながら、泣き声を大きくした。

「森下に知られては、これまでの奥さんの努力はすべて水の泡だ。ここはあらたな手を打たなくては……」

木戸はもっともらしく言った。

真紀はすがるように木戸を見た。木戸が恐ろしい変質者であっても、追いつめられた真紀にはすがる以外に術がない。

「……おねがい……」

木戸はニヤリと顔を崩した。

真紀には大学でウワサがひろまっていると思わせたが、実は真紀の秘密を知っているのは、木戸の信頼の厚い木戸ゼミの学生たちをはじめ真紀を犯した学生たちだけである。

今さら、真紀のウワサを流すほど木戸はバカではない。

すべては、木戸がある計画を成功させるための罠なのだ。

「私にまかせてもらえませんか、奥さん。ウワサを抑えて、森下にはわからないようにしてあげますから」

木戸の言葉に、ワラにもすがりたい真紀はうなずくしかなかった。それがどんなことであっても、夫に恐ろしい秘密を知られるよりはマシだ。

木戸は真紀を抱き起こすと、浴室に連れこんだ。

「大学の実力者の力を借りようと思いましてね。ただ、この実力者が年の割りにはなかなかの好きもの。そこで奥さんに……」

真紀の身体に湯のシャワーをかけながら、木戸はネチネチとしゃべりだした。

要は真紀に、今夜その大学の実力者に身をまかせろというのだ。しかも、どんなことをされても自ら積極的に応じ、悦んだふりをしろと言う。

「そ、そんな……」

聞かされるうちに、真紀はブルブルとふるえだし、弱々しくかぶりを振った。

「いやならやめてもいいんだよ。その代わり、このままでは奥さんのところへ来る学生はもっと増えるだろうし、ウワサも森下のところまで届くことになる」

木戸は真紀の身体を洗いながら、ジワジワと意地悪く圧力をかけた。

「ああ……」

石鹸を塗って、肌をまさぐってくる木戸の手のいやらしさも忘れ、ただブルブルとふるえるばかりだ。

木戸は真紀の身体を綺麗に洗うと、浴室から寝室へと連れていき、三面鏡の前に座らせた。

「うんと綺麗に化粧するんですよ。綺麗になって実力者の機嫌をとらなきゃなりませんからね、フフフ」

「……………」

真紀はもうなにも言わない。

命じられるままに黒髪にブラシを入れ、美容院に行ったばかりというのにバラバラになってしまった髪をととのえる。さらに赤のルージュを引いて、化粧していく。

もう観念したようだったが、時々わななく唇を噛みしめた。

「綺麗だ、フフフ、どんな男でも涎れを垂らすほどの色っぽさだ」

仕あげはこれだと、木戸は真紀の首に、大型犬に使うような革の首輪をはめた。はずせないように鍵がついている。

そして首輪からのびた革紐は、木戸の手にがっしりつかまれた。

「どうせ裸になるんだから、そのままでいいでしょう、奥さん、フフフ」

木戸はあざ笑って、真紀は全裸のままで肩にコートをはおらされた。

「そんな……なにか着させてください……裸でなんて、いやッ……」

真紀は狼狽した。

「コートを着せてやってるでしょうが」

木戸はあざ笑って首輪の革紐をグイグイと引いた。

素足にハイヒールをはかせて外へ連れだし、木戸の車の助手席に乗せる。そして車を出発させた。

途中ドライブインに寄って、食事をとった。

真紀はコートの前を押さえたまま、生きた心地もない。まわりの者が首輪に気づいて、好奇の目を向けてくるのがわかる。

真紀はとても食事をする気になれなかった。顔をあげることもできず、今にもわあっと泣きだしてしまいそうだ。だが木戸に、

「全部食べて精をつけるんですよ、奥さん。どうしても食べないと言うなら、下の口で食べさせたっていいんですよ、フフフ」

そう言われると、食べないわけにはいかない。コートの前が開いて裸が見えないように片手で押さえつつ、オズオズと箸を進ませた。

「すっかり食べるんですよ。そのほうが、あとの浣腸もおもしろい」

「ああ……」

真紀は思わずビクッとして、箸を落としそうになった。

予感はあったものの、やはり今夜は浣腸される……。

「……か、かんにんして……」

唇がワナワナとふるえただけで、声にはならない。

「今さら言わなくてもわかっていると思うけど、実力者が少しでも不満を言ったら、ウワサは森下まで届くと思うことですね、奥さん」

木戸は意地悪く念を押した。

再び車に乗って一時間近くも走ったか。車が大きな屋敷の門をくぐったのは、もうあたりが夜のとばりに包まれはじめた頃だ。

「ああ……こわい……」

真紀はにわかに恐怖に襲われた。なかなか車から降りようとしなかった。唇をわなわなかせ、弱々しくかぶりを振る。

「これも、奥さんの秘密を森下に気づかれないようにするため。さ、来るんですよ」

「ああ……こわいんです……か、かんにんして……」

「今さらダダをこねるんじゃない。実力者を怒らせると、それこそ破滅ですよ」

首輪の革紐を引いて、木戸は強引に真紀を車から降ろした。

広い玄関に中年の男が出迎えた。どこかヤクザっぽい。

「さっきからお待ちですぜ」

そう言って長い廊下を案内しながら、男はチラチラと真紀を盗み見た。

真紀は生きた心地もなく、木戸に抱き支えられていないと、一人では歩くこともできない。

奥の日本庭園のなかに離れがあり、渡り廊下を通って案内された。

六畳ほどの和室で、天井の柱からは縄や鎖が垂れさがり、壁の棚には縄の束や淫らな責め具がズラリと並んでいる。ここが女を責めるための部屋であることは、ひと目でわかる。

壁の反対側はフスマになっていて、向こうの座敷に誰かいる気配があった。

「あ……ああ……」

真紀は恐怖と緊張とに身体がブルブルとふるえ、もう声も出なかった。

木戸がヤクザ風の男となにか打ち合わせていたが、それも耳に入らない。

打ち合わせが終わると、

「いよいよだよ。奥さんの秘密を守るために牝になりきって、うんと色っぽくサービスするんだよ、フフフ」

木戸は耳もとでささやいて、真紀の身体からコートを剝いて全裸にした。そしてフスマの前にひざまずかせる。

「いい女ですね、木戸さん、これならきっと満足しますぜ」

ヤクザ風の男はニヤリと笑った。

「ああ……」

男の視線を気にする余裕もなく、真紀はベソをかかんばかりの表情で、すがるように木戸を見あげたが、もうなにも言わずにガックリと頭を垂れた。

「教授、木戸です」

木戸は真紀の横に立って首輪の革紐を持ったまま、フスマに向かって言った。

「おお、待っとったぞ」

向こうから声がした。

ヤクザ風の男がニンマリとして、フスマを左右へ開いた。

2

真紀は思わず声をあげそうになり、総身が凍りついた。

奥の座敷には七十歳近い老人を中心に、十人もの中年男がいた。皆、こっちを向いて座り、酒を飲んでいた。

(そ、そんな……ああ、こんなことって……)

相手は一人と思っていただけに、十人もの男がいるとは……。

必死にひざまずいた太腿を閉じ合わせ、乳房を腕で隠す。

(いやッ……)

どんなに逃げだしたくても、それはすべてを夫に知られることにつながると思うと、真紀は動くことができない。

木戸は、男たちに向かって大きく頭をさげた。

「ヒヒヒ、さっそくはじめたまえ」

中央の老人が言った。

木戸はうなずくと真紀を見おろして、もう一度釘を刺し、活を入れるように首輪の革紐をグイと引いた。そして鞭を取りあげて、真紀の顔を覗きこみ、ニヤリと笑った。

「ちゃんと皆さんにごあいさつするんですよ、奥さん」

ビュッと鞭で宙を切った。

「ああ……」

ワナワナと唇をふるわせ、弱々しくかぶりを振った真紀だったが、

「……森下真紀……三十四歳でございます……よろしくお願いいたします」

真紀はふるえ声で言った。顔をあげることも、男たちのほうを見ることもできない。

「もしかして奥さんは、あの森下准教授夫人の真紀さんかな」

木戸はわざとらしく聞いた。

「……は、はい……森下の妻の真紀でございます……」

「これはこれは。森下准教授と言えば堅物で有名、その夫人がどうして素っ裸でこんなところに?」

「は、はい……」

答えながら真紀は狼狽した。

どう言えばいいかは、車のなかで木戸に教えられている。それは全身の血が逆流するような恥ずかしい言葉だ。

(言えない……ああ、そんなこと……)

胸の内で狂おしく叫びながらも、真紀には黙っていることは許されなかった。

首輪の革紐がまたグイと引かれ、鞭が空を切って鳴った。

「ああ……真紀は……真紀は、とても淫らな女なんです……夫ひとりでは満足できなくて……もっと、うんといじめられたいんです……」

「フフフ、それで学生たちを次々と誘惑してるわけだね、奥さん」

「………」

真紀はキリキリと唇を嚙みしめた。

つづけろと言うように、また鞭が宙を切った。

「……もっといじめられたい……真紀、お尻を責められたいんです……」

「ほう、尻の穴を責められたいとは。ここにおられる田島教授は、女の尻の穴を責めるのがなによりもお好きでねえ。ちょうどいいじゃないですか」

木戸のわざとらしい言葉に、田島教授と言われた老人はニンマリと顔を崩した。

「そうそう、奥さんにも皆さんを紹介しておきましょう。あちらから岸部教授に長谷川教授、川辺教授……」

田島の言葉に真紀はワナワナと唇をふるわせた。

十人全員が、夫と同じ大学の教授だった。

彼らは田島教授を中心に派閥をつくり、夫を教授に強く推薦した学部長とは対立関係にあった。大学に出入りする業者からのワイロや裏口入学、また派手に女遊びをしているとウワサの絶えないグループである。

夫と同じ大学の教授たちにもてあそばれる。真紀は木戸に首輪の革紐を引かれて立たされ、裸身をさらされた。

「あ、ああ……」

舐めるように肌に這ってくる視線が、真紀は痛いまでにわかった。手で少しでも肌を隠そうとすると、鞭がピタピタと手をたたいた。

手をどかさなかったら、次には容赦なく鞭が柔肌を襲っただろう。

「すばらしい……なんという、いい身体なんだ」

「これじゃ森下ひとりでは満足できないわけだ、フフフ、それにしてもなんて色っぽいんだ」

「あれだけ美人でいい身体してる女もめずらしいねえ。クソまじめ男森下に、こんないい女房がいたとは……」

「尻が早く見たい、ヒヒヒ」

教授たちは口々に言って、まぶしいものを見るように目を細めた。

木戸は鞭の先で真紀の乳房をゆらし、茂みをかきあげるようにし、充分に見せてから、真紀に後ろを向かせた。

ムチッと張った官能味あふれる真紀の双臀に、教授たちから感嘆の声があがった。類は友を呼ぶ。女の肛門に興味を持つのは田島教授だけではないようだ。

ああ……と声をあげ、真紀の手が双臀を隠そうと後ろへ回るのが、鞭にとめられた。

「皆さんがどこを見たがっているかは、わかっているでしょう。奥さんだって見られたいはずだ」

木戸が鞭で、ピタピタと真紀の双臀をたたいた。

「ああ……」

反射的に真紀は臀丘の谷間を、いっそうキュウと引き締めた。

次の瞬間、振りあげた鞭が真紀の双臀にピシッとはじけた。

「ひいッ……」

のけぞった真紀は、あわてて双臀を教授たちのほうへ突きだすと、上体を前へ傾けて両手を双臀へまわした。

脚も開けと鞭が動き、真紀の太腿が左右へ開いた。

「ああ……真紀……お尻の穴をお見せしますわ……ごらんになれたら、教えて……」

双臀にまわした両手で、ゆっくりと臀丘の谷間を割りひろげ、真紀はすすり泣きながら言った。

「あ、ああ……恥ずかしい……」

真紀は、自ら割りひろげていく臀丘の谷間にもぐりこんでくる外気と淫らな視線に、頭のなかが灼ける。

臀丘に食いこませた指がふるえ、左右に開いた膝もガクガクした。

「もう、もう、ごらんになれるのでしょう……ああ、教えて……」

真紀があえぐように言っても、教授たちはニヤニヤと笑って食い入るように見つめるだけで、なにも言わない。

秘めやかな臀丘の谷間の奥に、真紀の肛門がひっそりとのぞいていた。

教授たちはなにも言わず、木戸は鞭でつついてあおる。

「見えると声がかかるまで、もっと開くんですよ、奥さん」

「ああ、そんな……意地悪しないで……」

鞭におどされて、真紀はさらに開いた。もう臀丘の谷間は底まで開ききった。肛門までがほぐれそうだ。

「ヒヒヒ、これが森下真紀の尻の穴か。可愛い形をしてバージンのアナルのようじゃ」

ようやく田島がうれしそうに言って、舌なめずりをした。

「ああ、真紀、お尻の穴を見られているのね……ああ、見られてる……」

真紀は肛門をさらしたまま、なよなよと双臀をうねらせた。覗かれている肛門が教授の視線を浴びて、キュウとさらにつぼまるうごめきを見せた。

「その調子でつづけるんだ、奥さん。田島教授はご機嫌ですよ」

木戸が真紀の耳もとにそっとささやいた。

(ああ、もう、かんにんして……いや、これ以上は、いや……)

そんな哀願の言葉が喉まで出かかったが、真紀はグッとこらえた。ここであらがって田島や木戸を怒らせれば……。

「……ああ……ごらんになっているだけじゃいや……おねがい、いじって……真紀のお尻の穴にいたずらして……」

真紀は命じられるままに言って、双臀をうねらせて田島を誘った。

「ヒヒヒ、うれしいことを言ってくれる奥さんじゃ。どれどれ」

田島は舌なめずりをして前へ出た。

真紀の双臀の前にしゃがみこむと、あらためて剝きだされた肛門を覗きこみ、おもむろに臀肉に顔を埋めた。

口をとがらせて肛門に吸いつき、ペロペロと舐めはじめる。

「ああッ、そんな……ひいッ……」

思わず前へ逃げようとする真紀の腰を、木戸はがっしりと押さえつけた。

「じっくりと舐めてもらうんですよ、奥さん。皆さんに舐めてもらえば、尻の穴もふっくらととろけますからね、フフフ」

木戸はあざ笑うように言った。

「あ、ああッ……ああッ……」

真紀は必死に歯を噛みしばってこらえようとしたが、思わず口から声が出てしまい、膝がガクガクと崩れそうになる。

田島のいやらしい口は、まるで蛭にでも吸いつかれたようで、あらがいの気力も、生気さえ吸い取られていく。

3

田島を筆頭に、次々と真紀の肛門に吸いつき、しゃぶり舐めまわす教授たち……ようやく最後の一人が口を離した時には、真紀は息も絶えだえで、木戸に腰を支えられていなければ、一人では立っていることもできない状態だった。

「さあ、奥さん。もう一度自分で尻をひろげて、とろけきった尻の穴を皆さんに見ていただくんですよ」

木戸は上気した真紀の双臀を、鞭でピシッと打った。

「ああッ……」

真紀はハァハァとあえぎつつ、両手を双臀へ持っていくと、再び臀丘の谷間をひろげて、教授たちの目に肛門をさらした。

さんざんしゃぶられた真紀の肛門は、さっきまでの可憐さがウソみたいにフックラととろけ、ヒクヒクとうごめいていた。

そのわずか下、媚肉の割れ目には蜜がねっとりと光っている。

そんな反応を見せてしまった肛門を見られる真紀は、さっきよりも男たちの視線を感じてしまう。

そんな状態がいっそう真紀を狂わせる。

真紀は上気した顔で木戸を見あげて、唇をわななかせると、

「……し、して……ああ……真紀に浣腸してください……」

消え入るように言った。

「なにをして欲しいのかな。もっと大きな声で言うんだ、奥さん」

「ああ……真紀に浣腸して……おねがい、真紀、浣腸されたい……」

真紀の言葉に教授たちはざわめいた。

真紀ほどの美貌の人妻が、自ら浣腸をねだるとは。

「か、浣腸して……」

言いながら真紀はブルルッと双臀のふるえを大きくして、肛門のうごめきも露わにした。身体中が匂うようなピンクに染まっていく。

「またうれしいことを言ってくれる奥さんだ。浣腸は田島教授をはじめとして、我々の好物でね」

「ましてそれだけいい尻を見せられちゃ、浣腸したくならないほうがおかしい、フフ、おもしろくなってきた」

「木戸くん、浣腸器は我々全員の分を用意してくれたまえよ」

「浣腸液はグリセリンの原液のストレートといこうじゃないか。わかっとるね、木戸くん。それを五百ＣＣだ」

教授たちに言われるまでもなく、木戸はすでに真紀への浣腸の準備をはじめていた。

容量五百ＣＣの注射型のガラス製浣腸器が十本、ズラリと床に並べられた。それに一本ずつ五百ＣＣのグリセリン原液を吸いあげ、充満させていく。

「ああ……」

十本もの浣腸器が並んだのを見た真紀は、美しい顔をひきつらせた。身体がこわばり、嚙みしめた歯がガチガチ鳴りだした。

（いやッ……そんなにたくさんなんて、かんにんしてッ……死んじゃう……）

狂おしいまでに心の内で叫びながら、真紀はただブルブルとふるえるだけだ。

浣腸の準備ができると、まず田島教授が出てきて、木戸から浣腸器を受け取った。

「奥さんをどんな姿勢にさせますか、教授」

木戸は首輪の革紐をつかんで、田島に聞いた。田島はニヤリと笑って、真紀を四つん這いにするように木戸に命じた。

「さあ、四つん這いになって尻を高くあげるんだ、奥さん」

「ああ……ゆるして……」

「浣腸はいやなのか」

「い、いやじゃありません……」

真紀はもうあらがう気力もない。首輪の革紐を引かれて、畳に四つん這いにされた。両膝を開かされ、上体を低くして双臀を後ろへ高くもたげさせられる。

「ああ……」

真紀は唇を噛みしめて両目を閉じた。

後ろに田島がしゃがみこむのがわかり、真紀はビクッとふるえたが、四つん這いの姿勢を変えようとはしなかった。

「ヒヒヒ、まったく見事な尻じゃ。いろんな女の尻に浣腸してきたが、これほどの尻はなかった」

田島はゆるゆると真紀の双臀を撫でまわしてから、浣腸器のノズルを肛門に突き刺した。

ひッと真紀は小さく悲鳴をあげた。硬直した双臀がブルブルとふるえ、ノズルに貫かれた肛門も小さく痙攣する。

「ああ……真紀、浣腸されるのね……ああ」

真紀は今にもわあっと泣きだしてしまいそうなのを必死にこらえ、自分自身に言いきかせるように言った。

「ヒヒヒ、たっぷり浣腸してやるぞ、奥さん。うれしいか」

「……う、うれしいわ……ああ、たっぷり浣腸して……もう、入れて……」

「よしよし、催促か」

田島はニヤリと笑うと、長大なシリンダーを押しはじめた。

ガラスがキーと鳴って、不気味に渦巻くグリセリン原液が、ドクドクと真紀のなかへ注入されていく。

「あ、ああッ……ああッ……」

ビクンと腰をふるわせて、真紀は泣き声をあげた。

おぞましさに真紀の身体は総毛立った。

何度経験させられても、得体の知れない軟体動物が入ってくる不気味さ。それでいて、男におびただしく射精されているようでもある。

「ああ……た、たまらないッ……ああッ、うむ……あああ……」

「そんな声を出されて、たまらんのはこっちのほうだよ、ヒヒヒ、そんなにいいのか」

田島はグイグイとシリンダーを押した。五十CCぐらいに区切って、ドッと入れるやり方である。しかも絶えずノズルを抽送し、真紀の肛門をこねまわす。

「ああッ……ひッ、ひッ……ああッ……」

真紀は黒髪を振りたくり、腰をうねらせ、喉を絞った。

早くもジワジワと便意がふくれあがる。

真紀の裸身は、たちまちあぶら汗にまみれた。

「これだけいい尻をしとると、五百CCでは物足りんのう」

長大なシリンダーを底まで押しきった田島が言った。

「そんなに責めがいがありますか。どれどれ、この私が……」

田島と入れ替わって川辺がノズルを真紀の肛門に沈め、シリンダーを押しはじめる。

今度はダラダラと絶え間なく、焦れったいほどの注入だ。

「あ、あ……そんな……も、もう……」

たてつづけの注入に、真紀は泣き声をひきつらせた。

「これはたいしたものだ。ノズルが吸いこまれる」

川辺は感嘆の声をあげて、ゆっくりとシリンダーを押しつづける。

「どんな気分かな、奥さん」

「ああ……う、うむ……ううむ……」

川辺に聞かれても、真紀は返事をする余裕もない。

総身があぶら汗を噴きだしつつワナワナとふるえ、両手が畳をかきむしる。

「……おねがい……早く、すませて……ああ、ひと思いに……」

なにか話せば荒々しい便意で今にも漏れそうになって、声が途切れた。

やっと注入し終わった時には、真紀はしとどのあぶら汗のなかに息も絶えだえ。

荒々しく駆けくだろうとする便意を必死に押しとどめ、嚙みしめた歯をガチガチ鳴らして、苦悶のうめき声をあげる。

だが、すぐに三人目の教授が浣腸を仕掛けてくる。今度は少量ずつに区切って、ピュッピュッと断続的に。

「ああッ……もう、だめッ……そんな、ああ……我慢が……」

すでに二本の浣腸器で、合計千CC注入された真紀は、もう耐える限界を超えた。唇を嚙みしばった美貌は、襲ってくる便意にあぶら汗を光らせ、乱れ髪をまとわりつかせて眦をひきつらせた。

「そんな色っぽい顔をして、もうだめもないもんだ。それに尻の穴はどんどん呑んでいきますよ、奥さん」

「う、うむ……かんにんして……」

「フフフ、かんにんせんよ、奥さん。ほれ……ほれ……」

長大なシリンダーは、意地悪く断続的に押されつづけた。

汗まみれの真紀の身体に痙攣が走りはじめ、しだいに生々しくなっていく。そして真紀は、肛門の痙攣を自覚した。

「だ、だめッ……ああ、もう、我慢できないッ……ううむ……」

「途中で漏らしたら仕置きだよ、奥さん」

木戸が言っても、真紀にはもう聞こえていない。

「で、出ちゃうッ」

シリンダーが押しきられるのと、真紀が叫ぶのとが同時だった。

真紀の肛門が痙攣して内からふくれたと思うと、あわてて木戸があてがった便器に、便意がドッとほとばしった。

「いやあッ」

真紀の喉に号泣が噴きあがった。

4

あとからあとから絞りだしながら、真紀は四つん這いの裸身を揉み絞った。一度途切れたかと思うと、肛門をヒクヒクさせてまたドッとほとばしらせる。

「み、見ないで……ああ、死にたい……」

「ヒヒヒ、綺麗な顔をして、尻は派手にひりだしおる」

「いい女というのは、どんな姿も絵になるもの」

「あの綺麗な顔、それにムチムチの身体も一段と色っぽい」

教授たちはそんなことを言いながら、ニヤニヤと真紀の排泄行為をながめている。

ようやく絞りきっても、それで終わったわけではない。真紀への浣腸はまだ三人しかしていない。

残りの連中がすぐに、浣腸器のノズルで真紀の肛門を貫いてきた。

「ああッ……待って、もう、もう、これ以上は……」

真紀がそう言う間にも、グリセリン原液がドクドクと入った。

「ああッ……ひいーッ……」

「フフフ、教授はあと七人で、三人ずつとしてもあと三回はつづけることになる。もっとも七人分の三千五百CCを、一回で呑んでもかまわないんだよ、奥さん」

木戸が真紀の耳もとでささやいてあざ笑う。

聞こえているのかいないのか、真紀は黒髪を振りたくって、ひいひい泣くばかりだ。

「ヒヒヒ、浣腸の体位を変えたほうがおもしろいぞ」

田島に言われて木戸は、真紀の裸身を四つん這いからあお向けにひっくりかえした。

両脚をつかんで持ちあげ、膝が乳房へくっつかんばかりに二つ折りの格好にした。

「ああ、そんなッ……こんなこと……ああッ……」

真紀は悲鳴をあげた。

つかまれた足首はほとんど真紀の顔の上まで持ってこられているため、浮きあがった双臀に真上から浣腸器を突き立てる格好だった。

股間は開ききって、媚肉まで剝きだしだ。それは充血した肉層を見せて、しとどに蜜をたぎらせる。

「たいした奥さんだ、フフフ、浣腸で気分を出しておる」

教授たちはあざ笑って、グイグイと長大なシリンダーを押し、グリセリン原液を注入しつづけた。

「ああ……死んじゃうッ……うむ、ううむ……く、くるしいッ……」

真紀は何度そう叫んだだろうか。

浣腸されては排泄させられ、また浣腸されるということが繰りかえされた。もう出るのはグリセリン原液ばかりで、注入されたものがそのままドッと出てくる感じだ。

「すばらしい……まったくすばらしい」

女に関してうるさい田島が、こうも手放しでほめることなど、めったにあることではない。

他の教授もすっかり真紀に魅せられ、淫らな欲情を隠そうともしなかった。

もうすっかり絞りきって、畳の上に崩れてハァハァとあえぐ真紀を取り囲んで、あらためてその見事な肉を確かめるように手をのばす。

田島がまだふっくりとして腫れぼったくゆるんだ肛門をまさぐれば、他の者は媚肉に指先を分け入らせ、乳房をつかんで揉み、腰や太腿を撫でまわす。

「あ……ああ……」

真紀はグッタリとしていることも許されず、身をよじって泣き声をあげた。

そして田島の指が肛門を貫いてくるのを感じ、同時に前からは指が膣に入ってきて、さらに女芯をつまみあげられるのを感じると、真紀はひぃッと、今にも気がイカんばかりにのけぞった。

「フフフ、奥さんはやはり縛ったほうが味がよくなりますよ」

木戸が縄を取りあげてビシビシとしごいた。

うなずいた教授たちは、たちまち木戸を手伝って真紀の両手を背中へまわし、両手首を交差させる。

すばやく木戸は縄を巻きつけて、真紀を後ろ手に縛った。縄尻は揉みこまれる豊満な乳房の上下にもまわされ、きつく絞られた。

「ああッ……ゆるして、ああッ……」

縄目を気にする余裕もなく、真紀は肛門と媚肉とでうごめく指に、あられもなく泣き悶える。

「フフフ、こりゃ縄がよく似合う。そそられるねえ」

「縛ったらますます色っぽくなった。なんという色気だ」

「とことん責めたくなってきたぞ、フフフ」

教授たちは声をうわずらせて、さらに激しく真紀の身体をまさぐりはじめた。

「ああッ……ひッ、ひッ……あああッ……」

もう真紀は教授たちの指にあやつられ、踊らされる肉の人形だ。

「使いますか？」

木戸がグロテスクな張型と肛門用バイブレーターを差しだしたが、田島はニヤニヤと笑って顔を横に振った。

「入れるのはこいつじゃよ」

田島は硬く張ったズボンの前を指差した。

「かまわんな、木戸くん」

「はい。そのつもりで連れてきましたから、お好きなだけ……その代わり……」

「わかっておる。このわしにまかせておけばよい、ヒヒヒ」

「よろしくお願いします」

木戸はニンマリと笑った。

なにを田島にまかせたのか、真紀の大学でのウワサを揉み消して欲しいということでないのははっきりしていたが、真紀にはわかるはずもなかった。

田島が服を脱ぎはじめると、それが合図みたいに、他の教授たちもいっせいに脱ぎだした。

たくましい肉棒が、次々とそそり勃った。

どれもよく使いこんでいる。不気味に黒光りしている。

「さあ、いよいよお楽しみの時間だよ、奥さん。思いっきり気分を出してサービスするんだよ、フフフ」

木戸は後ろ手縛りの真紀を抱き起こして、耳もとにささやいた。

「…………」

真紀はもう観念し、裸身を木戸の腕にあずけたまま、ハァハァと火の息を吐いてあえぐ。

朝から公園と我が家で学生たちに次々と犯され、さらに十人もの教授たちにもてあそばれたら、身体がどうにかなってしまうのではないか……。

畳の上に一組の寝具が敷かれ、その上に田島の右腕と言われる長谷川があお向けになった。屹立した肉棒をしごいている。

「さあ、上に乗るんだ。奥さんからオマ×コでつながってくるんだ」

長谷川はいやらしく真紀を手招きした。

「あぁッ……」

真紀はワナワナと唇をふるわせ、木戸の腕から離れまいとするかのようにしがみついた。

「どうしたんだい、奥さん。ここまできて皆さんや私を怒らせる気かな」

すべて森下にバレてもいいのか……木戸は真紀の耳もとで、きつい口調で言った。

真紀はハッとして弱々しくかぶりを振った。

そしてキリキリと唇を噛みしめると、フラフラとしながら長谷川のところへ行く。

布団の上であお向けになっている長谷川の、腰をまたいで立った。

教授たちが真紀を取り囲んだ。そしてしゃがみこんで、真紀が長谷川を受け入れるのを覗こうと待ちかまえた。

「ああ……」

真紀はブルブルとふるえる腰を、オズオズと長谷川の上へ落としていく。下ではたくましく屹立した黒い凶器が待ちかまえている。

「もう少し右、右だよ、奥さん」

「フフフ、少し前だ。おっと行きすぎだよ。それじゃ尻の穴に入ってしまうぞ」

「もっと腰をさげて、一気に咥えこまないか。それともじっくり見て欲しくて、わざとゆっくりやってるのかな」

教授たちは口々にあざ笑う。

しとどに濡れそぼった媚肉がヒクヒクとうごめき、たくましい肉棒に向かっておりていくながめは、こたえられなかった。

「あ、ああ……そんなに見られたら、真紀……ああ……」

真紀はすすり泣きながらも、媚肉のひろがりに灼熱の頭を感じた。

悲鳴をあげて逃げたいのを必死にこらえ、自らジワジワと肉棒を受け入れていく。

(こんな……ああ、こんなみじめなことって……ああ、いや、いや……)

いくら観念していても、自ら底まで埋めることはなかなかできない。

ガクガクと膝がふるえて力が抜けた瞬間、真紀の身体はガクッと沈んだ。

双臀が長谷川の太腿に密着し、自分の身体の重みで子宮口まで貫くことになった。

「ああッ……ひいッ……」

悲鳴をあげてあわてて浮かせようとする真紀の腰を、長谷川の両手が下からがっしりとつかまえた。

「これでしっかりつながった。たいしたものだ、クイクイからみついてくる」

長谷川はうれしそうに言ってから、田島を見あげた。

「いつでもいいですよ、田島教授」

長谷川は両手で真紀の臀丘の谷間をひろげて、肛門を剝きだして待ちかまえた。

ニヤリと笑った田島は自分の肉棒をつかむと、後ろから真紀にまとわりついてのしかかった。肉棒の先端を、真紀の肛門に押し当てる。

「あ、あああッ……かんにんしてッ……ああ、いや……」

二人がかりでサンドイッチにされると知った真紀は悲鳴をあげて腰をよじり、矛先をそらそうとした。

だが、真紀の腰は媚肉を深く貫いた長谷川の肉棒で、杭のようにつながれている。

真紀は黒髪を振りたくることしかできない。

「お、お尻はゆるしてッ……」

「ヒヒヒ、わしは肛門が好きなんじゃよ。まして、これだけいい尻となれば……」

田島はジワジワと真紀の肛門を貫きはじめた。

「木戸くん、来週の教授会で教授に選ばれるのは、森下ではなくて君だ。森下は学生を誘惑した女房の不始末で処分ということになる」

深く真紀の肛門を貫きながら、田島は言った。よほど気分がいいのだろう。

「ありがとうございます」

木戸はうれしそうに頭をさげた。

「奥さんはすべてを森下に知られて蒸発したということにして、私のところで飼いますので、田島教授にはいつでもお楽しみいただけるかと」

木戸は恐ろしいことを言った。

だがそれも、もう真紀には聞こえず、ひいひい泣き狂うばかりだ。その口にも、さらに川辺教授の肉棒がガボッと押し入った。

狂宴はまだはじまったばかりだった。なにも知らない真紀は、三人がかりで犯されて白蛇のようにのたうっている。

本当の牝としての真紀のこれからを思うと、木戸は笑いがとまらなかった。

Ⅱ

部下の妻・仁美

第一章　身体検査

1

夫が出勤したあと、仁美が洗濯をすませて部屋を掃除していると、会社の総務部員が五人やってきて、家のなかを調べはじめた。

「どういうことなのですか」

仁美が聞いても、部長の命令だと言うだけだ。

急いで夫に電話をかけたが、夫は専務に呼ばれて席にいないという。

なにをさがしているのか、押入れやタンスのなかだけでなく天井裏や畳の下まで調べ、夫のパソコンのハードディスクまでチェックしていく。

「どこに隠したんだ、クソッ、クソッ」

苛立った声があがった。

まだ二歳の娘は異常な気配におびえて、仁美にしがみついたままだった。子供をしっかりと抱いた仁美も、わけがわからない。

「書類とかディスクとか、どこかに隠してないですか、奥さん」

一人が仁美につめ寄ろうとしたが、もう一人がとめた。

「奥さんにはなにもするなと言われてるのを忘れたのか。尋問は専務自らすることになってるんだ」

「それじゃ、例のものも見つからないことだし、奥さんにご同行願いますか」

そう言うと、総務部の社員たちは強引に子供を抱いた仁美を外の車に乗せた。

「なにをするんですかッ」

抵抗しようとした仁美だったが、

「専務に会ってもらうだけです。それにご主人もいますよ」

そう言われては従うしかなかった。

車が走りだすと、社員たちはチラチラと美しい仁美を見るだけで、なにも言わない。それがかえって不気味で、仁美の不安をふくれあがらせた。

仁美と子供が連れてこられたのは、会社の工場だった。工場といっても設備はすべて新工場に移され、近々とり壊されることになっているため、なかは無人で不気味に静まりかえっていた。

その地下室に専務の瀬島が待っていた。総務部長の野田もいる。

「これは雨宮仁美さん、しばらく見ない間に、また一段と美しくなったみたいですね、フフフ」

瀬島専務は金ブチ眼鏡の眼を光らせ、キザなチョビひげの口でニンマリと笑った。がっしりとした巨体の野田も、仁美を見てニヤニヤと笑った。

「奥さんほど色っぽい美人だと、取り調べもやりがいがあるというもの。フフフ、専務のためにも、そう簡単に音をあげないでくださいよ」

「取り調べだなんて……ど、どういうことですの」

仁美は不安を隠して気丈に言った。専務と総務部長にはパーティーで何度か会ったことがあったが、瀬島専務にはダンスに誘われていやらしく双臀を撫でまわされた記憶があった。

「ご主人の雨宮くんが大変なことをしてくれましてね、奥さん。専務の不正をあばくとか言って、専務室からディスクを盗みだしたんですよ」

総務部長の野田はそう言いながら、ゆっくりと仁美のまわりをまわった。

「極秘データの入ったディスクでしてね。ご主人がどこに隠しているのか知ってるんでしょう、奥さん」

仁美にはまったく心当たりがない。仕事のことはいっさい家庭に持ちこまない夫である。

まじめで正義感の強い夫のことだ。仮にディスクを盗んだとしても、それだけの正当な理由があるにちがいない。

「夫に会わせてください」

仁美は思わず叫んだ。

「尋問中でしてね。フフフ、それよりもディスクがどこにあるか、教えてもらいましょうか、奥さん」

「知りません、そんなもの……」

「知らないとは、フフフ、こりゃ奥さんを尋問するのが楽しみだ。いずれしゃべるとしても、せいぜいシラを切って、時間を長びかせてくださいよ、奥さん」

瀬島専務はニヤニヤと笑うと、総務部長に合図を送った。

総務部長の野田がうなずくと、総務部の社員たちがいっせいに動きだした。

仁美の手から子供を奪い取り、両手首を前で縛り合わせ、天井から縄で吊りあげる。

「ああッ、なにをするのッ……こ、子供をかえしてくださいッ」

連れ去られる子供を追おうとしたが、仁美の身体は両手をまっすぐ天井に向かってのばし、身体を一直線に爪先立ちに吊られた。

「や、やめてッ……こんなことをするなんて……どういうことなのですかッ」

「フフフ、奥さんを尋問すると言ったでしょう。美人で有名な雨宮夫人の尋問をね」

瀬島はゆっくりと仁美のまわりをまわった。ねっとりと身体を見つめる瀬島の眼つきのいやらしさに、仁美は背筋に虫酸が走った。

突然連れてこられたので、仁美は普段着のブラウスとミニスカート姿で、パンストもはいていない。身体を一直線に爪先立ちに吊られたことで、ミニスカートから官能美あふれる太腿がいっそう露わになった。

見つめているのは瀬島だけでなく、野田や遠巻きにしている社員たちもいやらしく眼を光らせた。

「奥さん、私のディスクはどこかな、フフフ」

「し、知りませんッ」

「家のなかをさがしてもないということは、奥さんが身につけているのかな」

そんなことを言いながら、瀬島はうれしそうにハサミを取りあげた。

いきなり仁美のブラウスのボタンをひとつずつ切り落としはじめた。

「ああッ、なにをするのですかッ……やめてッ」

仁美は瀬島をにらみつけて、声を痙らせた。

だが、ボタンを切り落とされたブラウスの前は開いて、白いスリップがのぞいた。

それだけでなく、さらにブラウスがハサミで切り裂かれていく。

「いやッ……やめて、バカなことはやめてくださいッ……そんなことをして、タダですむと思っているんですかッ」

「身体検査ですよ。私のディスクをさがすためにね、フフフ、どこに隠しているか、早く言わないと素っ裸になってしまいますよ、奥さん」

切り裂かれたブラウスが剝ぎ取られ、ミニスカートも切られて床に落ちた。

「い、いやあッ」

裸にされると知って、仁美はスリップ姿の身をよじって悲鳴をあげた。

白いスリップにブラジャーとパンティが透けて見え、それが人妻の妖しい色気をいっそう引きたてた。一気になにもかもむしり取って肉にしゃぶりつきたくなるほどだ。

だが、瀬島はあせらない。チョビひげの口を何度も舌なめずりしながら、仁美の身体からスリップだけを残してブラジャーを切り裂き、パンティは膝までズリさげた。

「いや、いやあッ」

仁美は悲鳴をあげて艶やかな黒髪を振りたくった。

「フフフ、スリップに身体が透けて、ますます色っぽくなりましたよ、奥さん。その色気といい肉づきといい、やっぱり人妻だ」

「そんな色っぽい姿を見せるとは、我々を挑発しているみたいですね。若い社員たちには刺激が強すぎる」

「眼の保養ぐらいはさせてやれ。うまく奥さんをここへ連れてきたんだからな」

瀬島と野田はゆっくりと仁美のまわりをまわって、ニヤニヤと見つめた。

「おかしいな。服にはなにも隠していないようだし……どこに隠したんですか、奥さん。スリップの下かな」

瀬島はわざとらしく言い、しゃがみこんでスリップの裾から覗きこんだ。

「いやッ……どこにも隠してませんッ……ああ、そんなもの知りません」

仁美は腰をよじって瀬島に覗かれまいとする。

「隠してないか調べさせてもらうよ、奥さん、フフフ」

瀬島はスリップの裾から両手をもぐりこませ、仁美の肌をいじりはじめた。

「いやあッ……やめて、いやあッ」

仁美は悲鳴とともに黒髪を振りたくった。

いくら腰をよじっても、スリップのなかの裸の下半身に瀬島のいやらしい手がすべりこんで、太腿から双臀へと指が這い、なめらかな腹部から茂みにまでおよんだ。必死に太腿を閉じ合わせ、片脚をくの字に折って少しでも瀬島の指から逃れようとするので、せいいっぱいだ。

「フフフ、いい身体をしおって。肌が指に吸いつくようだ。たまらんねえ、この肉づきは」

瀬島はしつこく仁美の双臀を撫でまわしながら、欲情の昂りに何度も舌なめずりをして低く笑った。

「いや、いやッ……ああ、もう、いや……」

仁美は両手首を吊った縄をギシギシ鳴らして身悶え、耐えきれないように泣き声を高めた。

肌をまさぐってくる瀬島の手のいやらしさと、まくれあがるスリップからのぞく肌に突き刺さってくる野田や社員らの視線に、仁美は発狂しそうだ。

「どうやらスリップの下にも隠していないようだし、これはいったいどうしたことですかね、専務」

茂みやムチッと張った形のよい双臀を覗きながら、野田がわざとらしく言った。

「まだわからんよ、総務部長、フフフ、女の身体は隠せるところがいろいろあるからな。もっとよく調べんと」

瀬島の言葉に野田や社員たちはなるほどとオーバーに相づちを打って、ゲラゲラと笑った。

「奥さん、もっとよく調べるので股を開いてくれませんか、フフフ、女性は身体のなかに隠してることもあるのでね」

瀬島に言われて、仁美はひいッと身体をこわばらせ、両脚をいっそう固く閉じた。

「そ、そんなこと……できるわけありません。バカなことは、やめて……」

「奥さんが素直にフロッピーの隠し場所を言わないからだ。そのお蔭でこっちは奥さんの股の間まで調べられるがね」

瀬島がそう言う間にも、野田の指示で社員たちが左右から仁美の足首にそれぞれ縄を縛りつけて、ジワジワと開いた。

「ひいッ……いや、いやあッ」

仁美は絶叫した。

いくら両脚に力をこめても、社員たちに左右から綱引きのように引っぱられては、拒めるはずもない。

仁美の両脚はまず足首が、そして膝が、さらに太腿という順序で、ジワジワと左右へ割り開かれた。膝にからむパンティものびきった。

「ひいーッ……いやあッ……ひいーッ……」

仁美は悲鳴をあげてスリップ姿の身体を揉み絞り、何度ものけぞった。

しだいにさらされていく内腿が、白い肉をふるわせて筋を浮きあがらせるまで、仁美の両脚は開かれていく。

「いい声で泣く奥さんだ、フフフ、泣いてばかりいないで、どこに隠したか吐いてはどうかな、奥さん」

瀬島はスリップの裾からもぐりこませた両手で、仁美の双臀を撫でまわし、うれしそうに言った。

2

仁美は両脚だけでなく、吊られた両手も大きく開いてVの字に吊り直され、X字にされた。スリップは片方の肩紐が切られ、一方の乳房がのぞく格好である。

「身体を開ききっていい格好だ、奥さん。どこでもじっくりと調べられる、フフフ、まずどこから専務に調べてもらいたいかな」

野田が意地悪く仁美の顔を覗きこんだ。

仁美は激しくかぶりを振った。

「やめてッ……本当になにも知らないんです……ああ、変なことはやめて」

「尋問しがいがある奥さんだ、フフフ、あくまでシラを切るなら、ますます身体をじっくり調べる必要があるというもの」

瀬島が正面にしゃがむと、仁美はひいッと悲鳴をあげた。

スリップの裾からのぞきこまれたら、いっぱいに開ききった仁美の股間は隠しようもない。それでなくても、さっきから秘められた柔肉が外気にさらされる感覚に、生きた心地もない仁美だ。

「フフフ、身体のどこに隠しているのかな、奥さん」

眼鏡の眼をギラリと光らせて、瀬島はスリップの裾から仁美の開ききった股間を覗きこんだ。

ひいーッと仁美はのけぞった。いくら腰をよじっても股間はパックリと開いて、艶やかにもつれ合った茂みから、秘肉の割れ目が妖しく切れこんでいる。それは内腿の筋に引かれて開き、じっとりとしたピンクの柔肉までのぞかせている。

「いやッ……見ないでッ……ああ、いやあッ」

「綺麗なオマ×コだ。これが雨宮仁美のオマ×コか、フフフ、とても子供を産んだとは思えん」

「はい、専務。色も形も綺麗なもんですね。さぞかし味のほうも、フフフ」

瀬島と野田はくい入るように覗きこんだ。

覗くだけではなく、瀬島は手をのばして仁美の媚肉をつまんでさらに左右へひろげて、肉の構造を露わにした。

「そんな……ひッ、ひいーッ……いや、いやあッ」

仁美の悲鳴と身悶えが一段と激しくなって、狂ったように黒髪を振りたくる。

「そんなにいやがるところを見ると、ますますオマ×コがあやしい、フフフ、私のフロッピーはどこかな」

ディスクをそんなところに隠せるはずもない。瀬島は白々しく言って指先でまさぐりはじめた。

女芯を剝きあげ、尿道口をいじりまわし、膣に指を挿入してまさぐり、仁美の肉の構造を確かめていく。

「いやッ……ああ、いやッ……いやあ……」

仁美は声をあげて泣きだした。

女芯をいじると、泣き声がひッ、ひッと悲鳴になる。

「なかなか見つからんな、フフフ」

瀬島は指を二本、仁美の膣へ挿入してまさぐりながら、白々しく言った。

「やはりあれを使うしかないようだな、総務部長」

差しだす瀬島の手に、野田がニンマリとして、なにやら金属の器具を手渡した。

「子供を産んだ奥さんなら、これがなにかわかるでしょう、フフフ、クスコはオマ×コを開く道具ですよ」

瀬島はわざと仁美に見せつけた。

ひッと仁美の瞳が凍りついた。

「いやッ……そんなもの、使わないでッ」

「なかなか見つからないからですよ。こいつで奥さんの奥までさがさなくてはね」

「いやッ」

仁美ははじかれるように叫んで、激しく黒髪を振りたくった。産婦人科の医療器具まで使おうとする魂胆が信じられない。

瀬島にさんざんいじりまわされ、充血したように熱くなった柔肉に、クスコの冷たい金属を押し当てられて、仁美はひぃーッとのけぞった。

「いや、いやですッ……そんなもの、いやッ」

仁美の悲鳴をあざ笑うように、金属のくちばしがジワジワと沈んできた。

まだ金属のくちばしは閉じたままなのに、引き裂かれるようだ。仁美はブルブルと腰をふるわせ、ひッ、ひッと悲鳴をあげた。

「やめてッ……そんなこと、狂ってるわッ……あ、ああッ、いやッ」

「フフフ、奥さんは子供を産んでるんだから、うんと開いてあげますよ。どこまで開くかな、雨宮仁美のオマ×コは」

瀬島は金属のくちばしを根元まで沈めると、ゆっくりと開きはじめた。

「ひいッ……あ、ああッ……いやッ……ああッ、やめてッ……こわいッ」

ビクンと仁美の腰が硬直し、次にはガクガクとのけぞった。手足を大きく開いた立ち姿のまま、媚肉を開かれるのが恐怖を大きくする。

「フフフ、おびえた奥さんもそそられますね、専務」

野田もしゃがみこんで、ニヤニヤと覗きこみながら言った。

「まだまだ、今にもっとそそられるようになる、フフフ、責めれば責めるほど色っぽくなるぞ、雨宮仁美は」

瀬島はさらに金属のくちばしを開いた。

仁美の膣が押しひろげられ、ヌラヌラと光るピンクの肉襞が露わになって、妖しい女の匂いがムッとたち昇る。

「パックリと口を開いてきましたよ、奥さん。わかるでしょう、フフフ」

「いや……もう、いや……ああ、やめて……もう、いやです」

「まだですよ。出産の時には、この倍は開いているはず。ほら、まだどんどん開いていく」

「あ、ああッ……いや……うむむ……」

仁美はキリキリと歯を嚙みしばってうめいた。

むごいまでに仁美の媚肉を押しひろげてから、瀬島はくい入るように覗きこんだ。秘められた柔肉の肉腔がひろがり、その底に仁美の子宮口がピンクの肉環をのぞかせた。それは粘液にまみれて、おびえるようにヒクヒクうごめいている。

瀬島はじっくり覗いてから、野田や社員らにも覗かせた。

「い、いや……ああ、見ないで……」

仁美はもう腰をよじることもできず、すすり泣きながら弱々しくかぶりを振った。

男たちが次々とどこを覗いているのか、痛いまでにわかる。

「いいながめだ。子宮まで見えますよ、奥さん、フフフ」

「襞が多くて敏感そうなオマ×コだ。ここでいつも雨宮のものを咥えていたわけか。これだけいいオマ×コをしていると亭主一人じゃ満足できないんじゃないのかな、奥さん」

瀬島と野田は意地悪く言ってニヤニヤと笑った。

「それにしても、オマ×コに隠してないとなると、あとは、フフフ」

「そういうことだよ、総務部長。尻の穴も調べなくてはな」

瀬島は舌なめずりをすると、媚肉を開いているクスコをそのままにして、仁美の後ろへまわった。

スリップの後ろをまくって、仁美の裸の双臀を剝きだす。

半球のように見事な肉づきがムチッと張って見る者を圧倒した。肉づきだけでなくて高く吊りあがって形もよく、思わずしゃぶりつきたくなるほどだ。

「いい尻だ、これほどそそられる尻は初めてですよ、奥さん、フフフ、さぞかし尻の穴も……さっそく見せてもらいますよ」

「いやッ……そんなとこ、いやですッ……や、やめてッ」

「雨宮仁美の尻の穴もじっくり調べなくてはねぇ」

瀬島は舌なめずりをして、両手で仁美の双臀を撫でまわしてから、臀丘の谷間を割りひろげた。

深い谷間の底に仁美の肛門が、可憐にすぼまっていた。外気にさらされ、さらにいやらしい視線におびえるようにキュウと引き締まった。

「フフフ、可愛い尻の穴だ」

「いやッ、見ないでッ」

排泄器官をのぞかれるおぞましさに、仁美は生きた心地もない。

「そろそろどこに隠したか吐いたらどうです、奥さん」

野田がニヤニヤと仁美の顔を覗きこんだ。

「知らない……ああ、本当に知らない……ああ、本当に知らないんです……も、もう、やめてッ」

「そうやってシラを切ってる間は、尋問の楽しみがつづくんだから、たまらない奥さんだ。専務のためにもうんと強情を張ってくださいよ」

「そんな……ああ、いやッ……もう、いや、いやですッ……見ないでッ」

「見るだけじゃないよ」

瀬島はあざ笑ってから、指先を仁美の肛門にすべらせた。

ひいッと仁美がのけぞるのもかまわず、ゆるゆると肛門を揉みほぐしにかかる。

「ああッ、さわらないでッ……そ、そんなところ、いやッ」

仁美は泣き叫んだ。

いくら必死に引き締めても強引にほぐされていく感覚がたまらず、とてもじっとしていられずにブルブルふるえる身体がうねった。

「フフフ、尻の穴のなかに隠していないか、指を入れて調べるからね、奥さん」

瀬島は揉みほぐしつつ、ジワジワと指を挿入しはじめた。

「そんなッ……ひッ、ひいッ……いやあッ」

仁美の喉に絶叫が噴きあがった。

3

いくら肛門に指を入れられ、奥をまさぐられても、ディスクがどこにあるか仁美には答えようがない。

「フフフ、尻の穴の奥は深くて、なかなか見つからんな。それに指をクイクイ締めつけてきて、さがすのをジャマしおる」

瀬島は指をまわし、抽送しつつ、白々しく言った。

「それじゃ浣腸といきますか、専務」

「それより奥さんのオマ×コを犯るんだ。いい気持ちになってしゃべるかもしれん、フフフ」

「はい、しゃべるのは奥さんが先か、雨宮の奴か、おもしろくなってきましたね」

野田はニヤニヤと笑って、ズボンを脱いで肉棒をつかみだした。

仁美はひいッと身体を硬直させた。野田はがっしりとした巨体だけに肉棒も人並み以上でたくましい。

「いや、それだけはッ……ああ、いや……ゆるしてッ」

仁美が声をひきつらせるのをあざ笑って、野田は仁美の片方の足首の縄だけを解いた。その脚を脇に抱くように持ちあげて、正面から仁美の身体にまとわりつく。

「いやあッ」

腰をよじって逃げようとしても、仁美の肛門を貫いた瀬島の指が許さない。

仁美の股間からクスコが引き抜かれ、かわって野田の肉棒が乱入してきた。

「いやッ……ああッ、たすけてッ……あ、うむ、ううむ……」

仁美は身体を揉むようにのけぞり、悲鳴を途中から悶絶せんばかりのうめき声に変えた。

「フフフ、総務部長のが入ってくるのがわかるぞ。尻の穴がますます指をくい締めてきおる」

肛門の指に、粘膜を隔てて膣にもぐりこむ肉棒を感じ取って、瀬島はせせら笑った。

「いやあッ……」

仁美は気力を振り絞るように叫んだ。

人並み以上のたくましいものが、肉襞を巻きこむようにして深く入ってくる。それは子宮口をなぞるように動いた。

「あ、ああッ……ひいッ……」

今にも気がいかんばかりに、仁美はまたキリキリとのけぞった。

「こりゃすごい。きつく締めつけてきますよ、専務。いいオマ×コだ」

ゆっくりと仁美を突きあげながら、野田はうれしそうに言った。

「いや……ああ、いや……」

仁美はあやつられるままにすすり泣き、グラグラと頭を揺らしはじめた。

「フフフ、もっとたまらなくしてやるからね、奥さん。いやでもすべてしゃべりたくなるように」

仁美の肛門からようやく指を抜いた瀬島は、浣腸器を取りあげた。

一升瓶ほどのガラス製浣腸器で、すでにグリセリン原液が充満されていた。

「ここで浣腸だ、奥さん。腹のなかに隠しているかもしれないからね」

「ひいッ……そんなこといやッ……ああ、絶対にいやッ……隠してなんかいませんッ」

「フフフ、隠してないなら、素直に浣腸されてすべて吐きだし、無実を証明するんだね、奥さん」

瀬島は巨大な浣腸器のノズルでゆっくりと仁美の肛門を縫った。

野田もいったん突きあげる動きをとめ、瀬島に協力した。

「ひいッ……いやッ、ああッ……そんなひどいこと、やめてッ」

仁美は悲鳴をあげ、ノズルから逃れようと腰をよじろうとするが、今度は媚肉を貫いた野田の肉棒が、仁美の腰を杭を打ちこんだように固定していた。

「入れるよ、奥さん。千五百CC、全部呑ませてやるからねえ、フフフ」

瀬島はジワジワと長大なシリンダーを押しはじめた。

キーとガラスが不気味に鳴って、薬液がドクドクと仁美のなかに流入していく。

「ひッ、ひいッ……いや、入れないでッ……ああッ……ひッ、ひッ……」

仁美は黒髪を振りたくって泣き叫び、ブルブルとふるえがとまらなくなった。

「おおッ、すごい。浣腸をはじめたらオマ×コがまた一段と締まりましたよ、専務」

「フフフ、奥さんより先に果てるんじゃないぞ、総務部長。おもしろくなるのはこれからだからな」

「わかっています、専務」

二人のそんな話も、もう仁美にはまともに聞こえていない。

五百CCほども注入したところで、瀬島はいったんシリンダーを押す手をとめた。

「どうかな、奥さん。もうすべてしゃべる気になったかな、フフフ」

瀬島が意地悪く聞いても、仁美はハァハァとうめくばかり。

「……も、もう、ゆるして……」

「まだ浣腸は半分もいってないよ、奥さん。それよりも、まだ強情を張るならこっちも手かげんはしませんフフフ、もっとつらい目にあわなきゃわからないかな」

瀬島は巨大な浣腸器を仁美の肛門に突き刺したまま、片方の手でなにかの合図を送った。

すぐに社員たちが仁美の正面へなにかを運んできた。

椅子に男が縛りつけられ、猿轡をされてうめいている。リンチにかけられたのか顔は腫れ、破れたワイシャツは点々と血で染まっていた。

それが夫だと気づいたとたん、仁美は絶叫した。

「ひいーッ……あなた、あなたッ」

仁美は野田に犯され、瀬島に浣腸されている途中だということも忘れ、狂ったように身を揉んだ。

「おおッ、すごい締まりだ、フフフ、たまらねえ」

「フフフ、人妻は亭主の前で責めるのが一番。それでは亭主の前で浣腸の再開といくか。総務部長、奥さんに気をやらせるつもりで、思いっきりオマ×コを責めるんだ」

野田と瀬島はわざと大きな声で言って、ゲラゲラと笑った。

そして野田は仁美の夫に見せつけるように、大きく腰を動かして、再び仁美を突きあげはじめた。瀬島もグイグイと長大なシリンダーを押して見せつける。

「いや、いやあッ……ああッ、あなた、見ないでッ……あなたッ」

仁美は泣き叫んで、狂ったように身悶えた。

そんなことをすれば、突きあげてくる肉棒のたくましさをますます感じ取らされ、ジワッとふくれあがる便意も荒々しくなるのに、仁美はじっとしていられない。

瀬島と野田は、もっとよく見せつけようと仁美の身体からスリップも引き裂き、仁美を全裸にした。

「いや、いやあッ……あなたッ……」

仁美は泣き叫び、夫も猿轡の下でなにかわめいている。

「フフフ、雨宮くんも奥さんも、私のフロッピーの隠し場所をしゃべる気になったら、いつでも言ってくれたまえ」

瀬島はそう言うと、さらに長大なシリンダーを押す手に力を加えた。

「ひッ、ひいーッ……あなたッ……ひいッ」

仁美の裸身はあぶら汗にまみれ、小さく痙攣しはじめた。

早くも猛烈な便意があばれはじめたようだ。

「あ、あなた……」

ようやく一滴残らず注入された時には、仁美は息も絶えだえで、まともに口もきけない。それでも荒々しく子宮口を突きあげてくる野田に、仁美はひいひい泣いた。

「あ、ああッ……やめてッ……も、もう、おトイレにッ」

「すぐに出しては効果が弱いんですよ、奥さん。腹のなかのものをすべて出すには、十五分は我慢してもらわないとね」

「そんなッ……いやあッ、おトイレに……」

「フフフ、十五分間、オマ×コで楽しませてあげるよ、奥さん。我慢しながら気をやりゃ、十五分くらいすぐだよ」

瀬島と野田はまた意地悪く言って、ゲラゲラと笑った。

荒々しい便意は、もう限界に迫っている。

「た、たすけてッ……ああッ、あなた……おトイレに……」

「そんなにこらえ性がないなら栓をしてあげよう、奥さん」

瀬島がズボンを脱いで、たくましい肉棒を露わにした。野田に負けず劣らずの立派なものだ。

仁美の後ろから肛門に押しつけた。

「ひいーッ……いや、いやあッ……たすけてッ……いやあッ」

(やめてくれッ……しゃべるから、やめてくれッ)

仁美の夫が猿轡の下で、そう叫んでいるのがわかった。

「フフフ、早く隠し場所を言わんと、奥さんの尻の穴に入れてしまうぞ、雨宮くん」

瀬島はあざ笑いながら、今にも押し入れようとする。

「やめてくれッ……仁美には手を出さないでくれッ」

猿轡をはずされた夫は悲痛な声で叫び、ディスクや書類を車のなかに隠したことを告白した。

「フフフ、だがウソかもしれんから、確かめるまではやめるわけにはいかんよ、雨宮くん。それにこれだけいい尻を見せられちゃ、今さらやめられんよ。バージン・アナルだしねえ」

瀬島はジワジワと貫きはじめた。

「いやあッ……あなたッ、ひッ、ひいーッ」

「仁美ッ、仁美ッ……やめてくれッ」

「ひいーッ……ああッ、うむ……ひいーッ」

仁美の絶叫と夫の悲痛な叫びを心地よく聞きながら、瀬島はできるだけ深く仁美の肛門を貫いた。

「夫の前で人妻の尻の穴を貫く。フフフ、たまらんねえ」

瀬島はゲラゲラと笑った。

第二章　初仕事

1

ディスクと書類を取りもどしても、瀬島たちは仁美を帰そうとしない。

「ああ、もう帰してください……子供に会わせて……」

仁美は何度も哀願した。

もう二日も子供に会っていない。二歳の麻美はどこかに閉じこめられ、母を求めて泣いていると思うと、仁美は哀願せずにはいられない。

「おねがいです、子供に会わせて……ひと目でもいいですから……」

「奥さんの身体にはまだ用があるのでね。それが終わったら子供に会わせてあげるよ」

野田は仁美の裸身を見ながらせせら笑った。

もうさんざん仁美の身体をもてあそんだというのに。

「麻美ちゃんに……会わせて……」

「フフフ、今夜の接待がうまくいったら、会わせてやるよ、奥さん」

「…………」

なにを言われているのか、仁美にはすぐにわからなかった。

野田は仁美の顔を意地悪く覗きこんで、ニヤッと思わせぶりに笑った。

「奥さんがこのムチムチの身体を使って取り引き先を満足させ、契約がうまくいったら子供に会わせてやると言ってるんだ」

「そ、そんな……いやですッ……」

仁美は美しい顔をひきつらせ、唇をワナワナとふるわせた。

「いやなら子供には会えないよ、フフフ、それに奥さんが取り引き先を満足させない限り、子供は食事抜きだ」

「そんな卑劣な……ああ、あなたたちは……」

仁美は言葉がつづかない。肩をふるわせてすすり泣いた。我が子に会うために、我が子に食事を与えるために野田に従うしかない。

「け、けだもの……」

仁美の声にはもうあらがいの響きはない。

風呂に入れられた仁美は、野田に命じられるままに湯あがりの身体を鏡に向けて、綺麗に化粧した。

さらに素肌にじかに黒の超ミニのドレスを着せられ、ハイヒールをはかされた。

「綺麗だぜ、奥さん、フフフ、取り引き先も涎れを垂らすだろうよ」

まぶしいものを見るように眼を細めて、野田はゆっくりと仁美のまわりをまわった。

そしてミニスカートの裾から手をもぐりこませ、仁美の裸の双臀をねっとりと撫でまわしはじめる。

「うんと色っぽくふるまって、取り引き先を満足させるんだぞ、奥さん」

「ああ……言う通りにすれば……本当に子供に会わせてくれるのね」

仁美は泣き濡れた瞳で、念を押すように野田を見た。

「フフフ、子供に会えるも会えないも、子供を飢えさせるかどうかも、すべて奥さんしだいってことだよ」

野田はニンマリと笑って、ピシッと仁美の双臀を張った。

野田に腕を取られて地下室から連れだされた仁美は車に乗せられた。

「逃げてもいいんだぞ、奥さん。そのかわり子供には一生会えなくなるけどな」

野田はあざ笑って言ったが、仁美は黙って車窓を流れていく街のネオンを見つめていた。二日ぶりの外出だが、もうずっと外に出ていなかった気がする。

一時間ほどで車は高級ホテルに着いた。そこに部屋がとってあり、仁美は連れこまれた。

「脱ぐんだ、奥さん。素っ裸で取り引き先を迎えるんだ、フフフ」

「ああ……」

仁美は弱々しくかぶりを振った。

「子供は食事抜きでいいのか、奥さん。そんなことじゃ子供に会うのは無理だぞ」

野田にそう言われると、仁美はまた弱々しくかぶりを振って、超ミニのドレスを脱ぎはじめた。

ハイヒールをはいただけの全裸を、縄で後ろ手に縛られる。縄は仁美の豊満な乳房の上下にもまわされ、ギリギリと絞られた。

「あ、いや……ああ……」

こんな格好で取り引き先を迎えさせられる。仁美は恐ろしさに気が遠くなる。

野田はベッドの上のバッグからグロテスクな張型やロウソク、鞭、浣腸器、捻り棒などの責め具を取りだして並べはじめた。

「そ、そんな……ああ……」

仁美はワナワナと唇をふるわせ、思わずあとずさった。

「フフフ、どれを使われても、思いっきりよがって気をやってみせな。取り引き先を喜ばすんだぞ、奥さん」

子供に会いたけりゃ……野田はニヤニヤと笑った。

「言われた通りに、お客さまの相手をしますから……ああ、そんな恐ろしい道具は使わないで……」

「フフフ、奥さんほどのいい女を抱けるだけでなく、こういう責め具を使い放題でどんなことでもやれるから、商売もうまくいくんだよ」

「そ、そんな……変態はかんにんして……」

仁美の歯がガチガチと鳴りだし、身体もブルブルふるえだした。

「そんなにいやなら、責め具はやめにしてもいいが、子供に会えなくなるぞ。奥さん」

仁美はもうなにも言えない。

（そ、そんな……そんなことって……いっそ死にたい……）我が子を思うと、死ぬこともできない。

ドアがノックされ、瀬島が部屋に入ってきた。頭のハゲあがった太った男がいっしょだ。取り引き先の高山社長である。

ひッと仁美は後ろ手縛りの裸身を固くして、その場にうずくまろうとしたが、野田によって後ろから抱き起こされてしまう。

「高山社長、いい女でしょう、フフフ、雨宮仁美といいましてまったくの素人ですよ」

瀬島は仁美を指さして得意げに言った。

仁美の裸身を見て高山社長の眼の色が変わった。ゴクリと喉を鳴らして、仁美に近づいた。

「こ、これほどの美人とは……本当に好きにしていいのかね」

高山社長の声がうわずった。

「どうぞ、フフフ、殺さない限りなにをしてもけっこうです。そのかわり、契約のほうはぜひとも我が社と……」

「わかっとる……ヒヒヒ、なんていい女だ。すばらしい身体だ」

高山は舐めるように仁美の裸身を見つめつつ、何度も舌なめずりをした。すっかり仁美が気に入ったらしい。

「仁美と言ったな、ヒヒヒ、たっぷりと責めてやるぞ。それだけいい身体をしてることを後悔するまでな」

「ああ……」

仁美は生きた心地もない。高山を見ることができなかった。野田の腕のなかでブルブルとふるえ、膝とハイヒールとがガクガクした。

(た、たすけて……いやッ……)

こんな男にもてあそばれるのだけはいやだ。

高山社長は欲情の昂りに、早くも上衣を脱ぎ、ネクタイを取ってズボンのベルトをゆるめる。

「ではゆっくりとお楽しみを、高山社長。隣りの部屋に総務部長がひかえてますので、もし女が逆らったり、満足のいかないことがありましたら、電話で連絡をください」

瀬島はニヤニヤと笑って野田を連れて部屋をあとにした。

2

太鼓腹の下に黒光りした肉棒が、蛇のように鎌首をもたげている。ニヤニヤと笑ういやらしい顔は、ハゲあがった頭まであぶらぎって光っていた。

裸の高山を前に、仁美はゾッとして思わずあとずさった。

「ああ……」

仁美の後ろ手縛りの背中は、すぐに壁にあたった。

「ヒヒヒ、こっちへ来てわしのおもちゃにならんか、奥さん。どんなオマ×コをしとるんじゃ、見せんか、ヒヒヒ、どんな尻の穴をしとるんじゃ」

「い、いやッ」

醜い体でジワジワと迫ってくる高山に、仁美の美しい顔はひきつった。

「こ、こっちへ来ないでッ」

「ヒヒヒ、奥さんが逆らって言うことをきかんので、わしは不満だと総務部長に電話を入れてもいいんじゃぞ、仁美」

「そ、それは……」

仁美はベソをかかんばかりになった。高山を満足させられなければ、仁美は子供に会えないことを、この男は瀬島から聞いているのだ。

「ああ……」

仁美から逃げようとする気配が消え、たちまち高山につかまってしまう。

「いい身体をしとる、ヒヒヒ、どこもムチムチとしてたまらんのう」

高山は仁美の乳房をいじり、双臀を撫でまわしながら、仁美をソファへ連れていって座らせた。両脚を左右に大きく開かせ、肘かけに膝をまたがらせる。

「あ、ああッ……こんな格好……いや、かんにんして……」

「ヒヒヒ、股がパックリして、仁美のオマ×コも尻の穴も丸見えじゃ。たまらんのう、なんていいオマ×コしとるんじゃ」

開ききった仁美の股間の前にしゃがみこんで、高山はくい入るように覗きこんだ。

瀬島や野田にさんざん犯されたことなどウソのように、仁美の媚肉も肛門もひっそりして、初々しい柔肉と可憐な蕾を見せている。

「この綺麗なオマ×コと尻の穴が、人妻らしくどう反応するか楽しみじゃわい、ヒヒヒ、尻の穴の感度もよいらしいのう」

高山はそう言って舌なめずりすると、いきなり仁美の股間に顔を伏せて、しゃぶりついた。

「ああッ……ひッ、ひいーッ……」

仁美は悲鳴をあげて、ソファの上でガクガクとのけぞった。

いくら高山の口から逃れようとしても、高山は蛭のように吸いつき、舌を割れ目に分け入らせ、チュウと音をたてて吸ってはペロペロ舐めまわす。高山の両手は開ききった仁美の太腿をがっしり押さえ、閉じることを許さない。

「そ、そんなッ……ああッ……ひッ、ひいッ……やめてッ」

仁美はこらえきれず泣きだした。

それをあざ笑うように、高山の舌は肉芽を剝きあげて吸い、舐めまわし、膣にまでもぐりこんできた。

いくらこらえようとしても、成熟した人妻の性が、そんな舌の動きに耐えられるわけはない。吸われ舐めまわされるたびに、身体の芯が熱くうずきはじめた。

「ヒヒヒ、敏感じゃのう。もうクリトリスがこんなにとがってきおった。肉もヒクヒクしはじめたぞ」

高山は一度顔をあげて意地悪く言うと、またいやらしく吸いついていく。

「あ、あッ……ひいッ……も、もう、いやッ……もう、かんにんしてッ」

「ほれ、お汁をたっぷり溢れさせるんじゃ。もっと気分を出して、ビチョビチョにせんか、奥さん」

「いやッ……ひッ、ひいッ」

仁美は泣きながら黒髪を振りたくった。

気も狂うほどのおぞましさにもかかわらず、吸われ舐めまわされる媚肉は熱くうずき、いつしかジクジクと蜜を溢れさせはじめた。人妻の熟れた性が、ひとりでに反応してしまう。

「ヒヒヒ、いいぞ、奥さん。お汁が溢れてきおった」

そう言った高山は、おいしそうに音をたててすすりはじめた。グチュグチュと高山の口が鳴り、チュウと吸う。

「うまいぞ、ヒヒヒ、奥さんの匂いがしみて精がつくようじゃ。ほれ、その調子でどんどん溢れさせろ」

激しく吸われて、仁美はひいひい泣くばかりになった。

ソファの上で仁美の後ろ手縛りの裸身がうねり、黒髪が振りたくられて仁美の美しい顔にまとわりつく。そして仁美の裸身にはじっとりと汗が光りはじめた。

高山はしつこく、いつまでも口を離す気配はなく、仁美は泣き声もすすり泣きに変わって、ハァハァと息も絶えだえにあえぎはじめた。

「も、もう、ゆるして……これ以上は……ああ」

「では、今度は小便を出してみろ。ヒヒヒ、わしが呑んでやるぞ」

「そんなッ……ああ、いや……そんなこと、いやですッ……」

仁美は声をひきつらせてかぶりを振ったが、高山はニヤッと笑って舌なめずりをすると、とがらせた舌で仁美の尿道口を舐めはじめた。

「あ、あぁッ……いや、あぁ……」

「早く小便せんか。グズグズしとると浣腸して、小便もウンチも強制的に出させるぞ、奥さん」

仁美はひいッと悲鳴をあげた。浣腸された時のおぞましさ、恥ずかしさは、もう二度と耐えられないと思う。

「ゆるしてッ……ああ、それだけはッ」

「だったら、さっさと小便して、わしに呑ませるんじゃ」

「ああ……」

高山の指は、仁美の肛門をゆるゆると揉みほぐしにかかってきた。高山のとがらせた舌は、仁美の尿道口に押し入らんばかりに舐めては、小便を吸いだそうとチュウチュウ吸ってくる。

「ああ、さわらないで……ああ……か、浣腸だけは、いやです……」

高山がベッドの上の浣腸器にもう一方の手をのばすのに気づいて、仁美は声をふるわせた。迷っていることは許されない。

浣腸から逃れたい一心で、仁美は歯を噛みしばり、両眼を固く閉じて身体の力を抜いた。だが、尿道口を舐めまわして吸ってくる高山の口唇の感触に、仁美はどうしても力を抜くことができない。

「ああ、できない……そんなこと、できません……許して……」

「できなきゃ浣腸するしかないのう、奥さん」

高山は長大な浣腸器を取りあげた。

「ひいッ……い、いやあッ」

仁美は美しい顔を恐怖にひきつらせて悲鳴をあげた。

そして次の瞬間、仁美の尿道口からチョロチョロと泉が漏れはじめた。たちまち高山の口に吸いこまれていく。

「あ、ああッ……いやッ……ああッ……」

一度堰を切った流れは押しとどめようもなく、高山の口に激しく吸われることも加わって、しだいに勢いを増した。

仁美の尿道口に吸いついたままゴクゴク喉を鳴らして呑んでいく高山が信じられなかった。排尿しながらそんなことをさせている自分が、仁美は信じられなかった。

「ああ……あ、あああ……」

仁美は眼の前がぼやけ、頭のなかもうつろになる。

「ヒヒヒ、ずいぶんと溜まっとったのう、奥さん。小便をしながらオマ×コをヒクヒクさせとったのが、たまらなかったぞ」

これで一段と精がついたようじゃと、高山はベトベトの口で舌なめずりした。

ようやく搾りきった仁美は、右に左にと頭を揺らしながらすすり泣くばかり。もう高山のからかいに反発する気力もなく、乳房から腹部をハァハァとあえがせる。

「ヒヒヒ、こうなったら浣腸してからオマ×コの味見じゃ」

高山は再び長大な浣腸器に手をのばした。

ひッと仁美は汗まみれの裸身を硬直させた。

「いや、それだけはッ……や、約束がちがいますッ」

「さっさと小便をしなかった罰じゃ」

たっぷりとグリセリン原液を吸いあげて、高山はノズルを仁美の肛門に突き刺した。

「あ、ああッ……いやッ……」

たちまちシリンダーが押され、ドッと入ってくるグリセリン原液。

「いやあッ……ああッ、ひッ、ひいーッ……」

「いい声で泣く仁美じゃ。こりゃ浣腸もしがいがあるのう、ヒヒヒ」

「ひいッ……う、ううむ……ひいーッ……」

高山は一気にシリンダーを押しきって、荒々しく注入した。

そしてノズルを引くなり、アナルストッパーを押しこんで栓をする。

「ヒヒヒ、ひりだすのはわしがオマ×コを楽しんでからじゃ。せいぜいよがり苦しんでいい声で泣いてくれよ、奥さん」

高山は肉棒をつかんで仁美の媚肉に押し当てると、荒々しく貫いていった。

「そんなッ……ああッ……ひいーッ……かんにんしてッ……ああッ……」

仁美は裸身を揉み絞るようにしてのけぞり、白眼を剝いてひいひい喉を絞った。

3

高山の責めはしつこく、しかも手かげんということを知らない。

「ほれ、ほれ、どうじゃ、仁美、ヒヒヒ、もっと泣け」

しつこく言いながら、まるで仁美の身体にとりつかれたようだ。

「ああッ……ゆるしてッ、あああ……あうッ」

仁美は汗でびっしょりになってソファの上でのたうった。

荒々しく子宮口を突きあげてくる肉棒に快感が次々と押し寄せてきて、子宮がただれる。それがアナルストッパーで出口を失った便意の苦痛とからまり合って、仁美は発狂しそうだ。

「ああッ、も、もうッ……あ、ああぁ……もうッ……仁美、イッちゃうッ」

ガクガクと腰をはねあげ、激しくのけぞって裸身に痙攣を走らせ、仁美が昇りつめても高山は責めをやめようとしない。

「イッたか、ヒヒヒ、もっと気をやるんじゃ。イキっぱなしになってみい」

「ゆるしてッ、狂っちゃう」

「ヒヒヒ、狂ってもかまわんぞ。ほれ、もっとイケ、ほれッ」

「ああッ……イッちゃう、またッ……ひッ、ひいッ……仁美、イクッ」

高山はうれしそうにゲラゲラと笑った。

二度三度と仁美に気をやらせてから、ようやく白濁の精を放つ。

それでも仁美を休ませようとはせず、すぐにソファからベッドへと移って、今度は張型で仁美の媚肉をえぐりまわす。

「死んじゃう……あ、ああ」

「これだけいい身体をして、簡単には死なんよ。女はしぶとい、ヒヒヒ、まだまだこれからじゃ」

「ああッ、ああぁ……」

ひぃーッと喉を絞って、仁美はまた昇りつめる。一度昇りつめた絶頂感がおさまらぬ間に、再び次の絶頂感におそわれる。

「今度はオマ×コでよがりながら、尻の穴から垂れ流してみい、ヒヒヒ」

高山は張型で仁美の媚肉を責めつづけながら、もう一方の手を双臀にあてがい、アナルストッパーを引き抜いた。

「いやあッ……ああッ、ああッ……ひいッ」

もう押しとどめることは不可能で、栓を失った荒々しい便意は、ドッと便器にほとばしった。

それをくい入るように見つめつつ、高山は張型をあやつりつづける。

「ヒヒヒ、奥さんほどの美人がよがりながらウンチをする姿など、めったに見られるものではない。派手にひりだしおる。よがりながらのう」

「いやあ……」

仁美は声をあげて泣いた。

その声は排泄の羞恥と屈辱の泣き声のようにも、よがり声のようにも聞えた。

張型に強く深くえぐられるたびに仁美の肛門はキュッと締まって排泄が途切れ、またすぐにほとばしらせた。

それが高山にはたまらないながめのようだ。

仁美の肛門がようやく絞りきると、高山はあお向けの仁美の両脚を左右の肩に乗せあげた。そして膝を乳房へ押しつけんばかりにのしかかった。

仁美の排泄を見たせいか、高山の肉棒はたくましさを取りもどした。それを今度はジワジワと仁美の肛門へ押し入れはじめる。

「ああッ……そこは……」

この男もまた肛門を犯してくるのか。

「ヒヒヒ、この尻は男を知ったばかりだそうじゃのう。いい味をしとると聞いとるが」

「い、いや……お尻、ゆるして……」

「なにがゆるしてじゃ。オマ×コも尻の穴も味わわなくては、ヒヒヒ、どこでも犯り放題じゃ」

「ああッ……う、ううむ……」

もう仁美にはあらがう気力も体力もなかった。ジワジワと肛門を押しひろげてくる肉棒に、肛門が引き裂かれ、仁美はブルブルと裸身をふるわせて苦悶のうめき声をあげるばかりだ。

浣腸と排泄のあととあって、貫かれる肛門はただれるようだ。そのくせ、恐ろしいまでにひろがって、スムーズに肉棒を呑みこんでいく。

「ひいッ、お、お尻が……ひいーッ」

深く貫かれて、仁美は白眼を剥いて喉を絞った。ぎっしりと腹の奥までつめこまれた。仁美はまともに息もできないように口をパクパクさせる。

「どうじゃ、奥さん。オマ×コと尻の穴とどっちが気持ちいいか、言うてみい」

仁美は、ゆっくりと肛門を突きあげられて泣き、返事をできる状態ではなかった。

「返事もできんほど気持ちいいというわけじゃな。よしよし、もっとよくしてやるぞ」

仁美の顔を覗きこんで、高山はニヤリと笑った。

五回、六回とさらに仁美の肛門を突きあげてから、高山はなぜかヌルリと肉棒を引き抜いてしまった。

次の瞬間、それは仁美の媚肉へとすべって、一気に子宮口までズンと突きあげた。

ひいッと仁美はのけぞった。

「そ、そんなッ……かんにんしてッ」

「ヒヒヒ、尻の穴もオマ×コも犯ってやると言ったじゃろうが。ほれ、気分出さんか」

「いや……あ、ああッ」

リズミカルに子宮口をえぐられ、こねまわされた。

だがそれも、一分もしないうちにとまってしまい、また肉棒が引き抜かれて肛門へと移っていく。

「そんなこと、いやッ……ああ、ゆるしてッ……ひッ、ひいッ……」

再び肛門が深く貫かれて、仁美は悲鳴をあげた。それをあざ笑うように肉棒は仁美の肛門をこねまわし、突きあげはじめた。

肛門から膣へ、そして再び肛門へと肉棒が移動することをくりかえす。そんなことを平然と行なう高山が、仁美には信じられない。

「あ、ああッ……狂っちゃうッ……」

たちまち仁美は泣き叫んだ。

肉棒に突きあげられる肉だけではなく、身体中がドロドロにただれ、頭のなかまで白く灼きつくされていく。

仁美はなにもわからなくなった。あとは肉棒にあやつられる肉の人形である。

4

どのくらいの時間がたったのか。

気を失っていた仁美はうつろに眼を開いた。もうカーテンの隙間から陽光が射しこみ、眼の前に高山がニヤニヤと笑っていた。すぐ横に瀬島と野田の姿もあった。

「雨宮仁美の身体はいかがでしたか、高山社長」

瀬島がわざとらしく聞いた。

「いい味してるが、逆らってくれたんで苦労したよ、ヒヒヒ」

もう充分に仁美の身体を楽しみ、満足して先ほど瀬島との取り引きの契約も終えたというのに、高山は仁美を見おろしてうそぶいた。

「それは大変失礼をしました。おわびに後日、またこの雨宮仁美の身体をお楽しみいただける場をつくりますので」

「それはありがたい、ヒヒヒ、その時は瀬島専務もいっしょに。一度輪姦というのをやってみたいので、私も何人か連れてきますよ」

「はい、ではそのように」

瀬島と高山は顔を見合わせて、ゲラゲラと笑った。

瀬島が高山を見送ると、野田はいきなり仁美の頬をはたいた。

「高山社長に逆らったそうだな、奥さん。帰ったらたっぷり仕置きだ」

「ああ、逆らったなんて、ウソです……」

「逆らって接待になると思っているのか」

野田は仁美の黒髪をつかんでしごいた。

瀬島がニヤニヤと仁美の顔を覗きこみ、手で乳房をいじりながら、

「これでは子供には会わせられないですよ、奥さん」

「そ、そんな……ああ、子供に会わせて……」

「フフ、そうしたければ、次の接待客には不満を言われないよう、この身体でうんとサービスすることですよ」

明日の夜にも別の取り引き先の接待があると言って、瀬島は愉快そうに笑った。

「ああ……」

我が子のことを思うと、仁美はあらがうことも逃げることもできず、死ぬことすら許されずに、恐怖と絶望のなかにすすり泣くばかりだ。

「それじゃ、あの地下室へ帰りますかね、奥さん。高山社長接待の反省会をしにね」

「覚悟しな、奥さん。たっぷりときつい仕置きをしてやるからな」

瀬島と野田はあざ笑いながら、左右から手をのばして仁美の身体を抱き起こした。

第三章　出張サービス

1

もう四日も子供に会っていない。その間、二歳の麻美に食事が与えられていないと思うと、仁美はいてもたってもいられない。

「おねがいです……子供に食事だけでも……死んでしまいます」

「飢え死にさせるかどうかは、今夜の取り引き先の接待にかかってると言っただろうが。客が満足して契約がうまくいったら、明日はたっぷり食わせてやる、フフフ」

総務部長の野田は冷たくあざ笑った。

仁美はわななく唇を嚙みしめて、弱々しくかぶりを振った。

まだ幼い子供を人質に取って、仁美がその身体を使って会社の取り引き先を接待しなければ、子供に会わせてもらえない。なんと卑劣な男たちだろう。

（ああ……あなた……たすけて……）

仁美は夫のことを思ったが、夫もまだどこかに監禁されているのだろうか。逃げることもあらがうこともできず、仁美は泣きださんばかりに弱々しくかぶりを振った。

「泣くなよ、奥さん。綺麗にみがきあげるんだ、フフフ、泣くのは客に責められてからだぜ」

入浴をすませて綺麗に化粧をした仁美の前に、野田は黒のワンピースを投げて、着るように命じた。

全裸で縛られると思っていただけに、下着はいっさい許されないノーブラ・ノーパンの状態でも、肌を隠せるのは仁美にとって救われる。

しかし、スリップのように両肩は細い肩紐だけで、今にも乳房はこぼれそうだ。太腿も露わな超ミニなので、少しでも動くと裸の双臀や茂みがのぞいてしまいそうだ。

「こ、こんな……」

狼狽する仁美の足にハイヒールをはかせ、野田は肩にコートをかけて仁美の身体をくるんだ。

「今夜の取り引き先もかなりの変態だからな。うんと気分を出して満足させるんだぞ、奥さん、フフフ、可愛い子供のためにな」

「ううッ、そんな……」

仁美はわななく唇を噛みしめ、おびえに身体を硬くした。

野田に腕を取られて地下室から連れだされた仁美は、待っていた黒塗りの車に乗せられた。

「逃げたら子供は餓死することになるぜ。それに亭主の命も危ない」

車のなかで野田はもう一度、低い声で仁美に念を押した。

駅前でおろされ、仁美は野田に腕を取られたまま改札口の横へ連れていかれた。

野田はあたりを見まわして、取り引き先の客をさがすようだ。夕方のラッシュがはじまっていて、絶え間なく人の波が改札口に吸いこまれていく。

「ああ……」

まわりから太腿や胸もとに注がれる視線に気づいて、仁美はあわてて肩にはおったコートの前を合わせた。流れていく人の波が皆、仁美の美しさに気づいてチラチラと見つめていく。

どうしてこんな場所で取り引き先と会うのか。仁美は不安が膨れあがるのを感じた。

急に野田がペコペコと頭をさげたので、仁美はハッとした。

四十代のがっしりとした男が、仁美の前にあらわれた。ダークスーツを着て、見るからにエリートである。仁美の美しい顔を見て、いやらしくニヤッと笑った。

(いやッ……)

仁美は恐ろしくて男の顔をまともに見られなかった。膝とハイヒールがふるえだし、コートの前を合わせる手に力が入った。

男はなにも言わず、野田もペコリと頭をさげただけで、仁美の腕を取ったまま改札口を通ってホームへと向かう。

ホームの電車を待つ列で、男は野田と仁美の後ろへ並んだ。さらにそれを取り囲むように、どこからかあらわれた総務部の社員たちが並んだが、仁美はそれに気づく余裕すらなくなっている。

(ああ……そんな……いや……ああ、そんなことって)

満員電車のなかで男に辱しめられるとわかって、仁美はもう生きた心地もしない。

「客になにをされてもじっとしてろよ、奥さん。子供が可愛けりゃ、自分からすすんで痴漢されて、客を喜ばせるんだ」

野田は耳もとでささやいて、仁美の肩からコートを剝いだ。

ハッとした時には、仁美はドッと電車のなかへ押しこまれていた。

正面には野田が、後ろには男がぴったりと密着した。それをまわりの視線からさえぎるように総務部の社員たちが取り囲んだ。

電車が走りだすと、男の手が仁美の太腿へとのびた。パンストをつけない素肌を楽しむように、いやらしく太腿を撫でまわし、ゆっくりとその手をミニスカートのなかへと這いあがらせる。

(ひッ……いやッ……やめてッ)

ビクッと仁美は身体をこわばらせた。

男の手はミニスカートの下がノーパンなのに気づくと、美球のような双臀の形のよさと、ムチッとした肉の弾力を確かめるように、ネチネチと撫でまわしはじめた。

さらに手のひらで下から尻肉をすくいあげるようにして揺さぶり、また尻肉に指先をくいこませて鷲づかみにして揺さぶった。

(ああ、いやッ……こんなところで……かんにんして……)

まわりに気づかれはしないかと、仁美は生きた心地もない。双臀を撫でまわされたことでミニスカートは腰までズリあがってしまい、剝きだしの下半身を少しでもかくそうとミニスカートの前を押さえるのでやっとだ。

男の指が仁美の臀丘の谷間を押しひろげてもぐりこもうとした。

（いやッ）

排泄器官をいじられるとわかり、仁美は反射的に腰をよじって前へ逃げようとした。

「そんなことじゃ、また子供に会えないぞ、奥さん。自分から尻を突きだすようにして、足を開かねえか」

野田が仁美の耳もとでささやいた。

子供に会えなければ子供はまた食事抜きである。仁美は双臀を後ろへ突きだして男の手に押しつけ、両脚を左右へ開くしかなかった。

たちまち男の指先が仁美の肛門にのびてきて、ゆるゆると揉みほぐしはじめた。

（いやッ……ああ、そこは、いやッ……かんにんして、そんなところ……）

胸の内で狂おしく叫びながら、仁美はじっと男の指におぞましい器官をゆだねるしかないのだ。

（あ、ああッ……いやあッ……）

必死に引き締めているのを揉みほぐされていく感覚がたまらない。

いやでも瀬島専務に肛門を責められた時のおぞましさがよみがえって、仁美の感覚をも異常にする。たちまち仁美の肛門はフックラと妖しくとろけはじめる。

男の指は円を描くように揉みつつ、ジワジワと仁美の肛門を貫きはじめた。

「ああ……」

悲鳴をあげそうになって、仁美はあわてて唇を噛みしばった。

男の指はゆっくりと、それをあざ笑うように入ってきた。指の付け根まで沈むと、指先が直腸をまさぐり、同時に指がまわされ抽送される。

(そ、そんなッ……ああッ……いやッ、動かさないで……ああッ……)

満員電車のなかで指で肛門を貫かれ、こねまわされている現実が、仁美は信じられない。まわりの男たちがニヤニヤと笑っている錯覚におそわれ、仁美は顔をあげることもできない。

こねまわされる肛門が熱くうずく。ガクガクと腰や膝の力が抜けそうになる。

すがるように野田を見たが、

「フフフ、尻の穴もオマ×コもうんととろけさせるんだぞ、奥さん」

野田は仁美の耳もとでささやいてあざ笑った。

(いやッ……もう……これ以上は、やめて)

仁美はいやいやとかぶりを振ることもできない。

不意に男の指が抜かれ、かわってなにか細長いものが入ってきた。

（あぁッ、なにをするのッ）

仁美の肛門には、指にかわって小指ほどの太さのカテーテルが挿入された。カテーテルの根元はゴム管につながり、ゴム管の途中にあるゴムの球は男の手に握られている。さらにゴム管は男の肩にかけられたバッグへとつながって、バッグのなかのポリ容器にもぐりこんでいた。

エネマシリンジである。ポリ容器には千ＣＣのグリセリン原液がつまっているなど、仁美はまったく知らない。

電車が次の駅に着いて、さらに混雑が増すと、男はゆっくりとゴム球を握りつぶした。ズズッとポリ容器のグリセリン原液がゴム球に吸いあげられた。

さらにもう一度ゴム球を握りつぶすと、ゴム球のなかのグリセリン原液が、ドッと仁美の肛門から腸へ流入しはじめた。

「あぁッ、ひいッ……」

仁美は悲鳴をあげてのけぞった。

さすがに他の乗客にも聞こえてしまい、いっせいに視線が仁美に集中したが、

「すみません、足を踏んでしまって。なにしろこの混雑ですからねえ」

野田がとっさにごまかした。

（ううッ、いやッ……そんな……いやあッ）

仁美は唇を噛みしめて悲鳴が噴きあがりそうなのを抑えた。

満員電車のなかで浣腸されるなど、信じられないことだ。

ゴム球が握りつぶされるたびに、ドッとグリセリン原液が入ってきて、仁美はブルブルとした身体のふるえをとめられなくなった。

（あ、ああ、こんなところで……いや、いやあ……入れないでッ）

注入される薬液のおぞましさと、それがジワジワとふくれあがらせる便意が、いっそう仁美をおびえさせた。

キュッ、キュウと仁美の肛門が引き締まって、カテーテルをくい締めるのを楽しみながら、男はゴム球を何度も握りつぶした。

（ああ……い、いやあ……）

野田に正面から抱き支えられていなかったら、仁美はとてもひとりでは立っていられなかっただろう。

（も、もう、入れないで……かんにんして）

仁美は野田の胸に美しい顔を埋めて、ハァハァとあえぎ、噛みしめた唇をわななかせた。

2

電車がいくつの駅にとまったのかさえ、もう仁美にはわからない。一定の間隔をとって流入する薬液のおぞましさ、恥ずかしさと、ふくれあがる便意の恐ろしさに、ふるえがとまらない。

グルルと腹部が鳴り、さらに便意が荒々しさを増して、仁美は総毛立った。

(も、もう、かんにんして……もう、入れないで……ああ、我慢が……)

仁美は必死にすがるように野田を見た。

「フフフ、お客が満足するまでいくらでも入れてもらうんだ。奥さんはたっぷり呑んで、尻の穴とオマ×コをとろけさせてりゃいいんだよ」

野田は意地悪く仁美の耳もとであざ笑った。

「そ、そんな……」

これ以上入れられたら、我慢できなくなる……と言わんばかりに、仁美は唇をワナワナとふるわせた。

後ろで男がニヤリと笑った。そして肩のバッグから、ゴム球を取りだした。エネマシリンジのゴム球ではなく、ポンプのようで、ゴム管から肛門のカテーテルにつながっていた。

そのゴム球を握りつぶして空気を送りこむと、たちまち仁美の肛門の奥でカテーテルの先端のまわりが風船のようにふくらみはじめ、肛門を内から押しひろげながらぴっちりと栓のようにふさいでいく。

「あ……」

仁美はまた悲鳴をあげそうになって、あわてて歯を嚙みしばった。

肛門を内からひろげられて便意は一気にかけくだろうとあばれ、にもかかわらず肛門はふくらんだバルーンで内からふさがれ、仁美は総毛立った。

(ああ、ひどすぎる……)

あまりのあくどさに、仁美は気が遠くなる。

(こんなことをされるくらいなら……いっそ死んでしまいたいわ)

一方、男は満足げにうなずいた。ニヤッとして、再びエネマシリンジのゴム球を握り、グリセリン原液を注入しはじめた。

(あ、ああッ……いや……入れちゃ、いやです……ううむッ)

たちまち仁美はあぶら汗にまみれ、腰の上までまくれあがったミニスカートが、肌にへばりつく。ほつれ髪も汗で仁美の額や頰にまとわりついた。

「た、たすけて……」

仁美はもう一度野田を見て、消え入るように哀願した。

「フフフ、オマ×コをこんなにビチョビチョにして、たすけてもねえもんだぜ、奥さん。バルーンで栓をされての浣腸がいいんだろ」

仁美の媚肉に指先を分け入らせて、野田はあざ笑った。

媚肉はヒクヒクとうごめき、灼けるようだ。野田が指でまさぐる間も、ジクジクと蜜を溢れさせる。

「ああ……」

恥ずかしい反応を知られ、仁美は首筋まで火になって顔をあげられなくなった。

自分の身体のなりゆきが仁美自身信じられない。

後ろの男が眼で野田に合図すると、野田はニンマリとうなずいて、まわりにひそんでいた総務部の社員たちを見まわして片眼をつぶった。

それまで何もしなかった社員たちがいっせいに仁美の身体に手をのばしはじめた。

浣腸のジャマにならないように仁美の双臀を撫でまわし、太腿や腰を撫で、茂みから媚肉をまさぐる。

無数の指がひしめき合う。たちまち仁美のワンピースは胸もとまでまくりあげられ、ノーブラの乳房が揉みこまれた。

「そ、そんなッ……」

仁美はまわりの乗客が痴漢に加わってきたと思った。

(おねがい……たすけて……)

乳房まで剝きだしにされ、仁美はあらがうことも、悲鳴をあげることもできない。

無数の手で身体中がまさぐられ、その間も断続的に薬液が肛門から注入され、仁美はもう眼を開けていられない。両眼を閉じ、顔を野田の胸に埋めた。

「奥さんも好きだな。客だけでいいのにまわりの男まで誘惑するとは、フフフ、そんなに浣腸がいいのか」

野田は仁美の耳もとであざ笑った。

うごめく指に身体中が火になる。

「う、うむ……」

ブルブルとふるえる双臀を引き締め、肛門でカテーテルをくい締めて、仁美は耐えられずに低くうめいた。

そのくせ何本もの指でまさぐられる媚肉は、さらにジクジクと蜜を溢れさせ、ツーと内腿にまでしたたらせた。つままれる乳首もツンととがった。

ようやく電車からおろされた仁美は背中までびっしょりで、ハァハァと息も絶えだえだ。

乳房まで大きくまくりあげられたワンピースは元にもどされていたが、仁美はもうひとりでは立っていられず、野田に抱き支えられた。

仁美の後ろには男がまだいた。仁美の超ミニの後ろの裾からはゴム管が男の肩のバッグへとのび、男はまだゴム管の途中のゴム球を握っている。

「あ、ああ……うむ……」

ゴム球が握りつぶされ、再びズズッと入ってくるグリセリン原液に、仁美は唇を噛みしばった。

ホームから改札口へと歩かされながら、しつこく浣腸をつづけられる。

足早に家路を急ぐ人の波が、仁美の苦しげな美貌とミニスカートからのびたゴム管に気づいて見つめてきたが、誰も浣腸されているとは気づかない。

今の仁美はそんな人目を気にする余裕もなかった。荒れ狂う便意は限界に達して、バルーンの栓がなかったらドッとほとばしるだろう。

「……も、もう、だめ……おねがい……おトイレに……」

「心配いらないよ、奥さん。バルーンで栓をしてあるんだ、フフフ」

野田が大きな声で言ってあざ笑い、後ろの男もニヤニヤと笑った。

「ああ、お腹が……う、うむ……」

「フフフ、いつひりだすかはお客が決めることだ。奥さんはまず全部呑みきることだけ考えていればいい」

「そ、そんな……死んじゃう……」

仁美は何度も膝とハイヒールがガクガクして、腰が崩れそうになった。そのたびに野田の手でグイと引き起こされた。

ゴム球を握りつぶされて薬液を注入されながら、仁美はどうにか改札口を出ると、駅前に黒塗りの高級外車が待っていた。

「電車のなかでは楽しめましたか、志田先生」

瀬島専務が顔をのぞかせた。

「楽しませてもらったよ、フフフ、専務の言った通り、極上の牝だった。とくに尻がいいねえ」

志田が初めて口をきいて、ニンマリと笑った。電車のなかでは痴漢になりきって、なにもしゃべらなかった志田だ。

「フフフ、まだお楽しみの途中のようですね、志田先生」

ミニスカートからのびたゴム管に気づいた瀬島は、仁美を車の後部座席の真んなかに乗せながら言った。

「わずか千CC、少し時間をかけすぎたかな、フフフ」

志田は車に乗りこみながら、さらにエネマシリンジのゴム球を握りつぶした。

「あ、あああッ……もう、ゆるして……う、ううむ……もう、いや……」

車に乗せられて人目を逃れられたことで、仁美は泣きだした。

「いやじゃないだろ、仁美さん。浣腸されてうれしいはずだよ、フフフ」

瀬島がからかえば、助手席に乗りこむ野田もニヤニヤと笑って、

「電車のなかじゃ志田先生に浣腸されて、オマ×コをビチョビチョにしてましたよ」

意地悪く瀬島に報告する。

車が走りだすと、瀬島はワンピースを脱がして仁美をハイヒールをはいただけの全裸にした。そして縄で後ろ手に縛り、豊満な乳房の上下にも縄を巻きつけた。

「う、うむ……かんにんして……」

仁美はもうあらがう余裕もない。

なおも注入されるグリセリン原液に、弱々しくかぶりを振って泣くばかりだ。

ムチッと半球のように形よい仁美の双臀がゴム管の尻尾をはやした姿は、一気に志

田を昂らせ、もう抑えがきかなくなった。

「ここで一発犯らせてもらうかな、フフフ、浣腸しながらだとオマ×コの味が一段とよくなるのでね」

志田はズボンの前を開いて、すでにビンビンの肉棒をつかみだした。後ろ手縛りの仁美の裸身を、自分のほうを向かせて膝の上に抱きあげる。

「そ、そんなッ……いや、いやですッ……今は、いやあ……」

仁美は悲鳴をあげた。

もう耐える限界を超えた便意のあばれまわる身体を貫かれるなんて。

それをあざ笑うように、志田は一気に仁美の媚肉を貫いてきた。

「いや、いやあッ」

「ああッ……ひッ、ひいーッ……」

仁美は裸身を揉み絞るようにして、志田の上でのけぞった。

志田はゲラゲラと笑い、仁美の子宮口をズンと突きあげつつ、エネマシリンジのゴム球を握りつぶして、再びグリセリン原液を注入しはじめた。

第四章　最悪の再会

1

ようやく車が海辺の別荘に入った時には、仁美は低くうめくばかりとなっていた。車のなかで志田に犯されてたっぷりと白濁を注がれ、同時に千ＣＣのグリセリン原液を浣腸されて、もうまともに口もきけない。

「だらしないぞ、これくらいで、フフフ、本当のお楽しみはこれからだ」

志田がニヤニヤと笑いながら言うと、

「なんと言ったって仁美はそれだけいい身体をしてますからね。責めるほどに味がよくなりますよ。とことん責めてやってください」

瀬島もニヤニヤと笑って志田に言い、野田に命じて仁美を別荘のなかへ運ばせた。

和室へ連れこまれた仁美は、いったん縄を解かれると、今度は左右の手首と足首とを合わされて縛られ、その縄尻で鴨居から吊られていく。

「あ、あ……いやッ……先におトイレにッ」

仁美は泣き声を痙らせた。

だが男たちはゲラゲラと笑いながら、仁美の手足を左右に開ききって、宙にあお向けにのけぞるような姿勢で吊った。

「いや……ゆるしてッ」

「フフフ、吊られたままひりださせてやろうと言うんだよ」

「ひいッ……いやッ、こんな格好ではいやッ、いやですッ」

仁美は宙に黒髪を振りたくった。

「そんな声で泣かれると、たまらんねえ、フフフ、雨宮仁美という女は責めがいのある牝だ」

志田は舌なめずりをして洗面器を取りあげ、仁美の肛門から垂れたゴム管のバルーン用ポンプのゴム球のほうをつかんだ。ゴム球を握りつぶして、さらにバルーンをふくらませて仁美に悲鳴をあげさせてから、今度は一気にバルーンの空気を抜く。

バルーンがしぼむのを待たずに、空気が抜けるにつれて、志田はズルズルとカテーテルを引きだしにかかった。

「あ、ああッ……いやッ、出ちゃうッ」

仁美の悲鳴とともにショボショボと漏れはじめた。

カテーテルが引き抜かれるのと同時に仁美の肛門は内から盛りあがるように開いて、ドッとほとばしらせた。

「い、いやあッ……死にたいッ、見ないでッ」

仁美は宙に吊られた裸身をブルブルとふるわせて泣きじゃくった。

「フフフ、あんなに尻の穴を開いてヒクヒクさせて、たまらんねえ」

ほとばしるものを洗面器に受けながら、志田は恍惚と見とれた。

ついさっきまで車のなかで仁美を犯していたというのに、もう志田のズボンの前は欲情のたくましさを取りもどしてビンビンだ。

仁美の肛門は腸襞も生々しく激しくほとばしらせてから、キュウとつぼまり、ヒクヒクとあえぐようなうごめきを見せ、またドッと排泄することをくりかえす。

ようやく搾りきった時には、仁美はグッタリとなってハァハァとあえぎ、号泣も途切れてすすり泣くばかりになった。

「フフフ、尻の穴をまだ開いたままヒクヒクさせているのがそそられる」

「アナルセックスもいい味してますよ、志田先生。ぜひお試しを、フフフ」

「そりゃ楽しみだ。だがその前に、なかを見ておきたい」

志田は肛門拡張器に手をのばした。

その金属のくちばしを、ゆるみきった仁美の肛門にジワジワと沈めていく。

「ひいッ」

グッタリとなっていた仁美は、熱くただれたような肛門を貫いてくる金属の冷たさに、悲鳴を噴きあげた。

「いやッ……あぁッ、なにをッ……」

「フフフ、先生に尻の奥まで覗いてもらえるように、うんと開いていただくんだぞ、仁美さん」

「そんなッ……いや、そんなこと、いやですッ……絶対にいやッ」

そう叫ぶ間にも、深く付け根まで沈んだ金属のくちばしがジワジワと開きはじめた。

「ひいッ……いやあッ……ああッ、ひいッ、ひッ……やめてッ」

金属の感触と冷たさが解剖されるような恐怖を呼んだ。

それでなくても、浣腸と排泄とでまだ腫れぼったい肛門を強引にひろげられるのだ。

「かんにんしてッ……いやあッ……ひいーッ」

じめた。

志田は三センチほどまでハンドルで開くと、あとはネジをまわして少しずつ開きは

「尻の穴がどこまで開くか楽しみだ」

仁美の肛門は金属のくちばしに押しひろげられ、パックリと腸腔をのぞかせていた。

「ほうれ、四センチまで開いたぞ、雨宮仁美」

志田はネジをまわすのをやめず、意地悪く教えた。

四センチを超すと引き裂かれるような苦痛がおそった。

「あ、ああッ……裂けちゃうッ……うむ、ううむ……」

「自分から尻の穴を開くようにすればいいんだよ、仁美くん、フフフ」

瀬島が仁美の顔を覗きこんであざ笑う。仁美はもうまともに口もきけない。

「う、うむ……ううむ……」

「六センチまで開いたぞ、雨宮仁美、フフフ、尻の穴がパックリだ」

ようやくネジをまわす手をとめ、志田はニヤニヤと覗きこんだ。

瀬島もいっしょになって覗く。

「う、うむ……見ないで……」

そこへ野田が酒を運んできた。

「ここらで一杯いかがですか」

志田と瀬島はニンマリとしてグラスを手にした。

鴨居から吊られたまま肛門を開かれている仁美の姿を肴にして、酒を飲むのは、いいものだ。仁美の白い双臀に金属の器具が突き刺さって、肛門をひろげているのは、いやでも嗜虐の欲情をそそられる。

「来月の入札の件だが、瀬島専務のところが落札するよう役所に手を打っておいたよ」

志田は仁美の肛門を覗きながら、さりげなく言った。

「フフフ、こんな尻を見せられちゃな、役所にはもうひと押ししておこう」

「ありがとうございます。志田先生。落札しました時には、またあらためてお礼のほうを」

「その時もまた、この雨宮仁美を楽しみたいねえ」

よほど仁美が気に入ったらしい。

そんな話も聞こえないように、仁美は宙にのけぞった頭をグラグラと揺らした。

「ああ……もう、ゆるして……もう、はずしてください……」

肛門を開かれることに耐えられなくなった仁美はすすり泣きつつ哀願した。

「開いたままでいるんだ、フフフ、そのほうが肛門セックスの味もよくなるだろう」

志田はニヤニヤと舌なめずりした。

「先生、こうすればもっと味がよくなりますよ、フフフ」

瀬島がそう言うと、仁美の媚肉に手をのばして割れ目をひろげ、グラスの酒をチビチビと膣のなかへ流しこみはじめた。

「ひいッ……そんな……いや、いやッ」

仁美は悲鳴をあげて、腰を宙にはねあげた。

それでも瀬島は酒を注ぐのをやめず、膣から溢れた酒は肛門拡張器で開かれた仁美の肛門にまで流れ、吸いこまれていく。

「ひッ、ひいッ……かんにんしてッ……い、いやあッ……」

「こりゃおもしろい、フフフ」

瀬島にかわって志田がグラスの酒を注ぐ。女芯を剝きあげ、それにも酒を浴びせて指でこすり、さらに肛門にまでしたたる酒を肛門の粘膜にしみこませるように指でなぞった。

「オマ×コも尻の穴も酔わせてやる。それから肛門セックスだ、雨宮仁美。心配しなくてもオマ×コには専務がしてくれる」

サンドイッチだと、志田はゲラゲラ笑った。

2

志田は異常なまでにしつこく、仁美を鴨居から吊ったまま何度も肛門を犯した。ドッと直腸に精を放っては、今度は仁美に浣腸し、その間にたくましさを回復させ、また肛門を犯すことをくりかえした。

最後は、志田と瀬島にはさまれたサンドイッチだった。前と後ろを串刺しにされ、仁美の身体は二人の間で揉みつぶされるようにきしんだ。

「ああッ、死ぬう……ひッ、ひいッ、仁美、またッ……イッちゃうッ」

仁美は何度もそう叫んで気を失った。

それでも仁美は許されず、ようやく志田が満足した時には、仁美は口から泡を噴いて死んだようになった。

仁美の意識がもどったのは、浴槽のなかでだった。野田の膝の上に抱かれている。

「途中で気を失っちまいやがって、フフフ」

野田は仁美の乳房をいじりながら、意地悪く顔を覗きこんだ。

「一晩中責められて、気を失うほどよかったのか、奥さん」

「ああ……」

仁美は弱々しくかぶりを振った。

さんざん荒らしまくられた肛門と媚肉の粘膜に、ヒリヒリと湯がしみた。肛門にはまだなにか入っているような拡張感が残り、腰に力が入らない。

「……死にたい……」

仁美は肩をふるわせてシクシクと泣きだした。もうあらがう気力もなく、屈服して征服された女の哀しみが漂った。

「可愛い子供を残して死ねないくせしてよ、フフフ、奥さんは専務の言うことに従って、客を接待しつづけるしかないんだよ」

仁美はハッと顔をあげて野田を見た。

「こ、子供に会わせて……ああ」

仁美は声をふるわせた。

身体の汚れを綺麗に洗われ、湯あがりに化粧をさせられた仁美は、全裸のまま後ろ手に縛られ、別荘の地下に連れていかれた。

地下には牢のような鉄のドアがいくつかあり、そのひとつを野田は開けた。

狭い地下室の布団のなかで、子供が泣いていた。

「ああッ、麻美ちゃんッ」

仁美は野田の手を振り払うようにして、後ろ手に縛られた裸身でフラつきながら我が子に歩み寄った。

「ママッ、ママッ」

母親に気づいた麻美は、泣きながら仁美にしがみついた。

「麻美ちゃん、ごめんね……つらい思いをさせてしまったわね」

仁美はしゃがむと、後ろ手縛りの不自由な身体で子供に頬ずりした。

子供がどんなにさびしい思いをしていたか、そしてどんなに空腹かはひと目見てわかった。

「ああ……麻美……」

仁美は涙が溢れた。

そこへ野田が菓子パンとジュースを運んできた。

「そんな……これでは足りませんわ」

「なに言ってるんだ。昨日の奥さんの接待じゃそれだけだ。先生も充分満足してないようだったしな、フフフ」

「そ、そんな……ああ、あんなひどいことをしておいて……」

仁美は思いだすだけでも身ぶるいして、黒髪を振りたくった。

瀬島が姿をあらわして、ニヤニヤと牢のなかの仁美を覗きこんだ。

「子供に充分な食事を与えたければ、もっと客を喜ばせる接待をするんです、フフフ、仁美さんが自分からすすんで浣腸をねだるとか、肛門セックスを求めるとかね」

「そ、そんな……」

「そうしないと、菓子パンとジュースだけで終わっちゃいますよ」

瀬島は意地悪く言った。

「専務の言われる通り、フフフ、昨夜レベルの接待じゃ、子供との面会時間も五分しかあげられないぞ」

時計を見て言った野田は、強引に仁美と麻美を引き離した。

「いやあッ……ああ、麻美ッ」

「ママ、ママッ」

鉄のドアが閉められ鍵がかけられた。

「フフフ、すべては仁美さんの接待しだいということですよ。我が社は仕事に応じて評価してますからね」

「奥さんが自分からすすんで責められ、客を満足させればさせるほど、子供と会う時間も長くなるし、食事の内容もよくなるということですよ」

応接間へ連れていかれた仁美は、泣きながら瀬島にすがった。

「子供に会わせてください……おねがいです……子供にちゃんとした食事を……ああ、仁美、どんなことでもしますから……」

「本当にどんなことでもするのかな、仁美さん。自分からすすんで責めをねだり、責められて悦ぶというのかな」

「は、はい……」

「それじゃ証明してもらおうかな、仁美さん、フフフ、そろそろ志田先生が起きてこられると思うが、先生に自分から責めをおねだりしてもらおう」

「……………」

仁美は絶句した。

あのいやらしい志田が、まだこの別荘にいるとは……。

「先生の好みはもうわかってるな、奥さん。自分からねだって責められなかった時は、子供には当分会うことはできないよ」

野田は意地悪く言って、仁美がどうふるまえばいいかをネチネチとしゃべりだした。

「ああ……そんな……」

仁美はワナワナと唇をふるわせ、弱々しくかぶりを振った。

自分からすすんで責められ、悦んでみせる……それは全身の血が逆流するほどの恐ろしさだったが、子供に会った直後の仁美は拒むことができなかった。

（麻美ちゃん……）

わあっと泣き崩れてしまいそうなのを、我が子のことを思って必死にこらえる。

（ああ……仁美、もうどうなってもいい……ああ、麻美のために……）

仁美は何度も自分に言いきかせた。

しばらくして、眼をさましてシャワーを浴びた志田が、ガウン姿で入ってきた。

「このところ議会がいそがしかったんで、昨夜は久しぶりにたっぷりと楽しませてもらったよ。お蔭で寝すぎた」

志田は、後ろ手縛りの仁美の裸身に気づくと、ニンマリと顔を崩した。

「フフフ、そんな色っぽい身体を見せられると、またそそられる。この尻がたまらんのだよ。雨宮仁美のこの尻が」

志田はたちまち仁美のところへ来ると、ネチネチと仁美の裸の双臀を撫でまわした。

「ああ……ああ……」

いやッと叫びかけて、仁美はあわてて唇を噛みしめた。

志田の好みが仁美の肛門責めであることは、昨夜でたっぷり思い知らされている。

今日もまた肛門を責められる。仁美の肛門はまたうずくようだ。

「先生、お楽しみはこちらで、フフフ、もう準備してありますので」

野田がフスマを開けると、和室に寝具が一式敷かれ、横には浣腸器やバイブ、肛門拡張器などの責め具が並べられ、天井からは縄が何本か垂れていた。

そんな光景がいっそう志田の欲情をあおったのか、志田は仁美の双臀を撫でながら和室へと連れこんだ。

「ああ……」

仁美は噛みしめた唇をワナワナとふるわせて、ベソをかかんばかりの表情になった。

(た、たすけて……)

我が子のためにと悲壮な覚悟をしたものの、今にもくじけそうになる。仁美は必死に子供のことを思った。

3

黙って志田に身をゆだねていることは、仁美には許されない。

「ああ……待って……」

布団の上へ押し倒そうとする志田に、仁美はふるえる声で言った。

「……き、昨日は……浣腸していただきありがとうございました……。つらかったけど、仁美、とっても感じました」

仁美の言葉に志田は押し倒すのをやめて、ニヤニヤと顔を覗きこんだ。

「か、浣腸だけでなく……お尻の穴を何度も愛していただき……仁美、とっても幸福ですわ。仁美、何度もイッたわ……」

「フフフ、浣腸や肛門セックスがそんなに好きとはな」

「は、はい……仁美、いつも浣腸されたい、お尻の穴を愛されたいと思っていたんです。夫はしてくれなくて……」

仁美はすすり泣く声で、野田に教えられた言葉を口にした。

もうこれ以上は言えないと言うように、仁美は一瞬、瀬島と野田を見たが、すぐにまた眼をそらした。

「お、おねがい……今日も仁美のお尻の穴を責めてください……うんと恥ずかしくてつらいことをして……仁美、うんと気分を出してお相手しますから」

ようやく言い終えると、仁美は肩をふるわせてむせび泣いた。そしてそれが本心でないと言うように、弱々しくかぶりを振った。

「フフフ、今日は会議があるんだが、そこまで言われてはこっちを優先させるしかないな。まったくたまらん牝だぜ」

志田はわざとらしく言ってパシッと仁美の双臀を張った。

「は、早く、仁美のお尻の穴を愛して……仁美をいじめて……」

仁美は野田に命じられた通りに、布団の上にひざまずくと、後ろ手縛りの上体を前へ倒して双臀を高くもたげた。

「まずどんなことからされたいのか、さっさと先生におねだりしないか、仁美さん」

「先生はおいそがしいところを、奥さんのために残ってくださるんだからな。グズグズするんじゃないぞ」

左右から瀬島と野田が意地悪く言う。

「ああ……」

仁美が布団を噛みしばる歯がガチガチ鳴り、高くもたげた双臀もブルブルふるえた。

志田がなにをしたがっているのかは見ればわかった。志田はすでに注射型のガラス製浣腸器を持って、グリセリン原液を吸いあげていた。

やはり浣腸を……仁美は恐怖と絶望に眼の前が暗くなる。それでも必死に気力を振り絞った。

「お、おねがい……仁美に浣腸してください……仁美を浣腸で泣かせて……」

「フフフ、私もちょうど浣腸してやりたいと思っていたところでね」

「う、うれしいわ……ああ、仁美、早く浣腸されたい……」

仁美はすすり泣きながら、高くもたげた双臀を悩ましく揺らした。それでも仁美の双臀のふるえはとまらず、肛門はおびえるようにキュウとつぼまるうごめきを見せた。

志田は千CCたっぷり吸いあげると、長大な浣腸器の先端を肛門に突き刺した。

「ひ、仁美、今日もまた浣腸されるのね……ああ……」

「フフフ、されたいのは浣腸だけじゃないだろ、雨宮仁美の尻は」

志田は荒々しく長大なシリンダーを押した。たちまちグリセリン原液は渦巻いて、ドッと仁美の肛門から注入されはじめた。

(ああッ、いやあッ……ひッ、ひッ……やめて……ううむ……)

胸の内で狂おしいまでに叫びながら、仁美は我が子のことを思った。

「あ、ああッ……いいッ……浣腸されているから、仁美たまらないッ……い、いいッ」

泣きながら悦びの声をあげてみせた。そして布団を噛みしばった。

「い、いいッ……」

おびただしく入ってくる薬液に、仁美の声は途中からひいひいと悲鳴になった。

「さすがに浣腸好きなだけあって、いい呑みっぷりだ、フフフ」

志田はたちまち、長大なシリンダーを底まで押しきった。

「うむ……ううむ……」

一気に注入され、仁美は早くも猛烈な便意におそわれている。

そんな仁美の耳もとで、野田がなにかささかんにささやいている。

「いやッ……ああ……」

叫んでかぶりを振った仁美だったが、また野田になにかささやかれると、

「ああ……し、してください……仁美のお尻の穴に入れて……ああ、漏れる前に入れてください」

仁美は泣きながら志田に求めた。

昨日はバルーンで栓をされ、今日は志田の肉棒で栓をされる。恐ろしさに、仁美はブルブルとふるえた。

便意の苦痛も加わって、仁美の双臀はとてもじっとしていられないように揺れたが、それは志田を誘っているようにも見えた。

「ひりだす前に肛門セックスをねだるとは、雨宮仁美も相当なマゾ牝だな、フフフ、こっちとしても望むところだ」

志田はガウンの前からたくましいものをつかみだした。

その先端を仁美の肛門に押し当てて、ジワジワと貫きはじめる。

「あ、ああッ……ううむッ……」

便意に耐えて引き締めた肛門を肉棒の頭に押しひろげられ、裂かれそうだ。そして押しひろげられたことで荒々しい便意は一気にかけくだろうとし、それを押しとどめて栓と化してめりこんでくる肉棒。いっぱいにのびきった肛門の粘膜が、肉棒に内へと引きずりこまれる。

「裂けちゃうッ……」

言葉にはならず、仁美はたちまちあぶら汗にまみれた。

「どうだ、入ってくるのがわかるだろ」

志田は肉棒の頭がもぐりこむと、ズブズブと根元まで沈めた。

「う、うむ……ううむ……」

仁美はキリキリと布団を噛みしばり、次には息もできないように口をパクパクさせ、そして耐えられないようにひぃーッと喉を絞った。

次の瞬間、電気でも流されたように仁美の裸身に激しい痙攣が走った。

「ひッ、ひいッ……イッちゃうッ……仁美、イクッ……」

仁美はガクガクと腰をはねあげ、ひいーッと喉を絞り、さらに二度三度と痙攣した。

「尻の穴に入れられただけでイッたのか、仁美さん。まったく好きだねえ」

「フフフ、なんと言ったって、奥さんは自分から肛門セックスをねだるくらいですからね。それにしても、入れられただけで気をやるとは、亭主の雨宮が見てたら妬きますよ」

見ていた瀬島と野田は、あきれたように言ってあざ笑った。それにしても貫かれるたびに敏感になる仁美の肛門には、圧倒される思いだ。

二人のからかいも聞こえないように、仁美はもうグッタリとして、ハァハァとあえぐばかりだ。

「フフフ、私を離すまいと尻の穴がクイクイ締めつけてくる。油断してたらひとたまりもないところだったよ」

志田はいっそう深く仁美の肛門を貫いたまま、両手で乳房を鷲づかみにして、仁美の上体を起こした。

「じっくりと尻の穴を犯してやるから、何度でも気をやってかまわんよ、フフフ」

仁美の乳房をタプタプと揉みこみながら、志田は言った。

仁美はまともに口もきけず、ハァハァと火の息を吐いてされるがままだ。

志田は仁美の上体を抱き起こしたまま、布団の上にあぐらをかいて仁美を前向きに乗せあげた。

「あ……う、うむッ……」

自分の身体の重みで、さらに肛門の結合が深くなって、仁美は、うめきに泣き声を交えた。

志田は両手で仁美の乳房をつかんだまま、ぐらつく女体を支えた。仁美の両脚は志田の左右の膝をまたいで開ききり、力なく揺れた。

「フフフ、やっぱり奥さんはオマ×コを濡らしてますよ」

「とろけきっているじゃないか、フフフ」

開ききった仁美の股間を前から覗きこんで、野田と瀬島はあざ笑った。

「となると、オマ×コにも欲しいんじゃないのかな」

志田がからかうように聞いたが、今の仁美は返事のできる状態ではなかった。

いつのまにか正面のフスマが開かれ、薄暗い奥の部屋があるのも、仁美には気づく余裕もなかった。

その奥の部屋に、なにかうごめくものがあった。それが柱に縛りつけられて猿轡をされた夫だとは、仁美はまだ気づいていなかった。

4

志田は仁美の乳房をつかんでいた両手を、開ききった股間へと移動させた。茂みをかきあげるようにしていっそう肉の割れ目を露わにし、さらに左右からつまむようにして開いた。

「フフフ、見ての通り、雨宮仁美は尻の穴を掘られて、オマ×コをビチョビチョにとろけさせている」

志田はわざと大きな声で言った。奥座敷の仁美の夫に聞かせ、見せつけている。

「もっと気をやりたいか、雨宮仁美」

志田が聞くと、夫が見ているとも知らない仁美は、ガクガクとうなずいた。

「い、イカせて……もっといっぱい……」

頭をグラグラとさせて、息も絶えだえに言った。

それでなくても仁美は、さっき昇りつめた絶頂感がおさまっていない。また気がイキそうだ。出口を失った荒々しい便意さえ、仁美を追いあげる。

志田の指でひろげられた媚肉は、しとどに濡れてヒクヒクとうごめき、女芯をツンととがらせた。その奥の、たくましい肉棒で貫かれた肛門は、串刺しというのがぴったりのながめだ。

「フフフ、こんなに尻の穴で感じるとは、亭主は気づかなかっただろうな」

「これほど敏感な尻もめずらしいですよ。栓を入れられただけでイッたうえに、何度もイキたがってるんですからね」

「まったく亭主に見せてやりたいくらいですよね、フフフ」

執拗に仁美の夫に見せつけ、志田と瀬島の三人はゲラゲラと笑った。さっきからずっと夫に見られていると知ったら、仁美がどんな反応を見せるか、考えるだけでも笑いがとまらない。

「それじゃ、また気をやらせてやろう、フフフ、思いっきりイクんだ」

亭主の見ている前でな……と胸のなかでつけ加えた志田は、仁美の媚肉を指で開いたまま女芯をいじりながら、ゆっくりと仁美の肛門を突きあげはじめた。

「あ、ああッ……ううむ……たまらないッ」

たちまち仁美は狂ったように黒髪を振りたくって、泣きはじめた。

「たまらないほどいいんだろ、雨宮仁美」

「ああッ……い、いいッ……気持ちよくてたまんないッ……あ、あああ……」

「よしよし、こんなにオマ×コもヒクヒクさせて、こっちにも入れて欲しいんじゃなつられるままによがり、躍った。

「いいッ……ああッ、してッ、前にも入れてッ……仁美をサンドイッチにしてッ」

我れを忘れて叫ぶ間にも、また一気に絶頂がおそった。肛門から脳天へと電気を流され、たちまち灼きつくされていく。仁美は激しく痙攣した。

「またッ……ああッ、仁美、またッ……い、イッちゃうッ」

ひいーッと喉を絞って、仁美はガクガクと志田のあぐらの上でのけぞった。

あとはさらに痙攣を走らせつつ、白眼を剝かんばかりになって、のけぞらせた口の端から涎れを溢れさせる。

仁美の肛門のきつい収縮にドッと精を放ちたいのをこらえて、志田は後ろから仁美の顔を覗きこんだ。

「見事なイキっぷりだ。尻の穴で気をやる人妻か、フフフ、これじゃ男一人じゃものたりなくて、サンドイッチをねだるわけだ」

瀬島もニヤニヤと仁美の顔を覗きこんで、さらに追いつめにかかった。

「サンドイッチだけでいいのかな、仁美さん。男は三人いるんだよ、フフフ」

「ああ……三人でして……」

仁美はハァハァとあえぎつつ、男たちにあやつられるままに言った。もう頭のなかはうつろで、自分でもなにを言っているのかわからない。

「ほう、三人でとは。どこに入れて欲しいのかな、仁美さん」

「ああ……仁美のお尻の穴と……」

「尻の穴にはもう先生に入れてもらってるだろ、仁美さん。あと二つの穴だよ」

「……仁美の……オ、オマ×コと口に……入れて……」

「なるほど、尻の穴だけじゃなくて、オマ×コと口にも入れれば、同時に男三人を受け入れられる」

瀬島はわざとらしく言って、志田と野田がゲラゲラと笑った。

「もう一度、大きな声ではっきり言うんだ、雨宮仁美」

志田は仁美の黒髪をつかんで顔をあげさせ、奥の座敷のほうに向けた。

「ああ……おねがい……仁美のお尻の穴だけでなくて……仁美のオ、オマ×コと口にもして……三人同時に犯してください……」

仁美が言い終わるや、野田が奥の座敷の明かりをつけた。

そこにうごめくものに、仁美も気づいてハッとした。泣き濡れた瞳に、うごめくものが夫であるとわかったとたん、仁美はひいーッと絶叫した。

「いやあッ……あなた、あなたッ……ゆるしてッ」

すべてを夫に見られていたのだ。

「すごい、尻の穴が締まってくい切られそうだ、フフフ、これだから人妻を亭主の前で責めるのはたまらんねえ」

志田は顔を真っ赤にしてうなり、快感のうめき声をあげた。

「あなた、あなたッ」

仁美が夫を呼んで泣き叫ぶのも、嗜虐の欲情をそそる。

「フフフ、いいぞ、雨宮仁美。そうやって亭主を呼びながら、オマ×コも犯されて口もふさがれるんだ」

志田は仁美の肛門を深く貫いたまま、左右に開いた仁美の太腿を手で下からすくいあげるようにして、あぐらから片膝ずつ立てて中腰になった。

それを待っていた瀬島が裸になってあお向けになり、肉棒をつかんで待ちかまえる。

志田は仁美を抱いたまま、上からのしかかるようにした。

「いや、いやあッ……夫の前では、いやあッ……あなたッ」

「夫の前だからおもしろいんじゃないか、フフフ、ほれ、オマ×コに専務を咥えこむんだよ、雨宮仁美」

「いやあッ……ひッ、ひッ……あなたッ」

仁美は媚肉に触れてくる瀬島の肉棒に、魂消えんばかりの悲鳴を噴きあげた。いくら逃げようとしても、もう仁美の身体は力が入らず、腰は肛門を貫いた肉棒で杭のようにつなぎとめられている。

「ひッ、ひぃーッ……」

媚肉に分け入ってくる瀬島の肉棒に、仁美は絶叫した。

すでに火と化した身体に、さらに火花が走った。そして肉棒が入ってくるにつれて、薄い粘膜をへだてて肛門の肉棒とこすれ、バチバチと火花がショートする。

「ほうれ、入った、フフフ、亭主の見てる前でサンドイッチだ、雨宮仁美」

「夫を呼んで泣きながら、オマ×コはクイクイ締めつけてるじゃないですか、仁美さん。身体は正直だ」

志田も瀬島も仁美の上と下とで、できるだけ深く肉棒を押し入れた。

「た、たすけて……あなた……ああ、あなた……ゆるして……」

仁美は夫のほうを見ることができずに、半狂乱で泣きじゃくった。

夫の前で二人の男に二穴を犯される。妻としてこれほどつらいことはない。なのに仁美の身体は、ひとりでに前も後ろも肉棒をむさぼるようにうごめき、身体の芯が妖しく収縮をくりかえしはじめる。

(こんな……こんなことってッ……)

仁美はなす術もなく反応してしまう自分の身体が、信じられない。

だが、ニヤニヤと野田が肉棒も露わに近づいてくるのを見た仁美は、さらなる絶望におそわれた。

今度は野田の肉棒を口に咥えさせられるのである。

「いやあ……」

「フフフ、三人に犯されたいと言ったのは奥さんだぜ。さあ、希望通りしゃぶってもらおうか」

仁美の前に立った野田は、仁美の黒髪をつかんで肉棒をその悩ましい唇に押しつけると、一気に押しこんでいた。

「いや、いやあッ……やめてッ……う、うむッ、うぐ……」

仁美の悲鳴は、喉まで押しこまれて、途中からくぐもったうめき声に変わった。

「さあ、亭主の前で思いっきり気をやらせて、イキっぱなしにしてやろう、フフフ」

「仁美さんはマゾ牝だということを、亭主にいやというほど見せつけてやるんだ。雨宮仁美はもう我が社の接待牝になったということをね」

「うんと気分を出して、先生をはじめ三人とも満足させないと、いつまでも責めつづけるからな、奥さん」

三人が同時に仁美を責めはじめた。

「うむ、うぐぐ……」

仁美は狂ったようにのたうち、ふさがれた喉の奥でひいひい泣き叫んだ。

仁美の身体を使った肉の接待による業績と、政界とのコネクションによって、瀬島が会社の実権を握り、社長に就任したのは、それから間もなくだった。

III

一児の母・玲子

第一章　最初の獲物

1

六人目の犠牲者が出たというニュースを朝のテレビが報じていた。

この二カ月間に若い女性が次々と行方不明になり、しばらくして下腹部や乳房をえぐり取られた死体で発見されるという連続猟奇殺人事件である。

被害者の女性は女子大生やＯＬ、スチュワーデスなど美人ばかりという以外に共通性がなく、行方不明となった場所と死体発見場所も首都圏に広く散らばっている。警察の捜査は難航し、犯人の手がかりはまったくなかった。

これは変質者の無差別殺人だの、覚醒剤常用者の行きずり誘拐殺人だのと、評論家たちがテレビで勝手なことを言っている。

「気をつけろよ。玲子も美人だから」

テレビを見ながら朝食をとっていた夫が言った。

「心配いらないわ、あなた。若い女性ばかりでしょう。私はもう三十六歳ですもの」

玲子は夫にお茶を差しだしながら明るく笑った。結婚して五年、四歳になる娘がいる。玲子はこの事件と人妻の自分はまったく無縁だと思っている。

だが夫が心配するのも無理はない。結婚前に玲子は何度かストーカーにつけまわされたし、通勤電車のなかではよく痴漢に狙われた。結婚してからも、玲子に声をかけてくる男が多かった。

それだけ玲子が美しく、見事なプロポーションをしているということで、最近はそれにみがきがかかったようだ。

「しばらくの間、ミニスカートはやめたほうがいいんじゃないか」

出勤のしたくをしながら、夫はまた言った。

玲子は脚に自信があるのか、ミニスカートが好きだ。ミニスカートの玲子は人妻の色気も加わって、夫が他の男性の視線を気にするほどの美しさだった。

「心配性ね、あなたは」

玲子はまったく気にしていない。今日もまたミニスカート姿で、出勤する夫を子供送っていく。

といっしょに玄関まで見送った。

そのあとは朝食のかたづけをして、洗濯をすませてから、裕実を近くの幼稚園まで送っていく。

子供を幼稚園にあずけての帰り道、玲子の前に不意に小島があらわれた。

太った醜い体に額はすっかりハゲあがって、後頭部にしか髪がない。鼻の下にチョビひげをはやした小島肉店の主人である。

「最近はちっとも私の店に来てくれないじゃないですか、奥さん」

小島はニヤニヤと笑った。

肉のスーパーとして三カ月ほど前に駅前の商店街に進出してきていて、はじめは玲子もよく買いに行っていた。

だが、代金を払う時に手を握られたり、混雑している時に双臀を撫でられたり、そのうえ付き合って欲しいと迫られ、それ以来まったく行っていない。

玲子は小島が嫌いだ。あのいやらしい顔を見ると虫酸が走る。このところの連続誘拐殺人事件よりも、小島に会うことのほうがよっぽど気がめいった。

「本当はこの私と付き合いたいんでしょう、奥さん。それだけいい身体をして、亭主一人で満足できるはずがない」

無視して歩く玲子について歩きながら、小島は平然と言った。

これまで何度も玲子はきっぱりと断っているのに、なんとしつこく恥知らずの男か。

「私は肉屋なんで、上等の肉を見る眼は確かでしてね、ヒヒヒ、奥さんのそのムチムチの身体は極上品ですよ」

「変なことを言うのは、やめてください」

小島の言葉をさえぎるように、玲子は立ちどまって振りかえった。

「お断りしたはずです。私には夫がいます。そんな話は失礼ですよ。もうつきまとわないで」

玲子はキッと小島をにらんだ。

小島はニヤニヤと笑って、鼻の下のチョビひげをピクピク動かした。その眼がミニスカートから露わな太腿を舐めるように這い、ブラウスとミニスカートの上から玲子の裸を見るようないやらしさだ。

玲子は背筋に悪寒が走り、急いでその場から立ち去ろうとした瞬間、後ろから小島にスーッと双臀を撫でられた。

「なにをするのですかッ」

思わず玲子の手が小島の頬を打った。

「まったく気の強い奥さんだ、ヒヒヒ、しかもイキがいい。私は一度狙った肉は、必ず手に入れてきたんですよ」

小島はまったく動じない。

玲子は小島に気を取られていて、横道から小島肉店の運搬車があらわれたのに、気がつかなかった。背後の気配に玲子がハッと振りかえった時には、小島肉店の若い店員が二人、肉運搬車の後ろの扉を開くところだった。

ただならぬ気配に危険を感じた玲子は、思わず逃げようとした。

だが、それよりも先に小島は玲子に抱きついた。ハンカチを玲子の口に押し当てる。

「うむ、ううむッ」

玲子はふさがれた口のなかで悲鳴をあげ、小島の手を振りほどこうともがいた。

ちょうど通勤通学の時間帯が終わった直後とあって、通りに人影はなく、周囲の家も玲子に気づかない。

(た、たすけて……)

クロロホルムをしみこませたハンカチに意識を遠のかせながら、玲子は叫び続けた。

すぐにグッタリとなった玲子を、若い二人の店員がすばやく肉運搬車のなかへ運びこんだ。

「ヒヒヒ、素直に私のものになっていればいいものを」

小島はニヤニヤと笑いながら玲子の両手を前でひとまとめに縄で縛った。

そしてグッタリと気を失った玲子を、車の天井のフックに両手首を縛った縄をひっかけて吊った。

玲子の身体は両手を天井にあげる格好で、一直線にのびた。まわりには玲子の身長と同じほどもある牛肉の塊りが、いくつも吊られている。

「極上の肉が手に入ったぞ、ヒヒヒ、これまでの肉のなかでも一番じゃ」

小島は玲子を見つめながら、うれしそうに何度も舌なめずりをした。

そして玲子の黒髪をつかむと、ガックリ首を垂れている美しい顔をあげさせた。

まるで眠っているようだったが、間近で見る玲子の顔は、ゾクッとくるほど美しい。

小島は玲子の半開きの唇をペロリと舐めた。さらに唇にしゃぶりつきたいのをグッとこらえた。ブラウスを脱がそうとする手もふととまった。

「眼をさましてからにするか。反応がなくてはおもしろくない、ヒヒヒ」

小島は低くつぶやくと、欲情の昂りをこらえるように、フウーと大きく息を吐いた。

そうこうしているうちに、肉運搬車は小島肉店の裏から地下駐車場へと入った。

駐車場の奥は肉の解体処理工場になっていて、地下での肉の解体、一階では肉の販売までラインに乗って処理できるシステムである。

コンベアーのフックにひっかけると、肉運搬車の肉の塊りも玲子も、自動的に工場のなかへと運ばれていく。肉の塊りはいったん冷蔵室へと運ばれるが、玲子の身体は途中でおろされ、肉解体用のフックにひっかけられた。

グッタリと意識のない玲子の身体が、両手をフックで吊られ、まっすぐにのびて、爪先が床から浮いてゆらゆらと揺れた。

「ヒヒヒ……」

小島は吊られた玲子のまわりをゆっくりとまわって、うれしそうに笑った。

今日は小島肉店は定休日なので、小島と若い二人の店員以外、解体処理工場に人の姿はない。

「それにしてもいい女ですね、社長」

「社長が言うように、こりゃ今までで最高の肉かもしれねえ」

若い二人はなにやら準備しながらチラチラと欲情を剝きだしの眼で玲子を見て、声をうわずらせて言う。

「それじゃはじめるか、ヒヒヒ」

小島はニンマリとすると、気つけ薬を玲子にかがせた。

ううッとうめいて頭を振り、玲子はうつろに眼を開いた。

すぐには状況が呑みこめない玲子だったが、ニヤニヤと笑っている小島と自分の手が吊られていることに気づくと、ハッと美しい顔をひきつらせた。

「こ、これはどういうことなんですかッ……ほどいてください……ここはどこなのッ」

「ヒヒヒ、ここは肉を解体して商品になるように処理をほどこす工場ですよ」

小島は思わせぶりに言った。

玲子の唇がワナワナとふるえた。

天井のコンベアーから垂れさがって並んだ大きな鉄のフック、そして解剖台のような大きなステンレスの台、肉を切るための道具や機械も並び、床は一面のタイル張りだ。部屋にはひとつも窓がなかった。

「こんなところで、どうしようと言うのですか……早くほどいてください」

「ここで極上の肉をじっくり調べようと思いましてね、ヒヒヒ、これまでいろんな肉を扱ってきたが、人妻の肉は初めてなもんでね、奥さん」

玲子はすぐにはなにを言われているかわからなかったが、小島の言葉には恐ろしくていやらしい響きがあった。

「それじゃまず裸になってもらうかな」

「そんなッ……そんなことをして、ただですむと思っているのですか」

「ヒヒヒ、奥さんはもう私の店で仕入れた肉、どうしようと勝手です」

小島は手をのばして玲子のブラウスに触れ、ボタンに指をかけた。

玲子は悲鳴をあげて逃れようと身を揉んだが、吊られた身体はむなしく宙に揺れただけであった。

「こりゃイキのいい肉だ、ヒヒヒ」

小島のもう一方の手が若い店員に向かってのび、その手にナイフが握られた。

ナイフは玲子のブラウスを胸もとから一気に切り裂いた。

「いやあッ……誰か、たすけてッ」

玲子が悲鳴をあげるのもかまわず、切り裂かれたブラウスがむしり取られ、つづいてミニスカートが切られて、床に落ちた。

スリップとパンストも切り裂かれ、玲子はブラジャーとパンティだけに剝かれた。

「女の肉はおっぱいと尻、そして股の間がもっとも重要でしてね、ヒヒヒ、まずは奥さんのおっぱいから」

「いやッ……やめて、やめてくださいッ」

「品定めをしないことには、肉屋の仕事にならないんで」

小島はブラジャーの肩紐をナイフで切り、後ろのホックをはずし、むしり取った。

「いやあッ」

玲子の悲鳴とともに豊満で形のよい乳房が、ブルンと重たげに揺れてあらわれた。

「こりゃ見事だ。八十七センチはあるかな、ヒヒヒ、乳首も小さくて綺麗で、とても子供がいるとは思えない」

小島の眼が玲子の乳房に吸いついた。若い二人もくい入るように見る。

いやいやと玲子がかぶりを振るたびに、豊かな乳房が艶めかしく揺れた。

小島は両手をのばすと玲子の乳房を鷲づかみにした。しっとりと乳房が手に吸いつく。タプタプと肉づきを確かめるように揉みこむ。

「やめてッ……いや、いやあッ」

吊られていては逃れようもなく、宙に玲子の身体がのたうった。

乳房だけでなく、初々しい色の小さい乳首にも小島の指はのびた。つまんで揉みこむようにしごく。

「あ、ああッ……いやッ……」

「気に入りましたよ、奥さんのおっぱい、ヒヒヒ、下はどうかな」

「いやッ、それだけはッ……」

小島の手がパンティにのびてくるのを感じて、玲子は悲鳴をあげた。

2

パンティもナイフで切り裂かれて、玲子は一糸まとわぬ全裸にされた。

「いやッ……いやッ……」

玲子は今にも泣きださんばかりにかぶりを振った。

吊られた身では乳房は隠しようもなく、いくら片脚をくの字にして太腿を閉じ合わせても、付け根の茂みは柔らかくもつれ合いながら露わになった。双臀も無防備に丸出しだ。

「ひいッ……いやあッ……」

小島が後ろへまわるのに気づいて、玲子は悲鳴をあげた。

「すばらしい……この尻の形と肉づき、八十九センチはあるな、ヒヒヒ」

まぶしいものでも見るように、小島の眼が細くなった。

玲子の双臀はムチッと半球のように形よく張って、官能味あふれる肉づきを見せている。臀丘の谷間は深く、そこから女の色香がムンムンと匂う。雪のように白くてシミひとつない。

「こんな見事な尻は見たことがないですよ、奥さん。いい肉だ。熟しきってちょうど食べごろ」

小島は両手でネチネチと玲子の双臀を撫でまわした。形を確かめるように撫で、肉づきを確かめるように指先をくいこませてつかみ、さらに肉量を測るように下から手のひらにすくいあげる。

「こりゃすげえ……フフフ、この尻なら高く売れるぜ」

「すぐに売っちゃ、もったいねえってもんだぜ。うまそうな尻しやがって」

若い二人もくい入るように玲子の双臀を見て言った。

なんのことを言っているのか、今の玲子に考える余裕はなかった。いやらしく双臀に這う小島の手に、玲子はとてもじっとしていられず、悲鳴をあげて悶えつづけた。

「ヒヒヒ、奥さんのこの尻、私が予想していた通り、いやそれ以上の極上の肉ですよ」

小島はうれしそうに言った。しっとりと指に吸いつく肌、そして指をはじかんばかりの肉づき、玲子の双臀は小島をめっぽう満足させた。

「次は股の間を見せてもらうかな。奥さんのオマ×コと尻の穴もよく品定めしとかなくてはねえ」

肉屋では臓物も大事な商品でしてね……小島はそう言うと、若い二人に合図した。

若い二人はニヤッと笑うと、左右から宙に浮いた玲子の足首をつかんだ。

「そんなッ……いや、いやあッ」

玲子は両脚を開かされると知って絶叫した。

必死に両脚に力をこめたが、ジワジワと左右の足首が開かれはじめた。

「いや、いやあッ」

悲鳴とともに玲子の両脚があらがい宙に波打った。

足首が、膝が、そして押しつけすり合わせている太腿が左右に割れていく。しかも玲子の両脚は開かれながら上へ持ちあげられ、手首だけでなく足首も吊られた格好にされた。

「ひッ、ひいッ……いやあッ……」

ガクンと太腿を開かれて、玲子は悲鳴をあげて泣きだした。

内腿にしのびこむ外気とともに、小島のいやらしい視線がもぐりこんでくるのが、玲子は痛いまでにわかった。大きく割り開かれた玲子の内腿の筋が、浮きあがってヒクヒクと痙った。

「ヒヒヒ、これで奥さんの肉はなにもかも丸出しだ」

小島はニヤニヤと覗きこんで、茂みを指でかきあげるようにした。

ひいッと悲鳴をあげ、玲子の腰がせりあがった。

「やめてッ……いやッ、見ては、いやあッ」

「ヒヒヒ、オマ×コも尻の穴もよく見えますよ、奥さん」

「いやあッ……見ないでッ……いや、いやッ」

玲子は我れを忘れて泣き叫び、腰をガクガクと揺さぶりたてた。

だが、小島の指は蛭のように吸いついた。媚肉の割れ目を指で押しひろげ、秘められた柔肉を剥きだす。

そして玲子の媚肉の構造を確かめるように、肉層をまさぐりはじめた。肉襞のひとつひとつをなぞるようだ。

「綺麗なオマ×コだ。とても子供を産んだとは思えない、ヒヒヒ」

「いや、いやあッ……触らないでッ……ひッ、ひいッ……」

玲子は泣きじゃくり、女芯まで剥きあげられると、ひいひい悲鳴をあげた。

ほんの少し肉芽に触れるだけで、玲子はひいーッとのけぞって腰をはねあげた。

「敏感そうだ、ヒヒヒ、触るのはここだけじゃないよ、奥さん。こっちの肉もなかなか人気があってね」

不意に小島の指先が玲子の肛門へすべった。

「ひいッ……いやッ、そんなところ、いやあッ……ひッ、ひッ……」

玲子の泣き声と身悶えが一段と激しくなった。まさかそんなところまで触れられるとは、玲子は思ってもいなかった。

「いやッ……そこは、いやッ……ああ、手をどけてッ」

肛門をゆるゆると揉みこまれて、玲子はおぞましさに胴ぶるいしながら泣き声を高くした。

「可愛い尻の穴だねえ、奥さん。どうやらここは亭主にもいじらせてないようだ」

小島はゆるゆると揉みこみながら、玲子の肛門の吸いつくような妖しい感触を楽しんだ。おびえるようにキュッ、キュッとすくみあがっては、ヒクヒクとあえぐ。

「い、いや……ああ、いや……」

排泄器官をいじられるという異常な感覚に、しだいに玲子の泣き声も身悶えも力を失って弱々しくなっていく。あまりの異常さに、あらがう気力も萎えていく。

「すばらしい……実にすばらしい……極上の肉だ」

小島は玲子の肛門を揉みこみつつ、うなるように何度も言った。

そして若い二人に向かって、目で合図した。

二人はうわずった笑い声をあげて、ニンマリとうなずいた。小島がなにも言わなくても、段取りはわかっている。

「これほど美人でいい肉の女もめずらしいぜ。まったくいい女だ、へへへ」

「味のほうもよさそうだぜ、楽しみだな」

二人はそんなことを言いながら、玲子の足首をつかんだまま、もう一方の手で左右から玲子の上体を抱き支えるようにして、手首の縄を天井のフックからはずした。

そのまま玲子の身体を大きなステンレスの台の上へと運ぶ。ステンレスの台の上に玲子をあお向けに横たえ、すばやく両手は頭の上にあげさせ、手首の縄を台の上の鉄の輪につないだ。

両脚はまっすぐ天井へ向けてVの字に開かせ、足首を天井から垂れている鎖に革ベルトでつないだ。

その間も小島の指は玲子の肛門に吸いついて、ゆるゆると揉みほぐしつづける。

「いやッ、ああ、もう、やめて……なにをしようというの……」

玲子の声は新たな不安におびえてふるえた。だがそれは、肛門を揉みこんでくる小島の指のせいで、すすり泣いているようだ。

「ヒヒヒ、この台の上ではなにをするか、わかるかな、奥さん」

しつこく肛門をいじりながら、小島は意地悪く玲子の顔を覗きこんだ。

いやッと玲子は小島から顔をそむけた。全裸にされ、股間を開かれて肛門をいじられながら、顔を見られるのはたまらない。

「この台の上では肉の内臓を綺麗に洗い流すんですよ、ヒヒヒ、とくに腸のなかなんかをねえ、奥さん」

「………」

この男はなにを言っているのか。

その玲子の眼に、若者のひとりが一升瓶ほどもある巨大な注射器のようなものを持って小島の前に置くのが見えた。

「これを使って腸のなかを綺麗にするんですよ。牛用だからね、でかいでしょう、この浣腸器」

小島は巨大な浣腸器を玲子によく見せつけるように若者に言った。恐怖のせいか、玲子の肛門がキュウと引き締まるのが小島の指先に感じられた。

「………」

玲子はすぐには声が出ない。

そんな巨大な浣腸器を使われるのだろうか。玲子は気が遠くなりそうだ。

3

小島は玲子の肛門が揉みほぐされて、フックラと柔らかくなりはじめると、おもむろに指を沈めにかかった。

「あぁッ……いや……ひぃーッ」

玲子の喉に悲鳴が噴きあがった。そんなところに指を入れられるなど、玲子は一度も経験がない。

「取ってッ……ああ、指を取ってッ」

「ヒヒヒ、もう指の付け根まで入ってるよ、奥さん」

「ひぃーッ……」

玲子が喉を絞るたびに、肛門がクイクイと小島の指をくい締めた。

「こんなふうにあの浣腸器が奥さんの尻の穴に入って、あとは薬をドクドクと」

からかいながら指をまわすと、玲子は黒髪を振りたくってひいひい泣いた。

「ヒヒヒ、今朝はもう奥さんはトイレに行ったのかな」

「いや、指を……ああ、いやあッ……も、もう取ってッ……」

「尻の穴もほぐれたことだし、奥さんのムチムチの肉を腹のなかまで綺麗にしてあげますよ。いい肉ほど念入りに奥まで洗浄しなくてはねえ、ヒヒヒ」

小島は指をまわし抽送し、玲子の肛門をこねまわしてから、ようやく指を抜いた。

すぐに若者から巨大な浣腸器を受け取り、指にかわってガラスのノズルで玲子の肛門を貫く。

「い、いやあッ……そんなこと、いやッ……ああ、やめてッ」

浣腸の恐怖がドッとよみがえって、玲子は泣き叫んだ。

「そんなこと、狂ってるわッ……いや、いやあッ……たすけてッ」

「ヒヒヒ、仕入れた肉の内臓をここで洗浄することもあるんですよ。奥さんほどいい肉だと洗浄しがいがある」

「いやッ……いやあッ……」

この男は恐ろしい変質者なのだ。玲子をまるで牝牛や牝豚の肉と同じように扱う気なのだ。

小島はノズルで玲子の肛門をこねまわしながら、すぐには注入しようとはしない。玲子の肛門の感触と、玲子がおびえ泣くのを楽しんでいる。

「厚次、達也、奥さんのおっぱいをたっぷり揉んでやれ」

小島に言われて若い二人は、大喜びで左右から玲子の乳房に手をのばした。タプタプと揉みこみ、乳首をつまみ、口に含んでしゃぶる。

それでも玲子への浣腸も見たいのか、眼だけは玲子の開ききった股間に向けられた。

「いやッ……ああ、やめて……」

肛門をノズルでこねまわされるだけでなく、左右から乳房までいじめられて、玲子の泣き声が大きくなった。

「た、たすけてッ……あなたッ……」

逃れる術がないとわかった時、玲子は思わず夫に救いを求めた。

「あなたか、ヒヒヒ、やっぱり人妻だねえ、そそられますよ、奥さん」

小島は舌なめずりをすると、できるだけ深くノズルで玲子の肛門を貫いてから、ゆっくりと長大なシリンダーを押しはじめた。

「あ……ああッ、いや……い、いやあッ……」

ビクッと玲子の動きがとまり、次に魂消えるような悲鳴が噴きあがった。玲子は狂ったように黒髪を振りたくる。

ズーンと入ってくる薬液のおぞましさに、玲子は総毛立った。まるでなにか得体の知れない生き物が入ってくるようだ。

「いや、入れないでッ……あ、ああ……あむむ……」

ひとりでに腰がよじれ、歯がカチカチと鳴りだし、玲子のひッ、ひッという悲鳴に泣き声が混じった。

「たっぷりと入れてやるからね、奥さん。途中で漏らすんじゃないよ」

「……いや……ゆるして……」

「うんと効いて綺麗になるように、グリセリンは原液にしたんだよ、奥さん。千八百CC全部呑むんだ」

「いやあッ……あ、ああッ、そんな……ひッ、ひッ……やめてッ……」

ズーンと入ってきたグリセリン原液は、途中からビュッ、ビュッと二十CCぐらいに区切っての断続的な注入に変わった。

「ああッ……ひッ、ひッ……ああッ……」

断続的な注入に合わせて、玲子は泣き声をあげて吊りあげられた両脚をうねらせた。とてもじっとしていられない。

「ヒヒヒ、まったくイキのいい肉だ」

小島があざ笑えば、

「いい顔してますよ、社長。洗腸されてこれだけ色っぽい肉は、初めてですね」

「へへへ、おっぱいの先も硬くとがってきて、かなり敏感ですぜ。この肉は」

厚次と達也も玲子の乳房をいじりながらニヤニヤと笑った。

そんな話も、もう玲子にはまともに聞こえていない。しばらく断続的に注入されてから、また二百CCほどズーンと注入され、そしてまたビュッ、ビュッと区切っての注入をくりかえされる。

「あ、あ……もう、入れないで……これ以上されたら……」

「これ以上入れられたら、どうなるのかな、奥さん」

「ああ……ゆるして……」

いつしか玲子は息も絶えだえで、悲鳴も途切れてすすり泣きにうめきが混じるようになった。

グリセリン原液を注入されるにつれて、ジワジワと便意がふくれあがって、それが玲子にさらなる恐怖を呼ぶ。しかも便意はますます激しくなるばかり。

「ああ……も、もう、いや……う、ううむ……」

玲子の身体はあぶら汗にまみれ、ブルブルとふるえがとまらなくなった。いくら歯を噛みしめて耐えようとしても、歯がガチガチと鳴ってしまう。

「もう、だめ……ああ、ほどいてッ……」

玲子は縄を解こうともがいた。今トイレに向かわないと耐えられなくなる。

「まだまだ、肉をすっかり綺麗にするには全部入れなくてはねえ、ヒヒヒ、それにまだ半分しか入っていない」

小島はあざ笑い、長大なシリンダーを押すのをやめようとせず、厚次と達也も玲子の乳房をいじるのをやめない。

「ほどいてッ……は、早くッ……」

玲子の声がひきつった。

小島を見る玲子の美貌は乱れ髪を汗でまとわりつかせ、まぶたをひきつらせて唇を噛みしばり、表情が切迫している。

「途中で漏らしたら、今度は倍の量を入れるよ、奥さん」

そう言いながらも、初めての大量浣腸で玲子がそう長い時間もたないことは、小島にもわかっている。玲子の表情を見れば、限界に迫っていることは明らかだ。

「ほうれ、どんどん呑むんだ、奥さん」

小島はグイグイとシリンダーを押して、注入の速度をはやめた。

「そんなッ……ああ、いやッ……うむ、ううむ……お腹が……」

グルルと玲子の腹部が鳴った。もう玲子の裸身はあぶら汗にびっしょりで、ツーッと流れる玉の汗がステンレスの台まで濡らす。

「う、うむ……たすけて……」

玲子は荒れ狂う便意に眼の前が暗くなった。

（もう、いや……もうすませて……）

今にも爆ぜそうな肛門を必死に引き締めているのがやっとだ。

「これは驚きだ。最後までもつとは、さすがにいい尻をしているだけのことはある」

シリンダーを底まで押しきって、小島はうなるように言った。

「最初の浣腸で途中で漏らさなかったのは、奥さんが初めてですぜ、社長」

「それだけ尻の穴の締まりがいいということか。たいした尻じゃないですか、社長」

厚次も達也もびっくりしたように言った。

玲子は泣きながら腰をよじった。

ブルブルと汗まみれの裸身のふるえがとまらず、必死に引きすぼめる肛門も今にも内からふくらむように痙攣した。

「……お、おトイレに……」

今からではトイレまで耐えられないとわかっていても、玲子は気力を振り絞って言わずにはいられない。

「ここで出すんだ、奥さん。腹のなかがちゃんと綺麗になったか見なくてはねえ」

小島はあざ笑うように言って、くい入るように玲子の肛門を見つめた。厚次と達也もいっしょになって覗きこむ。

「いや……ここでは、いや……ううむ、おトイレに……」

玲子は蒼ざめた唇をふるわせ、弱々しくかぶりを振った。

愛する夫にも見せられない排泄行為。だが、荒々しい便意に、もう玲子は耐えられない。

「ここでは、いや……」

必死に気力を振り絞ったが、玲子の肛門は内からふくらみはじめた。

耐える限界を超えた便意が、ショボショボと漏れはじめる。

「だめ……ああッ、いやあ……み、見ないでッ……ああッ……」

堰を切った奔流は、玲子の号泣とともに一気にドッとほとばしった。

第二章　媚肉の試練

1

おびただしく排泄されたものを、達也がホースの水で洗い流した。

「ヒヒヒ、もうすっかり絞りきったのかな、奥さん。まだならもっと浣腸して綺麗にしなくてはねえ」

小島はニヤニヤと玲子の肛門を覗き、そして顔を覗きこんだ。

玲子の肛門は排泄の直後とあって腫れぼったく腸襞までのぞかせて、おびえているのかヒクヒクしている。

汗の光る美貌は、排泄まで見られたショックに血の気を失い、固く両眼を閉じてハァハァと半開きの唇であえいでいる。

「それにしても派手にひりだしたじゃないですか」

「奥さんの尻の穴の締まり、そしてひりだす時の開き具合い、社長好みのとびきりのアナルですね」

厚次と達也が小島に言っても、玲子は聞こえていないのか反応がない。

「ヒヒヒ、なかを調べるぞ」

小島に言われて厚次と達也が用意したのは金属の医療器具二つだ。

小島は両手にそれぞれ持った。両方とも金属のくちばしの付け根にハンドルがついていて、一方はくちばしの部分が大きく、もう一方は細長い。

その大きいくちばしのほうを、小島はおもむろに玲子の割れ目に分け入らせ、膣に挿入した。

「ああ……」

金属の冷たさに玲子はビクッとふるえ、うつろに眼を開いた。

「子供を産む時に産婦人科でこんなのを使われたことがあるでしょう、奥さん」

小島はもうひとつの器具を玲子に見せつけながら、媚肉に深く埋めこんだ金属のくちばしを動かした。

玲子はハッとした。

「い、いや……そんなもの、使わないで……」

「奥まで調べると言ったでしょう。膣拡張器で奥さんのオマ×コの肉をじっくり見せてもらいますよ。肉の価値を決めるうえで、とても重要なことでしてね、ヒヒヒ」

「やめて、そんなこと……」

信じられない小島の言葉だ。

不意に玲子のなかで金属のくちばしがジワジワと開きはじめた。玲子の膣を内から押しひろげていく。

「あ、ああッ……いやッ……いやッ……」

玲子は悲鳴をあげてキリキリと歯を噛みしばった。

「う、うむ……やめて……」

秘められた柔肉が押しひろげられて、外気にさらされていく。外気だけでなく、男たちの視線にもさらされていく。

吊りあげられた玲子の両脚が、ブルブルとふるえ、内腿の筋がピクピク痙る。

「ヒヒヒ、奥さんの子宮口が見えてきた」

小島は意地悪く教えた。

パックリと開いた金属のくちばしが、玲子の柔肉を押しひろげて、その奥に子宮口のピンクの肉環を見せている。ヌラヌラと光って、妖しい女の匂いがムッとたち昇る。押しひろげられた肉襞はじっとりとして、ヒクヒクとうごめいている。

「奥さんはオマ×コの奥までいい肉だ。襞も多くて色も綺麗だし、子宮もなかなか、ヒヒヒ」

「まるでバージンみてえじゃないですか、社長。うまそうですぜ」

「こういうのを見せられりゃ、子宮のなかまで入れたくなるってもんだぜ、へへへ」

小島と厚次と達也はライトでさらにクッキリと奥まで照らして、くい入るように覗きこんだ。

「いや……ああ、いや……」

玲子は右に左にと頭を振り、またすすり泣きだした。

小島はじっくりと覗いてから、媚肉を膣拡張器で生々しく開いたまま、もう一方の器具を玲子に見せた。

「言い忘れたけど、これは尻の穴を開くものでしてね、ヒヒヒ、奥さんの尻の奥まで調べさせてもらいますよ」

玲子は息がとまってすすり泣きが途切れ、泣き顔が戦慄にひきつった。

「ゆるして、そんなことッ……いやッ、お、お尻は、いやッ……」

玲子は泣きながら叫んだ。

それをあざ笑うように、肛門拡張器の細長い金属のくちばしが、玲子の肛門に押し当てられた。

排泄の直後とあってまだゆるんでいる玲子の肛門は、妖しい柔らかさで金属のくちばしをスムーズに受け入れていく。

「あ、ああッ……ひいッ……ひいーッ……」

薄い粘膜をへだてて肛門の金属のくちばしが、膣の金属のくちばしとこすれ合い、玲子は悲鳴をあげた。

さらに肛門で細長い金属のくちばしが開きはじめると、引き裂かれるような痛みがおそった。

「やめてッ……裂けちゃう……」

「大丈夫ですよ、奥さん。私は肉屋なんで、女の肛門がどこまで開くか、限界はよく知ってますよ」

「いや、いや……う、ううむ……」

たちまち玲子は声も出せず、満足に息もできなくなった。

それでもジワジワと肛門が開かれ、金属のくちばしが粘膜をへだてて膣拡張器に触れると、玲子は耐えきれないようにひいッ、ひいーッと喉を絞った。

膣だけでなく肛門まで開かれて、玲子は解剖されているみたいだ。

もう玲子の肛門の粘膜は内からいっぱいに押しひろげられて、ミシミシときしむ。

「……た、たすけて……」

玲子はうめき、ハァハァと息も絶えだえにあえいだ。

「ヒヒヒ、尻の穴も見事に開きましたよ、奥さん。これでオマ×コとアナルの、肉の穴が二つパックリだ」

小島はニヤニヤと覗きこんだ。

「腸のなかは浣腸で綺麗になってるようですぜ、社長」

「こりゃすげえ眺めだ。オマ×コもいいしアナルもいい。どっちもいい肉しやがって」

いっしょになって覗きこんだ厚次と達也が、うわずった声で言った。

美貌の人妻が、媚肉と後ろの肛門を同時に開かれている姿は凄絶な生々しさだった。

「反応のほうはどうかな、ヒヒヒ」

小島は筆を一本取りあげた。

「わしはこっちでお前たちはオマ×コじゃ」

そう言って肛門拡張器の金属のくちばしの間から、筆の穂先を玲子の直腸へと挿入する。

厚次と達也もすぐに筆を手にして、左右から生々しく開いた玲子の媚肉をまさぐりはじめた。

「あ、ああッ……いや……ああッ……」

直腸をまさぐってくる筆と、膣のなかを這う二本の筆、その妖しい感覚に戦慄する。まるで三匹の虫がうごめいているようだ。その感覚が身体の芯をしびれさせる。玲子は身体がひとりでに熱くうずきだすのをどうしようもなかった。

(そんな……ああ、だめ……だめよ)

いくらそう思っても、夫との愛の営みで培われた人妻の性が、ジワジワと反応してしまう。

「あ、ああ……ああ……」

玲子は自分の身体のなりゆきが信じられない。

こらえようと思うほどにかえって神経が集中して、熱いうずきがドロドロと肉をとろかせはじめる。

「へへへ、社長、奥さんのオマ×コの肉がいい色になってきましたぜ」

「ヒクヒクしてお汁も出てきやがった、へへへ、もう筆がびっしょりだ」

厚次と達也はあざ笑うように言って、さらに二本の筆で玲子の膣襞をまさぐっていく。奥の子宮口を穂先でなぞると、たちまち反応が露わになった。

「あぁッ……やめてッ……あ、あああ……」

「ヒヒヒ、色っぽい声を出しはじめたね、奥さん。肉がとろけてきた証拠だ」

小島もしつこく玲子の直腸をまさぐった。押しひろげられた肛門の粘膜に穂先を這わせたと思うと、次には深く二十センチほども挿入して腸腔をまさぐった。

玲子の泣き声とともに、肛門が金属のくちばしを押しひしがんばかりにうごめき、腸襞がヒクヒクするのが小島の眼を楽しませた。

「あ、あ……も、もう……あああ……かんにんして、あうッ……」

媚肉からジクジクと溢れはじめた蜜が、いつしか肛門にしたたって、奥へ吸いこまれる。

2

玲子は汗の光る裸身を匂うようなピンクにくるませて、すすり泣きのなかに息も絶えだえにあえいだ。

もう三十分近く筆でいたずらされているとはいえ、いやらしい小島たちによって身体が反応させられたことに、玲子はひどく狼狽して懊悩した。

（だめ……ああ、こんな男に……）

感じてはだめ……といくら気力を振り絞ろうとしても、ふくれあがる官能に負けて、情けないまでに気力は萎えてしまう。

「ヒヒヒ、敏感な肉をしてるじゃないですか、奥さん。やはり人妻の熟れた肉は違う」

小島は満足げに言うと、ようやく玲子の直腸から筆を引いて、じっとりと濡れた穂先をおいしそうにしゃぶった。

厚次と達也も筆を引き、ベトベトの穂先を意地悪く玲子の鼻先に突きつけた。

「ほれ、こんなに濡れてるぜ、奥さん。いやらしいんだな。いやがってたのに、こんなにベトベトだもんな、へへへ」

「もっとして欲しいとオマ×コはまだヒクヒクしてるぜ。好きな身体しやがって」

あざ笑っても、もう玲子はなにも言わずに眼をそらして、弱々しくかぶりを振るだけだ。

「これで奥さんの肉がどこも極上だということは、よくわかりましたよ。店に出せばキロあたり十万円はつくかな」

小島は玲子の身体から膣拡張器と肛門拡張器を引き抜いた。

厚次と達也がすばやく玲子の手足の縄を解くと、両手を背中へ捻じあげて今度は後ろ手に縛る。豊満な乳房の上下にも縄はまわされ、容赦なく肌にくいこんだ。

「う、うむ……」

若い者二人ではあらがう術もなく、玲子は歯を噛みしばってうめいた。

抱きかかえられた玲子は、後ろ手に縛った縄尻を天井のフックにひっかけられて、爪先立ちに吊られた。

そして達也に後ろから抱きあげられ、左右の膝の裏にかけられた手で両脚を大きく開かされた。赤ん坊をおしっこさせる格好だ。

「やめて、いやッ……ああ、これ以上、なにをしようと言うの……」

おびえる声をあげる玲子の前で、厚次がニヤニヤと笑いながら服を脱ぎはじめた。よくきたえられ、がっしりした肉体と日焼けした肌、たくましく剝きだされた肉棒は天を突かんばかりである。

「ひいッ」

玲子の瞳が凍りついた。

「厚次のは立派でしょう、奥さん。亭主のよりずっと大きいはず、ヒヒヒ、今日は人妻を味わえるとあって、いつもより張りきっているようだ」

小島がニヤニヤと玲子の顔を覗きこんで言った。

「いや、いやあッ……それだけは、いやあッ……いやあッ……」

はじかれるように玲子は泣き叫んだ。

達也の腕のなかでかぶりを振り、下からすくいあげられて開かれた両脚の爪先が宙を蹴った。

「ヒヒヒ、肉をもっとおいしくするにはさらに熟させることが必要でしてね。それには男の精が一番、奥さんのホルモン分泌も多くなるんでね」

「奥さんだって本当は欲しいんだろう。オマ×コはとろけきってヌルヌルのくせして」

小島と達也があざ笑った。

厚次はニヤニヤして、玲子に見せつけるように肉棒をつかんで揺さぶった。さらにムクムクと大きくたくましくなる。

「ひいッ……いや……いやですッ……ゆるしてッ……それだけはッ、夫がいるんです……かんにんしてッ」

「夫がいるのはわかってますよ、ヒヒヒ、その奥さんが夫以外の男でどこまで肉をとろけさせるか」

「いやあッ」

ゆっくりと厚次が近づいてくるのに気づき、玲子の美しい眸が恐怖に吊りあがった。

達也はさらに玲子の太腿を開いて待ちかまえる。

その中心にはしとどに濡れた玲子の媚肉が、内腿の筋に引かれてほぐれ、あえぐようにに充血した肉襞をヒクヒクさせた。

「いやッ、たすけてッ……ああ、あなたッ」

玲子はまた、夫に救いを求めた。

それをあざ笑うように、灼熱が玲子の露わな媚肉に触れた。

「ひぃーッ」

焼き火箸でも押し当てられたように、玲子は悲鳴をあげた。

厚次と達也は、小島がよく見えるようにゆっくりとことを進めた。

ジワジワと肉棒の頭が割れ目に分け入って、柔肉を貫いていく。

しとどに濡れてとろけきった肉襞が、肉棒に巻きこまれて引きずりこまれていく。

「いやあ……ああッ、だめ……う、うむ……」

「どうやら亭主以外の男は、厚次が初めてらしいね、奥さん、ヒヒヒ」

「ゆ、ゆるして、あなた……」

玲子はひぃーッと泣いた。

「へへへ、いい声だぜ、奥さん。俺のが入っていくのがわかるだろ。うんと深く入れてやるからな」

厚次はうれしくてならない。ぐいぐい玲子を貫いていく。後ろから玲子を抱きあげている達也も、それに合わせて微妙に玲子の身体の位置をずらし、できるだけ深くつながるようにする。

ズンと先端が子宮口を突きあげて、玲子はさらにひぃーッと悲鳴をあげ、のけぞるように白眼を剝いた。

「ヒヒヒ、見事につながりおった」

くい入るように覗いていた小島がニンマリとした。

たくましい厚次のものが、串刺しのように玲子の媚肉を貫いた。押しひろげられた柔肉が、ヒクヒクと肉棒にからみつく。

「どうかな、奥さん」

小島は玲子の顔を覗きこんだ。

玲子は返事をする余裕もなく、眼もうつろでグラグラと頭を揺らした。

(ゆ、ゆるして、あなた……ああ、あなた……玲子、もう……)

胸の内で玲子は叫びつづけた。

「ひッ……いや、いやあッ……」

ゆっくりと厚次が突きあげはじめ、達也も合わせて玲子の身体を揺らしだすと、玲子は悲鳴をあげて達也の腕のなかで身を揉んだ。

だが突きあげられるごとに、玲子の泣き声が弱々しくなって、あらがいの身悶えが徐々に変化しだした。

「ああ、いやッ……いや……」

成熟した人妻の性がリズミカルに送りこまれるものに、いやでも反応してしまう。

「奥さんは感じてきましたぜ、社長。クイクイからみついてきやがる」

「そんなにクイクイとからみついてくるか」

「こりゃたいしたもんですぜ、社長。並みの野郎じゃひとたまりもねえかも、へへへ、さすがの俺も油断できねえ」

「まだ精を注いでやるんじゃないぞ、厚次」

まかせておいてくださいと、厚次はニンマリとうなずいた。

そして厚次は両手を玲子の双臀へまわすと、グッと自分のほうへ抱きこみ、さらに深く玲子とつながった。

「そんなにいいのか、次が楽しみだぜ」

達也はニヤニヤと笑って玲子の身体から手を離した。もう抱き支えていなくても、玲子の身体は天井のフックにつながった後ろ手縛りの縄尻と、玲子の媚肉を深々と貫いた肉棒とで宙に支えられた。

達也は厚次の後ろへまわると、厚次の腰を締めつける格好の玲子の両脚を、足首をつかんで左右それぞれ縄で天井のフックから吊った。

「あ、ああ……ゆるして……」

玲子はもうなにをされているのかもわからない。

厚次の先端が子宮口をえぐらんばかりにくいこんで、それだけで頭もうつろになる。

グラグラと頭を揺らす。

「社長、準備ＯＫですぜ」

達也が言った。

小島はニヤリと笑うと、グロテスクな張型を取りあげた。

スイッチを入れると、内蔵されたバイブレーターが動き、張型がジーッと振動して頭がクネクネとうねりだした。

「ヒヒヒ、尻の穴ももっととろけさせてあげますよ、奥さん。私は肉のなかでもこのアナルのが大好きでしてね」

小島はうれしそうに言いながら、張型を手にして玲子の後ろにしゃがみこんだ。

3

下から覗くとドス黒い肉棒が柔らかい媚肉を深く貫いて動き、そのわずか後ろに玲子の肛門がヒクヒクとうごめいている。

それは先ほどの肛門拡張にまだ妖しくゆるんだまま、肉棒の動きに反応するようにキュウと引き締まっては、またフッとゆるんだ。

「ヒヒヒ、尻の穴もこいつを咥えたがっているじゃないか、奥さん」

ここでも小島は意地悪く、わざとグロテスクな張型を玲子に見せつけた。

「ひぃッ」

うつろな玲子の瞳が大きく見開かれ、わななく口に悲鳴がほとばしった。

「い、いや……そんなもの……」

「本当はもっといいものを入れてやりたいんだが、いきなりで裂けてはまずいので、これからはじめてあげますよ」

「ああ……かんにんして……」

小島は本当はなにを入れたがっているのか、媚肉を貫かれている玲子に考える余裕はなかった。

淫らな振動とうねりとが肛門に押し当てられて、ジワジワと沈みはじめた。

「やめて、そんなものッ……こ、こわいッ……あ……う、うむッ……」

玲子は厚次の腕のなかでもがいた。だが玲子の身体は媚肉を深く貫いた肉棒で、杭のようにつなぎとめられている。

しかも双臀にまわした厚次の両手が、玲子の臀丘の谷間を割りひろげて小島に協力する。

「ああッ、こわいッ……いや、いやッ……ひッ、ひいッ……」

玲子の肛門は淫らな振動とうねりとにジワジワ押しひろげられ、めりこんでくる感覚が玲子に悲鳴をあげさせた。

ゆっくりと入ってくる張型は、薄い粘膜をへだてて厚次の肉棒とこすれ合い、それがいっそう玲子を狂乱させた。粘膜がバチバチ火花を散らす。

「た、たすけて……こわいッ……」

叫ぼうとするのだが言葉にならず、玲子は半狂乱で泣きわめく。

おびえて肛門を引き締めれば、裂けるような感覚が強まり、張型の形を思い知らされる。ゆるめれば、どこまでも深く入ってきそうだ。

「ひぃーッ……ひぃぃ……」

玲子はブルブルとふるえて喉を絞った。

「こりゃすげえ。くい切られそうだぜ」

厚次がうなった。

「ヒヒヒ、尻の穴を責めればオマ×コの味もよくなるというわけか。さすがにどっちもいい肉をしているだけのことはある」

小島は深く張型を沈めた。張型の淫らな脈動とうねりとが玲子の肛門をこねまわし、媚肉にまで伝わる。

「この分だと、少し仕込めばすぐに社長の生身をぶちこめそうですね」

覗きつつ達也が言った。

「あせることはない。これだけの肉、じっくりと楽しまなくてはな、ヒヒヒ、時間をかければ、それだけ肉も成熟する」

小島はゆっくりと張型を抽送しはじめた。

それに合わせて厚次も再び玲子の最奥を突きあげはじめた。

「ひいい……」

玲子は白眼を剝いてのけぞった。

「や、やめてッ……ああッ、動かないでッ」

「うんと気分を出すんですよ、奥さん。それだけ肉の味もよくなる」

「いやあッ……ひッ、ひッ、狂っちゃうッ」

「狂うほどいいんでしょう、ヒヒヒ、狂っていいんですよ、奥さん」

玲子はわけがわからなくなっていく。前から後ろから股間がこねまわされて灼けただれ、身体中の肉という肉がドロドロになる。

「こりゃたいした反応だ」

見ていた達也も欲情を抑えきれなくなったように、後ろから玲子の乳房を鷲づかみにして、首筋や肩に唇を這わせはじめた。

「ああッ……ああッ……」

玲子の身体がブルブルと痙攣しはじめた。吊られている両脚も突っ張るように厚次の腰を締めつけた。

「どうした、奥さん。もうイキそうなのか」

「いやッ……」

玲子はかぶりを振ったが、もう身体の痙攣はとめられない。

「イクんですよ、奥さん。肉の味をよくするには気をやらなくてはねえ。ほれ、尻の穴が気持ちいいんでしょう」

小島は張型の動きを大きくした。

それに合わせて厚次も激しく玲子を突きあげていく。

「あぁッ……ひッ、ひいッ……」

玲子の反応が一段と露わになった。痙攣も生々しくなり、肉棒で貫かれた媚肉と張型でこねまわされる肛門までが、痙攣しはじめる。

次の瞬間、玲子の上体が後ろへのけぞり、身体の芯がきゅっと痙った。

「う、ううむッ」

玲子は内臓を絞るようにうめいて、キリキリと裸身を収縮させる。

前も後ろもくい切らんばかりに締めつけ、何度も激しい痙攣を走らせた。

そのまま意識が恍惚に吸いこまれたように、ガクッと玲子の身体から力が抜けた。

あとは余韻の痙攣のなかにハァハァとあえぐばかり。

「奥さんはイキましたぜ、社長。こう早くイクとは、へへへ」

「まさか最初からイクとは驚きだ。これほど敏感とはねえ」

「ヒヒヒ、わしが思っていたよりも、ずっと極上の肉かもしれん。一生に一度手に入るかどうかの……」

達也と厚次、そして小島の三人は、いったん動きをとめて玲子を見つめた。

これまで何人もの肉を扱ってきたが、これほど美しくて敏感なのは初めてだ。

ほとんどの女は死んだようになって、最初の一日で気をやることはまれだ。小島は玲子という極上の肉を手に入れた喜びに、あらためて胴ぶるいした。

「よし、もう一回気をやらせるぞ。その時は精を注いでやれ、厚次」

小島の言葉に厚次だけでなく、達也もうなずいた。

達也にしてみれば、厚次が精を放てば次は自分の番だ。さっきから玲子を犯したくてウズウズしている。

再び小島は張型を動かし、玲子の肛門をこねまわしはじめた。厚次も玲子を突きあげはじめ、達也もまた乳房に手をのばした。

「あ、ああッ……いやッ」

玲子はハァハァというあえぎを、たちまち悲鳴に変えた。

「いやッ……もう、いやあッ……ああッ、やめて……」

「ヒヒヒ、気をやればやるほど肉の味がよくなると言ったはず。さあ、もっと気分を出して、また気をやるんだ、奥さん」

「いや、いやあッ」

「今度は気をやったら、俺の精をドボッと注いでやるからよ、へへへ、思いっきりイケよ、奥さん」

男たちは玲子を容赦なく責めながら、ゲラゲラと笑った。

「ああ、ゆるしてッ……玲子、死んじゃう……も、もう、いやあ……」

泣き叫んだ玲子だったが、再び送りこまれてくる肉の快美にたちまち翻弄された。

「あ、ああ……あああ……」

悲鳴と泣き声も、めくるめく官能に身も心もゆだねたようなすすり泣きに変わった。

玲子は絶頂感の余韻がおさまらぬうちに、再び追いあげられていく。

それはくすぶっていた残り火に、油をかけられて一気に炎があがるのに似ていた。

「ああ、ま、またッ……いやッ……」

玲子の声が昂った。

「ヒヒヒ、またイクというのかな、奥さん。ますます敏感になるようだね」

「いやッ……」

「いやじゃない。もう気をやりたくてしようがないくせして」

小島はグイグイと張型で玲子の肛門をえぐった。

それに合わせて厚次もラストスパートをかけ、達也も荒々しく玲子の乳房を揉んで乳首をガキガキと嚙んだ。

「ああッ、イッちゃうッ……またッ……」

玲子の裸身が激しく痙攣しはじめた。両脚が突っ張り、上体がのけぞった。

「あ……ああッ……イクッ」

今度ははっきりと口にして、玲子は裸身を激しく収縮させ、前も後ろも肉棒と張型をキリキリくい締めた。

そのきつい収縮に、厚次は思いっきり精を放った。

「ひッ、ひいーッ」

灼けるような白濁の精を子宮口に感じて、玲子はさらにガクガクとのけぞった。

「ヒヒヒ、まったく色っぽい肉じゃ。これだから肉屋はやめられん」

小島は痙攣をくりかえす白い肉を見つめながら、ゲラゲラと笑った。

第三章　淫色の生贄

1

小島肉店の地下室。天井のコンベアーのフックに玲子は両手を吊られたままだ。玲子の裸身は、両手を天井に向けてまっすぐにのび、爪先は床から浮き、揺れていた。

玲子の白裸は上気してピンクに染まり、油でも塗ったように汗でヌラヌラと光って、ツーッと玉の汗が肌をすべる。

「ヒヒヒ、気のやりようもすばらしいし、奥さんの身体の反応のよさには、大満足しましたよ。最高級の肉だ」

小島はハゲあがった頭をさすり、鼻の下のチョビひげをヒクヒクさせ、玲子の顔を覗きこんだ。

グッタリと垂れた玲子の美しい顔は、激しかった責めを物語るように乱れ髪を汗でまとわりつかせ、両眼を閉じたまま唇はまだハァハァとあえいでいる。

「何回気をやったか覚えてるのか、奥さん。好きなんだな」

「へへへ、奥さんのように美人で、犯るほどに味もよくなる肉はめったにあるもんじゃねえぜ」

達也と厚次が玲子の股間を覗きこんであざ笑っても、玲子の反応はなかった。

さんざん犯された媚肉はまだ充血した柔肉をのぞかせ、ヒクヒクとうごめいている。そのわずか後ろ、玲子の肛門にはまだグロテスクな張型が深く挿入されたままだ。張型はすでに電池が切れ、内蔵されたバイブレーターの動きもとまっている。

「こう反応がなくてはおもしろくないのう、ヒヒヒ、どれ、とろけきった肉を少し引き締めるか」

小島はニヤリと笑い、壁にかけてある鞭を手にした。

いきなりピシッと玲子の双臀へ。

「ひいーッ……」

玲子は宙にのけぞった。

「いい声だ。やはりそうこなくては、ヒヒヒ、しっかり尻の肉を締めるんだ、奥さん」

小島はまた鞭を振りあげた。

さっきまで気を失っていたような玲子の美貌が恐怖にひきつり、双臀がおびえてキュウと引き締まる。

次の瞬間、ピシッと鞭がはじけて、玲子の双臀はブルルッとふるえた。肛門の張型がキリキリとくい締められる。

「ひッ、ひいーッ」

「鞭の味はどうかな、奥さん」

「いやあ……ああ、そんなこと……ああ、打たないで……」

「ヒヒヒ、牛や豚も鞭で打たれるでしょう。肉はとろけさせるだけでなく、鞭で引き締めることもして、味がよくなっていくんですよ、奥さん」

小島はまた鞭を振って、玲子に悲鳴をあげさせ、うれしそうに笑った。

鞭で狙うのは正確には玲子の双臀だけである。まるで鞭が玲子の尻肉に吸いつき、次にははじけるようだ。

ピシッ……ピシッ……。

「ひいッ、ひいーッ……」

玲子の双臀が鞭に躍らされ、宙にうねった。

雪のようにシミひとつない玲子の双臀がボウッと色づき、半球のようにムチッと形のよい尻に浮かんだ赤みがさらに大きくなる。

「ああ、もう、ゆるして……鞭はいや……かんにんして……」

玲子は耐えきれないように声をふるわせた。

小島はさらに鞭打ってから、玲子の双臀をゆっくりと撫でまわし、肛門の張型に手をのばした。

「鞭よりもこっちのほうがいいと言うのかな、奥さん」

玲子の肛門の張型を動かしはじめた。

張型を回転させて抽送し、肛門をこねまわしながら、意地悪く玲子の顔を後ろから見あげる。

「あ、あぁッ……そこは、いやッ……ああ、もう、もう、いやあッ」

玲子はまた悲鳴をあげた。

小島はゲラゲラと笑って張型をあやつりつづける。

「鞭で締まった尻の穴が、またすぐにとろけてこんなに柔らかくなってきた。ヒヒヒ、まったく極上の肉じゃ」

「いやッ……もう、いやッ」

「ヒヒヒ、ここはいい値がつくんですよ。まして奥さんほどの美人でいい尻をした肛門となれば極上ものです。念入りに仕込まなくてはねえ」

小島は玲子の肛門をこねまわしながら、ネチネチと話しかけた。

「どんな肉も食べごろというのがありましてね、ヒヒヒ、奥さんのこの尻をその食べごろにもっていくのが、肉屋としての私の腕。最上肉にする自信はありますよ」

「や、やめてッ……ああ、もう、ゆるして……いやあ……」

「ヒヒヒ、奥さんの尻の穴は処女肉として売りだす方法もあるが、やはり人妻となればうんと熟させるほうがいいというもの」

小島はしつこく話しかけたが、玲子はもうまともに聞く余裕がない。

ゆるみきってしまったと思うほど柔らかくとろけた肛門を張型でこねまわされる恐ろしさに、玲子は今にも泣きだしそうだ。肛門だけでなく、直腸も大腸も内臓がこねまわされ、引きだされる錯覚に陥る。

とてもじっとしていられず、玲子は豊満な乳房を揺らし、腰をよじった。

「いい反応だ。ヒヒヒ、ところで奥さん、おいしいソーセージはどうやってつくるか知ってますか」

小島はそんなことを言いながら、厚次と達也に眼で合図を送った。

厚次と達也はニヤッとしてうなずくと、なにやら準備をはじめた。

それに気づく余裕もなく、玲子は黒髪を振りたくって身悶える。

「ヒヒヒ、極上の肉からはいいソーセージもつくれるんですよ。私はおいしいソーセージをつくるのも得意でしてね」

ようやく張型をあやつる手の動きをとめて、小島はうれしそうに言った。

「ああ……」

玲子は息も絶えだえだ。

この男はなにを言っているのか……張型の動きがとまると、新たな不安がふくれあがった。

「社長、準備ＯＫです、へへへ」

達也が小島に言った。

小島はニンマリとすると、玲子の黒髪をつかんで達也と厚次のほうへ美しい顔を向けた。

「ソーセージはあれを使ってつくるんですよ、奥さん。今、達也と厚次がやってみます。よく見てるんですよ」

小島がそう言う間にも、達也と厚次はソーセージをつくりはじめた。

台の上にひき肉をつくるミキサーのような道具が取りつけられていて、達也が上の口からひき肉を入れ、厚次は横の口に洗浄した豚の腸を取りつける。そしてハンドルをまわすと、たちまち上から入れたひき肉が、豚の腸のなかへつめこまれていく。細長い風船に空気を入れてふくらませていくように、豚の腸はうごめきながらふくらんだ。

「簡単でしょう、奥さん。ヒヒヒ、立派な腸詰めソーセージのできあがりですよ」

小島は意味ありげに笑って、玲子の顔を覗きこんだ。

「ああ……」

玲子は底知れぬ不安と恐怖に身ぶるいした。

「あれを奥さんに使ってみようと思ってるんですよ、ヒヒヒ、川奈玲子の腸詰めソーセージをつくりたいと、以前からずっと思ってたんですよ」

ひッと玲子は絶句した。あまりの恐ろしさに、すぐには言葉が出ない。唇がワナワナとふるえ、身体中がブルブルとふるえてとまらなくなった。

「浣腸で奥さんの腸のなかは綺麗になってるし、ちょうど尻の穴もとろけているし、ヒヒヒ、極上の腸詰めソーセージができますよ」

「そ、そんな……ああ……いやッ、そんなこと、いやッ……いやあッ」

玲子は悲鳴をあげて宙をのたうった。

達也と厚次はそれをあざ笑うように、玲子の両足首を吊ったフックにひっかけた。

「いや、いやあッ」

玲子の両足首は高く吊りあがって、たちまち両手首と同じ高さになった。

「どうです、腸詰めソーセージをつくるのにぴったりの格好をされた気分は。自分が肉だとわかるでしょう」

小島はあざ笑ってゆっくりと玲子のまわりを歩き、ネチネチと双臀を撫でまわした。

厚次と達也はソーセージをつくる機械を取りつけた台を玲子の双臀の前まで押してくると、機械の横の口が玲子の肛門と同じ高さになるように調節する。

「ああ、いや……そんなひどいこと、しないでッ……い、いや……」

玲子の顔が恐怖にひきつった。

「ヒヒヒ、いやだからってやめては肉屋の仕事にはなりませんよ」

小島はソーセージをつくる機械の横の口に透明なビニール管を取りつけながらせせら笑った。

ビニール管はちょうど張型ほどの太さで、長さは三十センチ、先端には玲子の肛門に挿入しやすくするためのノズルが取りつけられていた。ノズルといっても、その口はビニール管とほとんど同じ大きさで、直径四センチはある。

張型を引き抜いた玲子の肛門にジワジワと押し入れる。

「いやッ……あぁッ、あッ……やめて、やめてッ」

あお向けに吊られた玲子の裸身が宙にうねった。

手足を吊られていては玲子に逃れる術はなく、長時間にわたって張型でこねまわされた肛門は、とろけるような柔らかさでノズルを受け入れていく。

「あ、あぁッ……こわいッ……たすけて、いやッ……いやッ……」

玲子は泣きだした。

肛門がソーセージをつくる機械につながれたことがわかり、玲子は恐ろしさに身動きすることもできない。

「へへへ、たっぷりとつめこんでやるからな、奥さん。グリセリン原液でひき肉をこねたものだから、たまらなくなるぜ」

「これまで何本も腸詰めソーセージをつくってきたが、奥さんほどいい女で、それも生きたままのは初めてだぜ、へへへ、ゾクゾクするぜ」

さすがに厚次と達也の声もうわずって、嗜虐の欲情の昂りに息も荒い。

バケツにはグリセリン原液でこねたひき肉がたっぷりと用意されていて、それをソーセージをつくる機械の上の口から押しこみはじめた。

「いや、いやあッ……たすけてッ」

ひきつった美貌を振りたくり、垂れた黒髪をうねらせて、玲子は泣き叫んだ。汗の光る肌にさらに生汗がドッと噴きでて、身体のふるえがとまらなくなった。

2

小島の合図で達也がゆっくりとソーセージを作る機械のハンドルを回しはじめた。上の口から入れられたひき肉が、横の口から透明の管を通って玲子の肛門のなかへと押しだされていく。

「ああッ……ひッ、ひいッ……」

ビクンと玲子の裸身がのけぞった。

玲子はおぞましさに身体中がブルブルとふるえて総毛立った。太い蛇が肛門いっぱいにもぐりこんでくるようなおぞましさ。

「やめて、やめてッ……ひッ、ひいッ……い、いやあッ」

「ヒヒヒ、ゆっくりと入っていくのがよく見える。極上の腸詰めソーセージができそうだ」

小島はくい入るように玲子の肛門を覗き、うれしそうに言った。

玲子の肛門からつめこまれていくひき肉の動き、そして玲子の悲鳴と泣き声、小島は何度も舌なめずりして胴ぶるいする。

「これだから肉屋はやめられないねえ、ヒヒヒ……」

「いやッ……ひッ、ひいーッ……あぁッ、いやあッ……」

直腸をいっぱいに満たしてもぐりこんでくるひき肉に、玲子はとてもじっとなどしていられない。

入ってくるものを押しとどめようと肛門をいくら引き締めても、むなしく太いノズルをくい締めるだけで、ひき肉は絶え間なく奥へと入った。

「どんどん入っていきやがる。たまらねえな」

「それにいい声で泣く肉だぜ、へへへ」

達也はハンドルをまわしつづけ、厚次もバケツのひき肉を上から機械の口に流しこんでいく。楽しくてしようがないといったふうで、ニヤニヤと笑っては舌なめずりをした。

玲子は黒髪を振りたくって、ひいひい泣いている。手足を吊った縄が、玲子が宙にのたうつたびにギシギシと鳴った。

「ああ、もう、入れないでッ……ゆるしてッ……あぁッ……ど、どんなことでもしますから、もうッ……あぁッ、ひいッ、死んじゃう……」

「ヒヒヒ、まだ五十センチしか入ってませんよ、奥さん。まだまだこれから」

「た、たすけて……」

助けを求めても無駄とわかっても、腸詰めソーセージにされる恐怖に、玲子は叫ばずにはいられない。

どこまで深く入れられるのか。玲子は生きた心地もない。

だがそれもあまりの恐ろしさのせいか、いつしか気を失ったようになって、すすり泣きにうめき声を混じらせる。

「ああ……う、うむ……」

「ヒヒヒ、ずいぶんと入りましたよ、奥さん。一メートル、いや、二メートルも入ったかな。さすがに極上の肉はちがう」

小島は玲子をからかって、うれしそうに玲子の双臀を撫でまわした。汗まみれの尻肉がブルブルとふるえる感触が心地よい。

玲子は反発する余裕もなく、弱々しくかぶりを振っただけだ。まともに息すらできない。

「どうした、さっきのようにいい声で泣いてみろよ、奥さん」

「もっと入れてやるから泣き叫んでみろ。そのほうが肉の味がよくなるんだよ」

厚次はひき肉をドロドロとソーセージをつくる機械に流しこみつづけ、達也はハンドルをまわして玲子に注腸しつづけた。

「う、うむ……」

「そのくらいでいいだろう、ヒヒヒ、初めてでそこまで入れば上出来じゃ」

とことんつめこんでみたい欲望もあったが、玲子が気を失ってしまってはおもしろくない。

管のノズルを引き抜くと、小島はアヌスストッパーで玲子の肛門に栓をする。

「あ、ああッ……そんな……」

玲子は狼狽の声をあげた。

腹の奥までびっしりつめこまれたことで、急激に便意がふくれあがった。しかもそれは、ひき肉に混ぜられたグリセリン原液の刺激で荒々しさを増した。

「い、いや……ああ、取って……」

「すぐに出してはせっかくの極上の腸詰めも台なしだ、ヒヒヒ、ここは奥さんのなかでじっくりなじませなくてはねえ」
「そ、そんな……いや、ああ、いやです……」
小島と達也と厚次は、ゲラゲラと笑うだけだ。
やがて三人は、玲子を残してどこかへ行ってしまう。
「ああッ……」
玲子はあお向けに手足を天井のコンベアーのフックから吊られたまま、泣いている。
不気味なほどの静けさが玲子の裸身をくるんだ。
玲子の腹部がまたグルルと鳴った。
「あ……うむ……ううむ……」
また荒々しい便意がおそった。
玲子の裸身はブルブルとふるえ、あぶら汗がポタポタと落ちた。
(く、くるしいッ……ああ、お腹が……う、うむむ……)
玲子はかぶりを振った。
栓をされて出口を失った荒々しい便意が、内臓をかきむしる。
玲子の裸身が宙に揺れた。不気味な静寂のなかに、縄がギシギシきしむ。
(も、もう、だめ……たすけて……)

小島がもどってくれれば、さらに恐ろしいことをされるとわかっていても、荒れ狂う便意から解放されたい欲求が、すべてを呑みこみはじめた。

「たすけてッ……」

玲子は誰もいない空間に向かって、泣きながら叫んだ。耐えきれずに荒々しい便意に身をゆだねても、アヌスストッパーはぴっちりと栓をしてビクともしない。

やっと小島とその後ろから達也と厚次がもどってきた時には、玲子はあぶら汗びっしょりで、息も絶えだえだ。

「……たすけて……おねがい……」

と言うのがやっとだった。

乱れ髪を汗で額や頬にへばりつかせ、眦をひきつらせてキリキリ唇を噛みしばり、裸身はあぶら汗のなかに総毛立っていた。

「ヒヒヒ、川奈玲子の腸詰めはどうかな」

玲子はすがるように小島を見て、ワナワナと唇をふるわせた。

「ああ……もう、た、たすけて……」

「そうそう、奥さんがいなくなったので、ご主人が子供と一緒にオロオロしてましたよ。警察もこのところの連続美女誘拐事件として動きだしたみたいですよ、ヒヒヒ」

「ああ……」

玲子は弱々しくかぶりを振った。

夫と子供のことを言われ、一瞬我れにかえった玲子だったが、すぐにそれも荒れ狂う便意に押し流された。

「おねがい、おトイレにッ」

玲子の声がひきつった。

「それじゃ腸詰めソーセージをひりだしてもらうかな、ヒヒヒ」

小島が玲子の肛門のアヌスストッパーに手をのばすと、厚次はすばやく洗面器をあてがい、達也は玲子の臀丘の谷間を割りひろげて、アヌスストッパーのくいこんだ肛門をいっぱいに剝きだした。

「途中で切らないようにちゃんとつなげてひりだすんですよ、奥さん。極上の腸詰めは長いほど価値がある」

途中で切れたらもう一度やり直しだとおどして、小島はゆっくりと玲子の肛門からアヌスストッパーを引き抜いた。

「あ、あああッ……あむむ……」

あわててキリキリと歯を噛みしばった玲子だったが、荒れ狂う便意はもう押しとどめられない。

玲子の肛門が内から盛りあがるように開いたかと思うと、うねうねとひき肉をひりだしはじめた。

「ああッ……ああッ……」

あとからあとからひりだし洗面器にとぐろを巻きながら、号泣が玲子の喉をかきむしった。

3

小島と達也と厚次の三人は、ニヤニヤと洗面器のなかを覗きこんだ。

「美人妻の極上の腸詰めができたぞ、ヒヒヒ」

「太さと形もいいですぜ、社長、へへへ」

「奥さんの匂いも滲みこんで、いい値がつきそうだ、へへへ」

玲子は両眼を閉じてグッタリとした裸身をあえがせた。

絞りきった玲子の肛門は、妖しく口を開いたまま、あえぐようにヒクヒクとうごめいている。

小島は再び張型を深く押し入れた。

「ああ……」

玲子は小さく声をあげ、ブルッと双臀をふるわせたが、それだけで眼も開かない。

「ヒヒヒ、もっと肉の味をよくしてあげますよ、奥さん」

小島がそう言うと、厚次と達也はニヤリとして玲子の身体に手をのばした。

玲子の両足首を吊った縄をフックからはずすと、今度は足首を左右でそれぞれ縛り、その縄尻を一メートルほど間隔のあるフックにそれぞれひっかけた。

玲子の裸身は両手首と左右に大きく開いた足首とで、ハンモックのように吊られた。

「ああ、なにを……も、もう、いや……もう、ゆるして……」

玲子はおびえて眼を開いた。

小島はワインのボトルを持って、ニヤニヤと笑っている。

「ヒヒヒ、肉のワイン漬けというのを知ってるでしょう、奥さん。まろやかになって、味がグンとよくなるんですよ」

小島はワインのボトルのコルクを抜きながら、また意味ありげに言った。

「………」

玲子のうつろだった表情がひきつり、ワナワナと唇がふるえだした。

この男はまた、なにを言っているのか……新たな恐怖におののく。

厚次と達也が不意に左右から玲子の股間へ手をのばして、割れ目をつまむようにし

てひろげた。

「ああッ……いやッ……そんな、いやあッ」

玲子は悲鳴をあげて宙にのけぞった。

それをあざ笑うようにと厚次と達也はさらにくつろげ、ニヤニヤと覗きこんだ。

「やっぱりヌルヌルにしてますよ、社長。こりゃすげえ」

「へへへ、腸詰めソーセージにされて感じたってわけか。なんて肉だ」

小島もニヤニヤと玲子の媚肉を覗きこんだ。

「いやッ……もう、見ないでッ」

男たちのいやらしい視線が秘められた柔肉にもぐりこんでくる。

「ヒヒヒ、とろけてワイン漬けにはちょうどいい肉の状態だ」

小島はそう言うなり、ワインのボトルの口を玲子の媚肉にもっていって、肉芽を剥

くようにこすった。

「ああッ、かんにんしてッ……いや、いやですッ……」

泣き叫ぶのもかまわず、ワインのボトルの口を玲子の肉芽を咥えるようにしてこす

りつつ、チビチビとワインを浴びせた。

「ああッ……ひッ、ひいッ……」

ワインの冷たさに玲子の肉芽はズキンときた。冷たいのに、すぐにカアッと灼ける。

その刺激に肉芽がうずきつつ、ヒクヒクとがっていく。

「やめてッ……たまらないッ」

「ヒヒヒ、たまらなくなるのはこれからですよ、奥さん」

「いやあッ……」

玲子がいくら泣き叫んでも、肉芽にワインが浴びせられ、そのワインをしみこませるようにボトルの口が肉芽をこすりまわす。

肉芽に浴びせられるワインはしだいに媚肉のひろがりにそってしたたり、ヒクヒクとうごめく膣のなかへ吸いこまれはじめた。ピリピリと灼けるような感覚が柔肉にひろがり、膣のなかへと流れこんでくる。

「あ、ああッ……たまらないッ……ああッ、いや、もう、いやッ」

「ほうれ、たまらなくなってきたでしょう、ヒヒヒ、じっくりとオマ×コをワイン漬けにしてあげますよ」

「かんにんして……」

玲子は泣きながら黒髪を振りたくり、腰をよじりたてた。

チビチビと膣に吸いこまれるワインは玲子の蜜と入り混じって、そのうちに肉襞がざわめくようにヒクヒクとうごめきを露わにする。肉芽もツンととがっておののき、今にも血を噴かんばかり。

「へへへ、ますますオマ×コがとろけてきやがった。太いのを咥えたくてしようがねえんだぜ」

「ワイン漬けになって一段といい色になりやがって、うまそうだぜ、へへへ」

厚次と達也は左右から玲子の媚肉の割れ目を指でひろげたまま、くい入るように覗きこんで言った。

二人はもう一方の手を玲子の乳房にのばすと、タプタプと揉みはじめた。すでに乳首は硬くとがって、それをつまんで荒々しくしごいた。

「あ、ああ……かんにんして……ああ、変になってしまいます……」

ボトルの口にこすられる肉芽と、浴びせられるワイン、そして肉芽から膣へとチビチビと流れこむワインの感覚、さらに乳房と乳首までいじられて、玲子はどうにかなってしまいそうだ。

「ヒヒヒ、変になっていいんだ。ワインがよく肉に滲みこんで、味がよくなっている証拠ですよ、奥さん」

小島はあざ笑ってやめようとしない。

やがて玲子の膣は、流れこむワインと溢れでる蜜とでいっぱいになった。それはさらに溢れ、ヒクヒクとうごめく肉襞に送りだされ、玲子の肛門にまでしたたった。

張型を深く突き入れた肛門をねっとりと濡らし、肛門までヒクヒクとうごめいた。

「こっちもワイン漬けにしなくてはねえ、ヒヒヒ、尻の穴でも呑むんですよ、奥さん」

小島はそう言うと、玲子の肛門の張型をゆっくりと引き抜いた。

生々しく口を開いたままの玲子の肛門に、たちまちワインは吸いこまれた。

「ああッ……いや……ゆるしてッ……あ、ああッ、そこは、いやッ」

玲子は腰をよじって、ひいひい喉を絞りたてた。

腸詰めソーセージと張型とでさんざん荒らされた肛門は、チビチビと流れこんでくるワインに、カアッと灼ける。

「ああッ……ああッ、ひッ、ひッ……たまらないッ……い、いやあ……」

「まだまだ、ヒヒヒ、気をやったっていいんですよ。奥さんが狂えば狂うほど、肉の味はよくなる」

「ひッ、ひッ……あ、あああ」

玲子はもうわけがわからなくなる。おぞましいと思いながら、妖美な感覚に翻弄されて、身体が官能の炎にくるまれていく。

「そろそろいいんじゃないですか、社長」

「ここらで一発、へへへ」

厚次と達也は玲子を犯りたくてしようがない。

「あわてるな。ヒヒヒ、もっとワイン漬けにして、一度気をやらせてからじゃ」

肉芽をこすっていたワインのボトルの口を、不意に玲子の柔肉をなぞるようにあてがった。

「ヒヒヒ、ワインを吸った肉で一度気をやってもらいますよ、奥さん」

「いやッ……ああ、なにを……もう、もう、いやですッ」

玲子が狼狽の声をあげるのをニヤニヤと聞きながら、小島は一気にボトルの口を玲子のなかへ押しこんだ。

「ああッ……ひッ、ひいーッ……」

玲子は宙にのけぞった。

ボトルの細長い口が太くなった根元まで沈むと、玲子はさらにひいーッと悲鳴をあげた。

ワインが子宮口めがけて流れこみ、溢れたワインはおびただしく肛門に吸いこまれていく。

小島がボトルを抽送すると、ドボッ、ドボッとワインが噴きだし、たちまち玲子は半狂乱に泣き叫んだ。

「ほれ、イクんだ、奥さん」

「いや、いやあッ……ひいッ、ひいッ……」

「一本じゃ不足かな。このムチムチの肉は、ヒヒヒ」

小島はさらにもう一本、ワインのボトルを取りあげると、細長い口を玲子の肛門に押し当てた。

「ひいッ……いやあッ……あ、ああッ、もう、だめえっ、玲子、イッちゃうッ……ひいーッ、ひいーッ……」

玲子はのたうちつつ泣き叫んだ。

次の瞬間、玲子の腰はガクガクと宙にはねて、総身がキリキリと収縮した。

「なんだ、もうイッたのか、ヒヒヒ」

小島は笑いながら、二本のボトルを抽送するのをやめようとしない。

第四章　悪夢の演出

1

昼も夜もわからず、ここへ連れこまれて二日になるのか三日なのかも、玲子にはわからない。

小島と厚次と達也の三人に気を失うまで責められ、眼をさましてはまた責められるということのくりかえしだ。

「ヒヒヒ、一段と色っぽくて味のいい極上の肉になってきましたよ、奥さん」

天井のコンベアーのフックから全裸の玲子を両手吊りにしたまま、小島はネチネチと肌をまさぐった。

「あとはいよいよ仕上げですね、社長」

「これだけの肉、売るのがもったいねえ気がしますぜ」

達也と厚次もニヤニヤと玲子の身体を舐めるように見る。

このところの責めの連続に、玲子は少しやつれた感じがしたが、それがかえって色気を際立たせている。乳房や双臀、太腿はかえって豊かになったようだ。

「ヒヒヒ、肉を売るのが肉屋の仕事。それもできるだけいい肉をな」

玲子の双臀を撫でまわしながら、小島は若い二人に言った。

もうあらがう気力もない。玲子は小島に身をゆだね、なにも言わなかった。それでもうなだれた美貌はわななく唇を噛みしめ、肌は小さくふるえている。

仕上げとは……どういうことなのか。玲子の胸の内で不安と恐怖がふくれあがって、今にも張り裂けそうだ。

小島はニヤニヤと玲子の顔を覗きこんだ。

「ご主人も警察も必死に奥さんをさがしてますよ。この私も商店街組合の川奈玲子捜索委員会の役員になって協力してるんですよ、ヒヒヒ」

小島はぬけぬけと言った。

「さっきもご主人と話をしましたが、ご主人は会社も休んで一日中奥さんの手がかりをさがしてますよ、ヒヒヒ、奥さんのことを愛しているんですな」

「ああ……」

夫のことを言われ、玲子はたちまち涙が溢れた。

「……も、もう、帰してください……ああ、これだけ辱しめれば、もう充分でしょう」

「ヒヒヒ、これだけ極上の肉を肉屋が手放すとでも思っているのかな。最後の仕上げが残っているんですよ」

小島は指先を玲子の臀丘の谷間にもぐりこませ、肛門をまさぐってあざ笑った。

「その最後の仕上げなんだが、奥さんは人妻の肉がもっともおいしくなる方法を知ってますか、ヒヒヒ」

「…………」

今度はどんなひどいことをされるのかと、玲子はただ恐怖がふくれあがるばかりだ。

「人妻でないとできねえ方法でよ、へへへ、人妻であることを後悔して泣き叫ぶことになるぜ、奥さん」

「へへへ、どんな方法かすぐにわかるから、楽しみにしてるんだな、奥さん」

厚次と達也も意地悪く言って、思わせぶりにニヤニヤと笑った。

小島の合図で厚次と達也は、玲子の両手首を吊った縄をフックからはずすと、今度は後ろ手に縛り直した。豊満な玲子の乳房の上下にも、キリキリと縄をくいこませた。

そして達也が玲子の裸身を肩にかつぎあげて、小島のあとにつづく。後ろから厚次がついてきた。

「ああ……なにをするの……ど、どこへ連れていくの……」

玲子の言葉はおびえにかすれ、ふるえて途切れた。

玲子が連れていかれたのは、四畳半ほどの狭い和室だった。部屋の一方には窓があるのかカーテンが引かれ、あとの三方は壁で、畳の上には寝具が敷かれていた。天井からは女体をつなぐための縄が何本か垂れている。

厚次と達也は玲子を布団の上に壁のカーテンのほうを向かせて立たせると、後ろ手縛りの縄を天井から垂れた縄につないだ。さらに別の縄を玲子の右の膝の上に巻いて縛り、高々と吊りあげる。

「あ、いやッ……いやあッ」

片脚吊りにされて、玲子はフラつきながら悲鳴をあげた。

玲子の右脚は横に開いて吊られ、右膝が折れまがって脇につくくらいに引きあげられた。

「やめてッ……もう、かんにんして……」

小島がしゃがみこんで股間を覗きこむのに気づき、玲子は黒髪を振りたくった。

剝きだされた媚肉はさっきからのいたぶりにねっとりと光って肉襞までのぞかせ、肉芽もとがっている。肛門もフックラとゆるんで悩ましい。

それを知られる屈辱に、玲子は首筋まで真っ赤になった。

「ヒヒヒ、ますます敏感になるようだねえ、奥さん」

小島は覗きつつ、指先で玲子の肛門をゆるゆると揉みこみはじめた。柔らかくとろけた玲子の肛門が、キュウとつぼまるうごめきを見せて、指先が今にも吸いこまれそうだ。

「いや……ああ、そこは……もう、いや……」

玲子はブルブルと双臀をふるわせて、かぶりを振った。

小島のもう一方の手が、玲子の肉芽をいじると、玲子は今にも気がいかんばかりに、ひいッとのけぞった。

「ヒヒヒ、カーテンを開けろ」

達也がニヤニヤと笑って壁のカーテンを開くと、その向こうは窓ではなかった。壁にガラスがはめこまれて、隣りの部屋が見える仕掛けである。

応接間で四歳くらいの女の子が、小島肉店の若い女子店員といっしょにケーキを食べたり、人形で遊んでいる。

「ヒヒヒ、ご主人は奥さんをさがしに行くので、今日一日お子さんをあずかってあげることにしたんですよ。ご主人には感謝されましてね」

小島の言葉に玲子はハッとした。

我が子の裕実とわかって、玲子の顔色が変わった。

「ああッ、裕実ッ……裕実ちゃんッ」

玲子は媚肉や肛門にうごめく指のことも忘れ、声をひきつらせた。

「ヒヒヒ、いくら呼んでも聞こえませんよ。完全防音の上に、マジックミラーで向こうからは見えないんです」

小島は愉快でならないというようにあざ笑った。

「社長、準備できました」

厚次は一升瓶ほどもある長大な注射型のガラス製浣腸器にたっぷりとグリセリン原液を充満させ、小島に手渡す。

「ひいッ……い、いやあッ」

玲子は、総身を凍りつかせて悲鳴をあげた。

「ああ……」

恐怖と絶望とに、玲子は黒髪を振りたくりながら泣きだした。

「いや、いやッ……ここでは、いやあ……ああ、子供の前でなんて……」

小島と達也と厚次はゲラゲラと笑いだした。

「ヒヒヒ、子供だけだと思ってるのかな、奥さん」

「そろそろ亭主がなんの手がかりも見つけられないままに、子供をひき取りにやってくる時間だぜ」

「子供と亭主を見ながら、奥さんは社長に浣腸されるってわけよ、へへへ」

玲子は、すぐには声も出ずに、嚙みしめた歯がガチガチと鳴ってとまらない。

「かんにんしてッ」

「ヒヒヒ、これが人妻の味を一番よくする方法なんですよ」

小島は長大なノズルの先で玲子の肉芽や膣、肛門をなぞりつつ、うれしそうに顔を崩す。

2

五分もしないうちに玲子の夫が疲れきった様子で応接間へ入ってくるのが見えた。

「ひいッ……あなた、あなたッ」

玲子は悲鳴をあげて、夫の名を叫んだ。一瞬、自分が全裸であることも忘れた。

「ヒヒヒ、やはりそうこなくては。奥さんがご主人を呼ぶのが実にいい」

小島はそう言いながら、長大な浣腸器のノズルでジワジワと玲子の肛門を貫いた。

ひいッという悲鳴とともに、玲子の肛門がキュウとノズルをくい締める。

「いやあッ……あなたッ……たすけて、あなたあ……」

「ヒヒヒ、ゾクゾクしますよ。ご主人に救いを求める奥さんに浣腸できるなんて」

「いや、いやあッ……あなた、あなたッ」

胴ぶるいしながら小島が長大なシリンダーを押しはじめると、玲子はビクンと裸身をこわばらせて、さらにひいーッと鳴いた。

ドクッ、ドクッと流れこんでくるグリセリン原液の感覚に、玲子はキリキリと歯を噛みしばり、次にはひいひいと声をあげて泣きだした。

「あなた、たすけて……あ、あむむ……いやッ、いやッ……」

小島はいっそう嗜虐の欲情をそそられ、長大なシリンダーを押す手にも力が入った。

「ひッ、ひいッ……あなたッ……」

夫ははじめは店員の女性に礼を言って、子供を連れて帰ろうとしたが、やがてソファに腰をおろした。玲子の夫にすぐに帰られてしまってはおもしろくないので、小島は三十分でもどるという伝言を残し、待たせるようにしておいた。

「ヒヒヒ、ご主人の前で浣腸される気分はどうですか、奥さん」

「いや、いやあ……」

「どんどん入っていきますよ、ヒヒヒ、こんなに呑みっぷりがいいのは、ご主人がいるせいかな」

小島は玲子をからかいながら、グイグイと注入をつづけた。

「たまらねえな。亭主がいると一段といい声で泣くじゃねえか」

「へへへ、亭主の前なんだから、うんと気分を出せよ、奥さん。社長の浣腸でイッたっていいんだぜ」

厚次と達也もあおられたように玲子の身体に手をのばした。厚次が後ろから玲子の双臀を両手で鷲づかみにして揉めば、達也は前にしゃがみこんで肉芽をつまんでしごきはじめる。

「ひッ、ひぃッ……あなた、あなたッ……いやあ……」

小島が長大なシリンダーを一気に底まで押しきると、玲子は今にも気がいかんばかりに、ひぃーッ、ひぃーッと喉を絞ってのけぞり、ブルブル裸身を痙攣させた。

浣腸器を引き抜いた小島は、立ちあがって後ろから玲子を抱きしめた。もう天を突かんばかりにたくましいものを、玲子の双臀にこすりつける。

「人妻の肉の味をよくする極めつけはこれですよ。ヒヒヒ、ご主人の前で私の生身を思いっきりぶちこんであげますよ」

小島は後ろから玲子の首筋に唇をいやらしく這わせながら、耳もとにささやいた。

「………」

玲子はハッとして口をあえがせた。

ようやく注入が終わってひと息つく間もない。排泄も許されないのだ。

「かんにんして……も、もう、ゆるして……」

玲子の泣き濡れた瞳に、応接間で夫と我が子が食事をしているのが見えた。

「ああ、いや……夫の前では、いやッ……ゆるして……」

「ご主人の前でのセックスだからこそ、人妻の肉は味がよくなるんですよ、ヒヒヒ、何度もイカせてあげますよ、奥さん」

「夫の前では、いやッ……それだけは、いやあッ……いやあッ」

あざ笑うように臀丘の谷間にもぐりこんでくる肉棒に、玲子はひいッと悲鳴をあげてのけぞった。

「いやッ……たすけて、あなたッ……あ、あなたッ……」

身体中の血が凍りつくような戦慄が玲子をおそった。

小島の肉棒の先端は玲子の肛門に押し当てられて、押し入る気配を見せた。

「ち、ちがうッ」

「ここでいいんです、ヒヒヒ、ご主人の前で奥さんは肛門セックスをするんですよ」

「そ、そんな……」

便意はもう耐えられなくなるほどに荒れ狂っている。

「そうそう、奥さんはまだアナルバージンだったね。肛門セックスを教えてあげますよ。もっと肉の味がよくなるようにね」

「いやあッ」

トイレに行くことを哀願する余裕もなく、玲子は絶叫した。

狂ったようにもがいたが、肉棒はジワジワと玲子の肛門を押しひろげてめりこんでくる。

引き裂かれるような苦痛、肛門を押しひろげられることで一気にかけおりようとする便意、それを押しとどめて栓の役割をする肉棒。

「う、うむ……裂けちゃう……ううむ……」

「自分から尻の穴を開いて受け入れるようにするんだ」

さすがに小島も声がうわずった。

厚次と達也は玲子の乳房をいじり、媚肉をまさぐって肉をとろけさせ、小島が押し入りやすいように協力する。

「ああッ……う、うむむ……」

たちまち玲子はあぶら汗にまみれて、ブルブルと肉をふるわせながら、ひいひいと喉を絞った。

(た、たすけて、あなたッ……こわい、ああッ……こわいッ……)

引き裂かれる苦痛。便意の苦痛。玲子は口をパクパクとあえがせた。

玲子の肛門はいっぱいに押しひろげられて、頭を少しずつ呑みこんでいく。もぐりこむたびに押しとどめられた便意が逆流させられ、玲子は何度も悲痛な声を放った。

肉棒の頭がもぐりこむと、あとはズルズルと根元まで埋めこまれた。

「思ったよりスムーズに呑みこんだじゃねえか、奥さん。串刺しってのがぴったりのながめだぜ」

「初めてだってのに、うれしそうに咥えてやがる、へへへ」

厚次と達也はニヤニヤと結合部を覗きこんだ。

からかわれ覗かれても、玲子は反発する余裕もなくキリキリ唇を噛みしばり、息も絶えだえにあえいだ。

（ああ……こんなことって……ゆるして、あなた……ああ、ううむ……）

玲子はまともに口をきけず、胸の内で叫んだ。

「ヒヒヒ、私が奥さんの尻の穴に入ってるのがわかるだろ。奥さんも浣腸したあとなんで、とびきりいいはず」

小島はすぐには動きださず、じっくりと肛門の妖美の感覚を味わいながら、玲子の耳もとで言った。

からみつき、キリキリとくい締めてくる感覚がたまらない。

「さあ、尻の穴でしっかりつながった奥さんの顔をご主人のほうへ向けるんだ」

「ああ……」

もう玲子は小島の声もまともに聞こえていないように、グラグラと頭を揺らすばかりであった。

それでも小島が少しでも動くと、玲子は貫かれている双臀をビクッとふるわせ、ひいッと悲鳴をあげた。

「よしよし」

小島はうれしそうに笑った。

「それじゃ尻の穴で思いっきり気をやらせてイキっぱなしにしてやるかねえ、ヒヒヒ」

ゆっくりと玲子の肛門を突きあげ、こねまわしはじめた。

「ひッ……ひいーッ……」

玲子は白眼を剝いて、泣き叫んだ。

3

肉運搬車の天井のフックから一糸まとわぬ全裸を両手首の縄で吊られ、玲子はどこかへ連れていかれるところだ。

これまでとは較べものにならない恐ろしいことがはじまろうとしている。肉運搬車に乗せられる前、玲子は身体を綺麗に洗われ、洗い髪をセットされて化粧までされた。車のなかで小島はただニヤニヤと玲子の裸身を見つめるだけで、手を出してはこなかった。

「ヒヒヒ、奥さんは最上の肉に仕上がりましたよ。あとは食するだけ」

小島はそんなことを言った。

その言葉の本当の意味を、玲子はまだ知らない。

「これまでに私が扱ってきた肉のなかでも、奥さんは最高です。そのおっぱいといい尻といい、オマ×コも尻の穴も私が食したいくらいだ」

「………」

「ヒヒヒ、今が一番の食べごろ、どこもかしこも見事に熟れている」

小島はニヤニヤと笑って舌なめずりをした。そのゾッとするような表情に、玲子は思わず顔をそむけた。

(ああ、どこへ連れていくの……なにを……なにをしようというのですか……ああ、もう、これ以上は……)

玲子は恐ろしくて聞けない。

女の本能がなにかを感じ取るのか、さっきからブルブルと身体の震えがとまらない。

どのくらいの時間がたったのか、ようやく車がとまって後ろのドアが開いて、達也と厚次が顔をのぞかせた。

まわりを林で囲まれた大きな屋敷の裏庭に車はとまっていた。門を入ってから屋敷まで何百メートルもある。屋敷の隣りに古く大きな蔵があった。

玲子は厚次と達也に左右から腕を取られ、蔵のなかへと連れこまれた。

小島も厚次も達也も勝手知った様子で、蔵のなかの座敷へあがった。窓はひとつもなく、正面はフスマで、その前に柱が二本、一メートル間隔で立っていた。

フスマは閉まっていたが、向こうに人のいる気配だ。一人や二人ではなく、低い話し声のざわめきが聞こえる。

「ああ……」

玲子はおびえて裸身をこわばらせた。だが厚次と達也の手で強引に二本の柱の間に引きたてられた。

両手をまっすぐVの字の格好に万才させられ手首を左右の柱の上の縄で縛られる。両脚も左右へ開かされ、同じように足首を柱の根元の縄で縛られた。手足の縄はピンと張って、玲子の手足はX字にのびきった。

「ああ……いや……」

玲子のおびえはいっそう大きくなって、今にもベソをかかんばかりだ。

「まだ泣くのは早い。今にいやでも泣くことになるからよ、へへへ」

「おとなしくしてろよ。腰を振って悶えるのは肉責めがはじまってからだ」

左右から厚次と達也が玲子の耳もとでささやいた。

小島が玲子の横でフスマに向かって正座すると、厚次と達也も部屋の隅に正座した。

「先生、小島肉店でございます。今日はとびきりの肉をお持ちしました」

小島はフスマに向かって声をかけると、ゆっくりとフスマを左右に開いた。

奥の座敷に五人の男がこっちを向いて並んで座っていた。前には膳が置かれ、酒を楽しんでいる。

全員かなりの高齢で、その佇まいからうかがうに地位も名誉も高いようだ。老人たちの眼がいっせいに、二本の柱の間の玲子に注がれた。

「今回は人妻の肉でございます。名は川奈玲子、年は三十六で四歳になる子供が一人いまして……」

小島は両手を前ですり合わせ、ニヤニヤと笑いながら玲子のことを説明しはじめた。

「人妻か……美人じゃのう」

「これまでOLや女子大生、スチュワーデスじゃったが、人妻は初めてじゃわい」

「いい肉づきしとる、ヒヒヒ」

「とても子供がいるとは思えんのう」

老人たちは玲子をじっくり見ながら言った。玲子のことがえらく気に入ったようだ。

「あ……ああ……」

玲子は五人の老人の眼に開ききった裸身をさらされ、生きた心地がない。

どの老人もなにかただならぬ不気味さを感じさせる。玲子の裸身を見つめる眼には、女を物としか見ない冷たい変質者の光が宿っている。

玲子はいっそう身体のふるえが大きくなり、唇もワナワナとふるえた。

「どうぞ、そばへ寄ってよく肉をごらんになってください、ヒヒヒ」

小島にすすめられて、老人たちはゆっくりと前へ出てくると、玲子を取り囲んだ。そして品定めするように玲子の乳房や双臀に触りはじめた。

「あ、いや……ああ、いやですッ……」

玲子は悲鳴をあげて、二本の柱の間で裸身をよじった。

手足を柱に縛られていては老人たちの手をかわす術はなく、乳房が鷲づかみにされて揉まれ、双臀が撫でまわされ、開いた股間が覗きこまれる。

「小島肉店が自慢するだけあって、これはいい肉じゃ」

「ムチムチ熟しきっておる、ヒヒヒ、わしはこのおっぱい、気に入ったぞ」

「それじゃ私はこのムッチリの尻を」

「ヒヒヒ、こっち半分の尻はこのわしが」

「なんといってもやはりオマ×コ、ヒヒヒ、もうわしのものじゃ」

老人たちは玲子の身体のそれぞれ気に入ったところの前に陣取った。

「気に入っていただけると思っておりました。ただ今回の肉は少々値が張りまして」

小島がまた両手をハエのようにすり合わせて言った。

「わかっておる。あとで小切手を切るから、ヤボを言うでない」

一人が言ったが、他の者はもうそれぞれ玲子の肌にいやらしくしゃぶりついていた。入れ歯をはずして、歯のない口をグチュグチュ言わせながら、玲子の乳房や双臀、太腿を舐めまわす。

「ああッ、いやあ……ひッ、ひいーッ」

身体中に這う歯の抜けた口の感触に、玲子は泣き叫んで手足を揺さぶり、腰をよじりたてた。ナメクジが這いまわるようで総毛立った。

「やめてッ……ああ、いや、いやッ……かんにんしてッ」

泣き悶える玲子の反応が、いやがうえにも老人たちの嗜虐の欲情をそそる。

いっそう強く唇を押しつけてきて、前から後ろから玲子の媚肉と肛門にも歯のない口と舌がおそった。肛門や肉芽を口いっぱいに吸いあげて、舌先で舐めまわしてくる。

「ひッ、ひいッ……いやあッ……ひいッ……」

「ヒヒヒ、いい声じゃ、この肉、気に入ったわい」

「いやあッ……」

「この肉、わしのものじゃ」

老人たちは時々顔をあげて言った。

玲子は老人たちの歯のない口と舌に踊らされる肉の人形だ。ひいひい泣き叫んで悶え狂った。

いくらおぞましいと思っても、それはまぎれもない愛撫。五人もの老人に身体中を舐めまわされて、いやでも女の官能に火がつけられていく。

「……ゆるして……もう、かんにんして……」

いつしか玲子の泣き声は力を失って、あえぐようなすすり泣きに変わった。もう玲子の身体は、いたるところに老人の舐めたあとが、ナメクジが這ったようにヌラヌラと光った。

乳首はツンととがり、媚肉は肉芽を充血させてジクジクと蜜を溢れさせ、肛門までがフックラととろけるような柔らかさを見せはじめた。

「ヒヒヒ、敏感じゃのう」

そんなことを言いながら、老人たちはしつこく玲子の身体を舐めまわした。

あえぎすすり泣く玲子だったが、乳首を、女芯を、そして肛門をチュウと音をたてて吸われると、ひいーッと泣き声を悲鳴に変えた。

「たすけて……ああ、ゆるして……」

玲子はすがるように小島を見た。恐ろしい小島も、蛭のような老人に較べれば、ましに思えた。

「うんと気分を出して、先生方の若がえりに貢献するんですよ、奥さん」

死にたくなければね……と小島はつけ加えたが、玲子には聞こえなかった。

「バイブじゃ。張型でオマ×コを責めるぞ、ヒヒヒ」

「わしはこの尻の穴に特大の浣腸器を、たっぷりと呑ませてみたい」

「ヒヒヒ、アナルバイブもいいのう」

「私は釣り糸でクリトリス責めといくか。乳首もいっしょにな」

「それじゃ、わしはロウソクといくか。このムチムチの肌に」

ようやく玲子の肌から口を離した老人たちは、それぞれに言った。

小島はニンマリとうなずいた。

「すべて用意ができております、ヒヒヒ、どれからはじめますか」

「同時じゃよ」

厚次と達也があわてて長大な張型や浣腸器、釣り糸、ロウソクなどの責め具を差しだした。

「ああッ……」

あえいでいた玲子の美貌が恐怖にひきつった。いくら歯を噛みしめてもガチガチ鳴りだし、ヌラヌラと光る肌もふるえがとまらなくなった。

「か、かんにんしてッ……玲子、死んじゃう……ああ、ゆるして……」

「ヒヒヒ、そうじゃ、いずれ死ぬんじゃ。わしらの若がえりのためにのう」

長大な張型を手にした老人が、玲子の顔を覗きこんで言った。

「美しい女の涙も汗も、ヒヒヒ、小便やラブジュースもすべて若がえりの薬じゃよ」

「だがなんといっても若がえりの薬の極めつけは、昔から美女の肉を食うことと決まっておる」

「食する前にじっくりと楽しませてもらうぞ、ヒヒヒ、奥さんのことは気に入ったんで、前の六人の時よりは長く生かしておいてやる」

他の老人も特大の浣腸器や釣り糸、ロウソクなどを持って口々に言った。

「…………」

玲子の美しい顔が恐怖に凍りついた。

若がえりの薬、肉を食う、前の六人……そんな言葉が玲子の頭のなかで渦巻いた。

連続美女誘拐の猟奇事件は、小島やこの老人たちのしわざだったのか。そして殺された美女の下腹部などがえぐり取られていたのは……。

ブルッ、ブルルッと玲子の裸身が大きくふるえたかと思うと、

「ひいーッ……ひいーッ……いや、いやあッ」

絶叫が玲子の喉に噴きあがった。

すばやく小島が玲子の口に猿轡を嚙ませた。楽しむ前に舌でも嚙まれては元も子もない。

「うむッ、ううむッ……うぐぐ……」

猿轡の下で泣き叫ぶ玲子めがけて、責め具を手にした老人たちはいっせいにいどみかかった。

Ⅳ 極上の熟妻・由紀子

第一章　被害者

1

由紀子がスキヤキ用の肉を買おうとしていると、なかからでっぷりと太った巨体の主人が顔をのぞかせた。ハゲあがった頭、鼻の下のチョビひげ、いかにも肉屋らしい。

由紀子が行くと必ずサービスしてくれた。

今日も百グラムほどサービスして、週刊誌を由紀子に見せた。

「これ、もう見ましたか、奥さん。ほんとにぶっそうですね」

開かれたページには『外国人マフィアに狙われるニッポンの女たち』という見出しがあった。その記事によると、外国人マフィアに狙われてレイプされる女性の被害者が多いという。

という。

その手口は道を聞くふりをして、狙った女を車に連れこみ、倉庫などで待機する仲間と輪姦にかけるというもの。しかも、その最中をビデオに撮って、裏で流している

（ああッ……）

由紀子は思わず声をあげそうになって、あわてて唇を噛みしめた。膝がガクガクとふるえる。

「どうしました、奥さん。顔が蒼いですよ。おどかしちゃったかな。奥さんは美人だから気をつけたほうがいいと思ったもので……」

肉屋の主人はニガ笑いをして言ったが、由紀子の耳には聞こえなかった。逃げるように走りだした。

週刊誌を見せられたことで、悪夢がドッとよみがえった。必死に忘れようと努力してきたのに、いやでも思いださせられて、由紀子は走りながらわあっと泣きだしてしまいそうだ。

一カ月前の昼さがり、由紀子が美容院で髪をセットしてもらっての帰りのことだ。公園の横まで来た由紀子は、前方に二人のアジア系外国人がいるのに気づいた。地図を手にあたりを見まわし、なにかさがしている。

「スミマセン。教エテクダサイ」

困っているような二人に声をかけられ、由紀子は立ちどまった。

「ココニハ、ドウ行ケバイイノデスカ」

男の一人が差しだすメモを覗きこんだ由紀子は、もう一人の男が後ろへまわったのに気づかなかった。

由紀子は不意に後ろから抱きつかれ、叫びをあげる間もなく大きな手で口をふさがれた。必死に抵抗しようとするのを前から両脚も抱きあげられ、そこへすばやく横づけしたワゴン車に押しこまれた。

わずか三十秒ほどのことで、静かな公園通りでは気づく者もいない。

すばやく走りだした車は、運転席も助手席もアジア系で、聞きなれぬ言葉でなにか言ってゲラゲラと笑った。

これまで一度も見たことのない男たちだ。こんな真似をして、なにをしようというのか。

（……ああ、たすけて、誰か……）

悲鳴をあげようにも由紀子の口は手でおおわれ、身体は二人にがっしりと押さえつけられている。

由紀子は不安と恐怖とに、生きた心地もない。

古い倉庫のようなところへ車は入って、由紀子はおろされた。前にダブルベッドがあって、その上に由紀子はころがされた。スカートがまくれて、艶美な太腿が露わになった。

「なにをする気なの……こ、こんなことをして、タダですむと思っているのですかッ」

まくれたスカートをあわてて直しながら由紀子は叫んだ。不安と恐怖とで気が遠くなりそうなのを、せいいっぱい強がった。

それをあざ笑うように、二人がビデオカメラをかまえて、由紀子を撮りはじめた。

由紀子を車で連れこんだ四人は、ニヤニヤと笑いながら服を脱ぎはじめた。

由紀子の美しい顔がひきつった。

「い、いや……ああ、いやッ……」

たくましい肉棒を見せつけられて、由紀子は思わずベッドの上であとずさった。

四人は肉棒を揺すりながら、すでにベッドを取り囲んでいた。なにか言ってニヤニヤといやらしく笑うのだが、由紀子にはわからない。

一人の手がのびて、由紀子のスカートをまくろうとした。

「いやあッ……来ないで、いやですッ……やめてッ」

あわててスカートの裾を押さえてあとずさる由紀子に別の男の手がのびて、今度はブラウスの胸もとを開こうとする。

「いや、いやですッ」

悲鳴とともにブラウスのボタンがちぎれ飛んだ。さらにブラウスが荒々しく引き裂かれる。

その間にも別の手がスカートのスナップをはずし、ファスナーを引きさげる。たちまちスカートが脱がされ、また別の手がスリップを引き裂いた。

「いやあッ……や、やめてッ」

由紀子が悲鳴をあげても、男たちはゲラゲラと笑うばかりだ。

ベッドの上をあっちこっちへと逃げまわりながら、由紀子はしだいに裸にされていく。パンストが引き裂かれ、由紀子はもうブラジャーとパンティだけになった。

そのブラジャーもむしり取られ、豊かな乳房がブルンと揺れて露わになり、由紀子は悲鳴をあげて手で隠そうとする。

由紀子の足首がつかまれ、パンティに手がのびて一気に引きさげられた。パンティを足首から抜いて全裸にすると、男たちは四方から手首と足首をつかんで、由紀子をベッドの上に大の字に押さえつけた。

「いや、いやあッ……たすけてッ」

悲鳴をあげる由紀子に二台のビデオカメラが近づき、じっくりと裸身を撮っていく。

九十センチはある豊満な乳房は形がよく、乳首も綺麗だ。腹部はなめらかで腰は細く、下半身はムチムチと人妻らしい見事な肉づきを見せている。白い肌にひときわ鮮やかな下腹の茂みが、フルフルとふるえていた。

男たちはしばし見とれ、ビデオカメラのレンズを覗く眼がギラギラ血走る。

「いやッ、いやあッ……ああ、撮らないでッ」

由紀子は悲鳴をあげて頭を振りたくり、泣き叫んだ。

艶やかな黒髪が由紀子の美しい顔にまとわりつき、それがいっそう妖しい色気を際立たせる。男たちの剝きだしの肉棒がさらにたくましさを増した。

ビデオカメラが由紀子の股間に近づくと、男たちはいっそう由紀子の両脚を左右へ開いた。

「ひいッ……いや、いやあッ」

由紀子が泣き叫ぶのもかまわず、男の手が茂みをかきあげて媚肉の割れ目を露わにして、カメラにさらしていく。

もうひとつの手が割れ目を開いて、秘肉の構造までさらした。

「そんなッ……いやッ、ああ、いやですッ……やめてッ」

由紀子は狂ったように黒髪を振りたくり、裸身をうねらせたが、押さえつけられた手足はビクともしない。

それどころか、男の指が由紀子の媚肉をひろげてビデオカメラにさらしたまま、いやらしく肉襞をまさぐりはじめた。

「ひッ、ひいッ……いやあッ」

ガクガクと由紀子の腰がはねあがってよじれた。女芯を剥きあげられていびられると、悲鳴がひいーッと大きく長くなる。

「キレイナオマ×コダ、フフフ、子供ヲ産ンダト思エナイ」

男は由紀子の顔を覗きこんで、うれしそうに笑った。

他の男も手をのばし、由紀子の乳房をいじり、乳首をつまみ、肌をまさぐりはじめた。タプタプと揉みこまれる乳房や由紀子の泣き顔を、もう一台のカメラがじっくりと撮っていく。

「やめてッ……ああ、いや、いやあ、たすけて、誰かッ」

由紀子がいくら泣き叫んでも、男たちはやめようとしない。それどころか、一人がいやらしく唇をとがらせて由紀子の乳首に吸いつくと、次々と男たちは吸いつき、舐めまわしはじめ、チュウチュウと音をたてる。

媚肉にも、男の唇が吸いついてきた。

「あ、ああッ……ひぃーッ……」

女芯を吸われ、舌で舐めまわされて、由紀子はガクガクとのけぞった。

四人の男に身体中の敏感なところをすべていっせいに舐めまわされる。そんないたぶりに、由紀子の成熟した人妻の性は耐えられるわけがない。

由紀子の身体は舐めまわされるところが熱くなり、乳房や女芯がうずいてヒクヒクとしこりだした。

ブルッ、ブルッと肌がふるえ、しだいにピンクに染まっていく。こらえようとしても、人妻としての性がひとりでに反応してしまう。

「ああ、やめて……もう、ゆるして……」

悲鳴がすすり泣きに変わり、泣き叫ぶ声も弱々しくなった。

男たちは一度顔をあげ、もうツンととがってヒクヒクあえぐ女芯や乳首、そして火照ってハァハァと波打つ肌を、じっくりとカメラに撮らせた。

膣内に男が指を挿入し、こねまわすようにして指に蜜が糸を引くところまで、しっかり撮る。もう由紀子の媚肉は、なす術もなくジクジクと蜜を溢れさせはじめた。

「いや……ああ、いや……もう、やめて」

由紀子は弱々しく口にしながら、右に左にと顔を伏せてすすり泣くばかりだ。それでも乳首や女芯を、とがらせた舌で舐められると、ひッ、ひッと声をあげる。

男たちは顔を見合わせ、舌なめずりした。由紀子の右足首をつかんでいた男が、左右へ大きく開いた両脚の間に移動した。つかんでいた右足首を左肩に乗せあげ、たくましい先端を媚肉にこすりつける。

「ああッ、それだけはッ……いや、いやですッ……ゆるしてッ」

由紀子は、泣き声をひきつらせた。

あざ笑うように、たくましい肉棒が、ジワジワと媚肉に分け入ってくる。

「い、いやあッ……たすけてッ、あなたッ……ああ、あなたッ」

由紀子は血を吐かんばかりに叫んだ。

たくましい肉棒がとろけた柔肉を巻きこむようにして深く入ってくる感覚に、由紀子はひいひい泣いた。

男は一気に貫かず、少し入れては抜いて、また少し入れることをくりかえし、ビデオカメラにじっくり撮らせていく。抜くたびにヒクヒクうごめく肉襞まで、はっきり撮られる。

「いや、いやあッ」

泣き叫ぶ由紀子の口を左手で押さえつけていた男が、肉棒を押しつけてきた。ひいーッと悲鳴がさらに高くなった。必死に肉棒から顔をそむけても、男はしつこく由紀子の唇にこすりつけてきた。

媚肉を貫く肉棒が一気にズンと子宮口を突きあげ、由紀子はひいーッとのけぞった。思わず口が開き、次の瞬間ガボッと押しこまれた。

「ひいーッ、ひ……うぐぐ……」

由紀子の悲鳴が途中からくぐもったうめき声に変わった。

（あなたッ……）

ふさがれた喉の奥で叫びながら、由紀子は気が遠くなった。

2

媚肉と口とを同時に犯されるなど、信じられない。残る二人も手足を押さえつけたまま、乳房やなめらかな腹部に唇を這わせ、双臂をネチネチと撫でまわしてくる。

（いや……ああ、いやあッ……）

下から上から突きあげられるたびに、由紀子はふさがれた喉の奥で泣き叫んだ。女の官能を刺激されて、肉の快美を呼ぶことが、恐ろしい。いくらこらえようとしても、送りこまれてくる快感は大きくなるばかりだ。

(た、たすけて、あなた……)

必死に夫に救いを求めながらも、由紀子の身体は子宮口を突きあげられるたびに、身体の芯がひきつるように収縮した。熱い蜜がとめどもなく溢れた。

(そ、そんな……ああ、だめ……いや、あああ……いやよ)

由紀子は自分の身体の反応が信じられない。フッと気がうつろになり、我れを忘れて腰を振りたてたくなる。

いつしか由紀子の裸身は匂うような色彩にくるまれ、汗にヌラヌラと光って、肉が波打ちあえいだ。

そんな由紀子を二台のカメラがあらゆる角度から、撮りつづけていく。たくましい肉棒を口いっぱいに咥えさせられた美貌、汗にまみれてあえぎ、手で揉みこまれる乳房、波打つ腹部や太腿、そして人並み以上の肉棒が出入りをくりかえす媚肉、すべてが記録されていく。

由紀子はもうそれを気にする余裕もなくなった。突きあげてくる肉棒に意識が狂わされた。脳裡に浮かぶ夫の面影さえうつろになった。

(あ、ああ……あああ……)

汗まみれであえぎうねる由紀子の身体に、小さな痙攣が走りはじめた。

「イクノカ、奥サン」

「何回デモイカセテヤル」

馴れているらしく、男たちは余裕たっぷりである。

男たちは由紀子が人妻だと知っている。由紀子と知っておそったのだ。

由紀子は女体の弱点を知りつくした四人の責めに、息も絶えだえになった。

(ああ、いやッ……あああ、もうッ……由紀子、イッちゃう)

ふさがれた喉の奥で叫んで、由紀子は官能の絶頂へと押し流されていく。ブルブルと身体の痙攣が露わになった。

男たちは笑いながらさらに由紀子を追いこんでいく。

「う……うむ……ううむッ」

荒々しく子宮口を突きあげられて、由紀子はガクガクとのけぞった。男の肩にかつぎあげられた脚が突っ張った。

肉棒が子宮口を突きあげ、喉をえぐり、乳首が噛まれた。

「うむ……ひッ、ひいーッ」

由紀子は何度も絶息するようなうめき声を絞りだし、汗まみれの裸身をキリキリ収縮させ、ガクンガクンとのけぞった。

由紀子の身体から力が抜け落ち、グッタリとなっても、男たちは責めるのをやめようとしない。

「一回目ダ、フフフ、何回デモイカセテヤルヨ」

男は由紀子を深々と貫いたまま、上体を起こしにかかった。他の男たちも手伝って、由紀子を男のあぐらの上に乗せていく。だっこされる格好になった。

由紀子に肉棒を咥えさせた男も、由紀子の黒髪をつかんでベッドの上に立った。

「う、うむ……」

由紀子はうめき、泣きだした。

（いや……ああ、もう、いや……かんにんして……）

泣き叫んでも、ふさがれた口からもれるのはうめき声ばかり。

再び肉棒が喉と子宮口とを突きあげてきた。

横からは別の男の手が乳房にのびてきて、荒々しく揉みはじめた。

さらにもう一人は、由紀子の後ろへまわって、双臀をしつこく撫でまわし、尻肉をつかんで揺さぶり、乱暴に揉みこむことさえした。

不意に臀丘の谷間が割りひろげられたかと思うと、指先が肛門にのびてきた。

（ひいッ……そんな、いやッ……いやあッ）

肛門をゆるゆると揉みこまれて、由紀子はふさがれた口の奥で悲鳴をあげた。

（いやッ、さわらないでッ……ああ、そこはいや、いやあッ）

男の指から逃れようと、由紀子は夢中で腰を振りたてた。

媚肉を貫いた肉をいっそう感じ取り、男を喜ばせるだけとわかっても、じっとしていられない。

「奥サン。モット腰ヲ振レ」

由紀子の媚肉を貫いている男は、ゲラゲラと笑った。

カメラも指先で揉みほぐされていく由紀子の肛門を撮った。ムチッと半球のように形よく張った由紀子の双臀は、官能味がムンムンと匂う。嬲られる肛門はキュウとつぼまって可憐だ。

（いやッ……ああ、もう、いやあッ）

必死にすぼめたのを無理やり揉みほぐされていく。

いくら引き締めようとしても、いつしか由紀子の肛門はフックラととろけはじめた。

男の指先が揉みほぐしつつ、円を描くようにしてジワジワと由紀子の肛門を縫うように貫いてくる。

ひいーッと由紀子はのけぞった。

(いや、いやあッ……ひッ、ひッ、やめてッ……指を取ってッ)

指の侵入を拒もうと肛門を引き締めれば、媚肉も肉棒をくい締めることになる。それが男を喜ばせた。

たちまち指は根元まで沈んだ。ゆっくりと指がまわされ、薄い粘膜をへだてて膣の肉棒とこすり合わされる。

男は肛門の指先を曲げて由紀子の双臀を吊りあげるようにして、上下させた。

「ヒヒヒ、モット腰ヲ振ルンダ、岡野由紀子。二回目ダヨ」

「うむ、ううむ……ひッ、ひッ……」

男の指にあやつられて腰を揺すりながら、由紀子は狂ったようにのたうち、ひいひいと泣き叫んだ。

(そ、そんなッ……ああ、いや……ああ……)

一度昇りつめた絶頂感の余韻がおさまらぬ間に、由紀子は再び追いあげられていく。汗まみれの裸身に痙攣が走りはじめた。

（ああ、だめッ……あ、ああ、また……由紀子、また、イッちゃうッ……）

なにもかもが官能の渦に巻きこまれた。

不意に肛門から指が引き抜かれた。

すぐに冷たく硬質な感覚が由紀子の肛門を貫いた。長大なガラス製浣腸器である。

ドクドクと薬液が肛門から注入された。

「う、うむ……うぐ……ひぃーッ」

由紀子は白眼を剥いてのけぞった。

（あ、ああッ……イッちゃうッ……由紀子、イクッ……）

ひぃーッと、由紀子はのけぞり、汗まみれの総身を収縮させつつ、前も後ろも、肉棒と浣腸器のノズルをくい締めた。

二度三度と激しく痙攣しつつ、由紀子はわけがわからなくなった。

そんな由紀子を二台のビデオカメラが、冷酷に撮りつづけた。

第二章　徴収

1

由紀子は気がつくと、我が家の玄関の前に裂かれたブラウスとスカートをつけた姿でころがされていた。あたりはすっかり暗くなっていた。

男たちによってたかって嬲り抜かれ、すぐには起きあがることもできない。

肛門に残った腫れぼったい感覚が、犯されながら、排泄器官をいたずらされた記憶をよみがえらせた。

(ああ……死んでしまいたい……)

すべてをカメラに撮られた。

由紀子は誰にも言えず、すべてを胸の奥深くにしまいこんだ。

そんな時に肉屋の主人に週刊誌を見せられたのである。ビデオテープは裏ビデオとして流され、外国人マフィアの資金源になっているという。

（ああ、そんな……）

由紀子は新たな不安と恐怖とで気が遠くなりそうだ。

夫が三日の予定で出張した朝、肉屋の主人がたずねてきた。

「見ましたよ、奥さん、美人で上品なあなたがあんなビデオに出ていたとはねえ」

「な、なんのことでしょうか……」

由紀子は必死に平静を装った。

「とぼけてもだめですよ。よがり狂ってたじゃないですか、ヒヒヒ、四人も相手にして」

肉屋の主人は、ビデオテープを由紀子に見せた。ラベルに『人妻・岡野由紀子』と印刷されている。

由紀子の美しい顔が血の気を失って、唇がワナワナとふるえた。

ビデオテープを奪い取ろうとしたが、主人はすばやく引っこめた。

「大金を払って手に入れたんですよ、奥さん。ヒヒヒ、これが欲しければ、わかってるでしょう」

肉屋の主人はスカートの上からいやらしく由紀子の双臀を撫でた。

「ああッ、やめてくださいッ」

あわてて肉屋の手を振り払い、由紀子はあとずさった。

「いいのかな、これを商店街のみんなに見せても、ヒヒヒ、ご主人に見せるのもおもしろいか」

「そ、そんなッ……そんなこと、やめてください……」

「奥さんが口とアソコに咥えて何度もイクのを見たら、ご主人はなんと言うかなあ」

肉屋は再び手をのばして、スカートの上から由紀子の双臀を撫でた。

「どうするかは奥さんの態度しだいですよ」

「卑劣だわ……」

「ずっと奥さんを抱きたかったんです。私とすれば生身が一番、ヒヒヒ、いい尻だ」

「ひどい……」

由紀子はもう肉屋の手を振り払おうとはしなかった。キリキリと唇を嚙みしめ、じっと撫でられるがままになっている。

「この私を充分楽しませてくれたら、このテープは奥さんにあげますよ。それにご主人にも言いません」

「…………」

「すべては奥さんしだいということですよ」

ネチネチと話しかけ、肉屋は由紀子のスカートの後ろをまくりあげはじめた。

「ああッ……い、いやッ……」

顔を振った由紀子だったが、じっとしたままだ。

「本当に、本当にテープはくれるのですね。だ、誰にも言わないと、約束してくれるのですね」

由紀子は今にも泣きださんばかりの声で、念を押した。

肉屋の主人はニンマリとうなずいて、まくりあげたスカートのなかへ手をすべりこませた。由紀子はパンストをはいていず、ムチッと張った双臀に白いパンティがはちきれんばかりだ。

そのパンティを双臀のほうからクルリと剝きおろして膝までズリさげる。思わずドキッとさせられるほど白く豊かな双臀が、半球のようにムチッと盛りあがって、肉屋の眼が釘づけになった。

「すばらしい。ビデオのよりずっと見事な尻だ、ヒヒヒ、この形のよさといい肉づきといい、すばらしい」

涎れを垂らさんばかりにして肉屋は何度も舌なめずりし、両手でゆっくりと由紀子の双臀を撫でまわした。指先をくいこませて揺さぶると、尻肉がプリプリとはずんで指がはじかれる。

「あ、ああ……」

由紀子はキリキリと唇を噛みしめ、必死に耐える。

由紀子の裸の双臀を撫でまわしながら肉屋はもう一方の手でスカートのホックをはずしてファスナーをさげた。由紀子の足もとにスカートが落ちた。パンティを膝にからませたままだ。

「そんな……ああ……こんなところでは……」

玄関で下半身だけ裸にされた。由紀子は片脚をくの字に折って、手で太腿の付け根の茂みを隠した。

「色っぽいですよ、奥さん。そそられるねえ」

肉屋はしつこく由紀子の双臀を撫でまわしつづける。

「両手をついて尻を高くもちあげるんですよ、奥さん。ヒヒヒ、まったくいい尻だ」

「ああ、いや……ここではいやです……おねがい」

「玄関のほうがスリルがあっておもしろいでしょう。なんたって、ビデオに出てる奥さんなんだから」

由紀子はキリキリと唇を噛みしめて、いやいやとかぶりを振った。

「さっさと言う通りにしないか。ビデオをみんなに見せてもいいのか」

声を荒らげて、肉屋の主人はピシッと由紀子の双臀を平手打ちした。

「ああ……」

由紀子はベソをかかんばかりの表情で、上体を前へ倒して両手を床についた。両脚はまっすぐのため、いやでも双臀が高くもたげられる。

「今度ダダをこねたら、玄関のドアを開けるよ、奥さん。もっと両脚を左右へ大きく開くんだ」

「ああ、いや……ああ、そんな……」

由紀子の両脚は強引に左右へ開かされた。とらされた格好の恥ずかしさに、由紀子は首筋まで真っ赤になった。

肉屋が後ろにしゃがみこむのを感じて、由紀子は思わず上体を起こそうとしたが、またピシッと打たれた。

「じっとしてるんだ」

「ああ……」

肉屋の手が双臀に這ってくるのを感じ、由紀子は狂ったように黒髪を振りたくった。

さっきより念入りに双臀を撫でまわし、尻肉に指先をくいこませ、肉を揺さぶったりして品定めしている。

「私は肉屋です。いろんな極上肉を見てきたが、これほどいい尻は初めてだ。この肉づきに弾力、形のよさといい、超極上だ」

何度も舌なめずりしては涎れをすすりあげる。

不意に臀丘の谷間を割りひろげられ、肛門を剝きだされた。

「ひいッ……いやッ、いやですッ」

由紀子は、はじかれるように前へ逃げようとした。

「奥さん、おとなしく尻の穴を見せることですよ」

「いや、いやあッ……そんなところ、やめてッ……」

「肉屋が臓物を調べるのは当たり前、ヒヒヒ、奥さんの臓物に興味があってねえ」

肉屋はズルズルと由紀子を引きもどした。

膝にパンティがからんで思うように逃げられず、由紀子は恐怖と絶望に泣き声をあげるしかなかった。

2

由紀子の足首に鎖がはめられ、一方の端は手首につながれた。左足首に左手首、右足首に右手首をつながれ、由紀子はもう上体を起こすこともできない。

「こ、こんな……ああ、いやです……どうしてこんなことを！」

「奥さんがおとなしく尻の穴を調べさせないからだよ、ヒヒヒ」

「そんな……ああ……」

恐ろしさとみじめさに由紀子は黒髪を振りたくった。

肉屋は再び由紀子の後ろにしゃがみこむと、臀丘の谷間を割りひろげた。

「ひッ……いや、いやあ……」

「ヒヒヒ、可愛い尻の穴だ。綺麗な形で、味もよさそうだしねえ」

「ああ、見ないでッ……いやですッ」

思わずキュウと引き締めるのを、肉屋に指をのばされ、ゆるゆると揉みこまれた。

「ひッ、ひいッ……いやッ、さわらないでッ……いやあッ」

由紀子は腰をよじりたてたが、肉屋の指は蛭のように吸いついて離れない。

円を描くように揉みほぐされ、時々指に力を加えてくる。そのたびに由紀子はひいひい泣いた。

「いい感じだ、ヒヒヒ、奥さんの尻の穴は感触もいい、感度もいいだろう。気に入りましたよ」

肉屋はうれしそうに言った。はじめから由紀子の肛門に執念を燃やしているのだ。

たちまち由紀子の肛門はフックラと柔らかさを見せ、妖しくとろけはじめた。

（そ、そんな……ああッ……）

あわてて肛門を引き締めるが、またフッとゆるんでしまう。

「思った通り敏感な肛門だ、ヒヒヒ、もう尻の穴がこんなにとろけた。気持ちいいのかな、奥さん」

「ああ、やめて……い、いやらしいだけ……も、もう、いや……」

「そのいやらしいことをしてみたくてねえ。ヒヒヒ、本番はまだこれからだよ」

肉屋は肛門を揉みほぐしながら、大きなバッグのなかからなにやら取りだした。

「ああ……これ以上、なにをしようというの……」

不安とおびえで振りかえった由紀子の眼に長大な浣腸器が見えた。肉屋はすでにグリセリン原液を充満させている。

「奥さん、臓物はよく洗ってからでないと味わえないからね」

由紀子の美しい顔がひきつり、ブルブルと身体がふるえだした。

「い、いや……そんなこと、しないでッ……絶対にいやッ」

「ヒヒヒ、これだけいい尻してるんだからね」

「いやッ……いやあッ……」

由紀子が泣き叫ぶのをかまわず、肉屋は先端を肛門に沈めた。

由紀子はのけぞり、手足の鎖をガチャガチャ鳴らす。

「いやッ……あ、ああッ」

「いい声で泣く奥さんだ、ヒヒヒ、ほれ、もっと泣くんだ」

ノズルを何度も出し入れし、円を描くように肛門をこねまわし、由紀子をさらに泣かせてから、ゆっくりと長大なシリンダーを押しはじめた。

「じっくり味わうんだ、奥さん」

ドクッ、ドクッと液が注入されはじめた。

「ああッ……ああッ、いやあ……」

ビクンと由紀子の双臀がこわばったかと思うと、ひぃーッと悲鳴が噴きあがった。

「い、いや……ああッ、入れないでッ……あ、あむッ」

ブルブルと身体のふるえがとまらない。

薬液が、直腸をかき混ぜる。

「いやッ……ひッ、ひいッ」

「いい声で泣かれるとたまらんねえ、ヒヒヒ」

「そんなッ……ああ、やめてッ……ひッ、ひッ」

いくら哀願しても、肉屋は浣腸と指のいたぶりをやめようとしない。

「う、うむッ……かんにんしてッ……」

荒々しい便意がふくれあがり、由紀子はあぶら汗でびっしょりになった。

真っ赤に染まった美貌が血の気を失った。眦をひきつらせ、唇をキリキリと噛みしばる。

「も、もう、入れないで……あ、ああ、おねがい……おトイレに……ううむ……」

「浣腸は終わってないよ、奥さん。全部呑むんだ」

「う、うむ……お腹が……くるしい……」

一時も早くトイレに行かなくては耐えられなくなる。

「ヒヒヒ、もう一度、尻の穴をいじってやるか。薬が効くように直腸でかき混ぜないとね」

「あ、ああッ……ひッ、ひいッ……やめて、もう、やめてッ」

肛門を指で縫われた由紀子が悲鳴をあげるのもかまわず、指をまわして腸襞をまさぐり、大きく抽送する。

「いやッ……ああッ、そんなにされたら……」

出ちゃう、と由紀子は黒髪を振りたくって泣き叫んだ。

「お、おトイレに、行かせてッ」

「外に聞こえるよ、奥さん」

肉屋はいきなり玄関のドアを開いた。

「ひ……」

由紀子はあわてて歯を噛みしばった。

肉屋は、残りの薬液を一気に注入した。

「う、うむ……ううむ……」

由紀子の双臀がブルブルと痙攣した。玉の汗が臀丘から太腿へとすべり落ちる。

「いい尻してるだけのことはある、千八百CC呑むとはたいしたものだ」

肉屋の主人はあざ笑いながら、洗面器を置いた。

「上品な奥さんが、どんなふうにひりだすか、じっくり見せてもらうかな」

「ひッ……いや、おトイレに……いやッ……」

「ここでするんです。誰に見られるかわかりませんが、ヒヒヒ」

「かんにんしてッ……いやですッ……ああ、ドアを閉めてッ」

黒髪を振りたくった由紀子だったが、便意はもう限界に達した。

由紀子は肉屋にあやつられ、洗面器に腰を落とした。

「いや……ここでは、いや……」

うわごとのようにくりかえす。

「あ、ああッ、み、見ないでッ」

耐えきれずにショボショボと漏らしはじめた。ドッとほとばしらせ、あとからあとから排泄し、由紀子は歯を噛みしばったまま黒髪を振りたくった。

くい入るように覗きこんで、肉屋はゲラゲラと笑った。

3

搾りきった由紀子は玄関のマットの上にひざまずかされた。足首と手首とを鎖でつながれたため、手で足首をつかみ、双臀を高々と持ちあげる格好になった。

「ああ……」

肉屋が肛門を覗きこみ、潤滑油を塗りこみはじめても、されるがままだ。

「ヒヒヒ、こんなに尻の穴がゆるんでますよ、奥さん。とろけきって、あんなにつぼまっていたのがウソみたいだ」

肉屋は潤滑油をまぶした指を肛門に沈めた。根元までスルッと入ってしまう。

「うれしそうに咥えていくねえ、奥さん。指じゃものたりないかな、ヒヒヒ」

肉屋はバッグを引き寄せて、エボナイト棒を取りだした。十本あって、一番細いのは人差し指ほど。五ミリずつ直径が太くなる。一番太いのは八センチもあった。女の肛門を順次拡張していく道具である。

一番細いのを十センチほど入れてクルクルと回転させる。

「あ、あ……いや……お尻は、もう、ゆるして」

ブルッと双臀をふるわせて、由紀子は泣き声をあげた。

「細くてものたりないということかな。それじゃ二本目をと」

由紀子の肛門がエボナイト棒の太さになじみはじめると、さらに五ミリ太いのへと替える。

「あ、あむ……かんにんして。おねがい、お尻は、いや。も、もう、いやです……ああ、たまらない」

「まったくいい尻の穴をして、たまらないのは私のほうだよ」

「い、いや……ああ、いやです」

由紀子はキリキリと唇を噛みしめた。

五本目になると、直径は五センチにもなった。

「う、うむ、痛い……裂けちゃうっ」

「もっと尻の穴を開くようにすればいいんだよ、奥さん。まだまだ開くはずだ」

「ううむ……かんにんして……」

由紀子はキリキリ歯を噛みしばり、それでも耐えられないように口をパクパクあえがせた。

肛門の粘膜がのびきってミシミシときしむ。

「あ、あ……うむ……あああ……」

由紀子は息も絶えだえにあえいだ。

「も、もう、かんにんして」

「ヒヒヒ、犯られたくなったということかな」

由紀子はエボナイト棒から逃れたい一心で、ガクガクとうなずいた。

「もう犯られたいのか、好きだね、奥さん」

肉屋の主人はせせら笑って、ズボンを脱ぎはじめた。肛門のエボナイト棒は深く突き刺したままである。

「ああ、ここでは人に見られます」

「ヒヒヒ、気どるんじゃないよ」

肉屋の主人は肉棒を揺すりながら笑った。

「なかなかのもんでしょう、ヒヒヒ、これで奥さんをひいひい泣かせて、何回もイカせてあげますよ」

「……こ、ここでは、ゆるしてっ」

「悦びすぎて大きな声でよがらなければ、外には気づかれないかも、ヒヒヒ」

肉屋は由紀子の腰を両手でつかんだ。

「あ、ああ……」

逃げようとひとりでに腰がよじれた。

肛門のエボナイト棒が引き抜かれた。さんざんこねまわされた由紀子の肛門は、引き締めるのも忘れたかのように、腫れぼったく腸襞までのぞかせた。腸襞がヒクヒクうごめくのが、なにかを咥えたがってあえいでいるように見える。

次の瞬間、たくましい先端が肛門に押し当てられた。

「ヒヒヒ、私がやりたいのは奥さんの尻の穴。肛門セックスのよさを教えてあげるよ」

「ひッ……そ、そこは」

「…………」

信じられない肉屋の主人の言葉に、由紀子は絶句した。

「いや、いやあッ……狂ってるわッ……」

唇を嚙みしめた由紀子だったが、肉棒がジワジワと肛門に沈みはじめると、ひいッと悲鳴をあげた。

「やめてッ……いや、いやあッ……こ、こわい、こわいッ」

由紀子の美しい顔がひきつり、高くもたげさせられた双臀が硬直した。

ジワジワと押しひろげられる肛門の粘膜が、メリメリと音をたてて引き裂かれ、肛門から脳天へと激痛が走った。

「う、うむむ……裂けちゃうッ……ひッ、ひいッ」

「ほれ、もっと尻の穴を自分から引くんだ、奥さん」

「う、うむ……ううむ……」

肛門は限界まで押しひろげられて、由紀子は目の前が暗くなった。

肉棒の頭が、いっぱいに押しひろげた肛門の粘膜を引きずりこむように、ジワジワともぐりこんでいく。

ひいーッ、ひいッ……双臀を激しく痙攣させて、由紀子は耐えきれないように喉を絞った。

肉棒の頭がもぐると、あとはスムーズに根元まで沈んだ。

「尻の穴でつながったよ、奥さん。いい締まりだ」

由紀子は、血の気を失って、裂かれる苦痛にキリキリと唇を嚙みしばった。

「尻の穴を掘られた気分はどうかな」

聞かれても由紀子は返事をする余裕もない。声も出ないし、息すらできない。

「うんと気分を出すんだぞ、奥さん。たっぷりとえぐってやるからな、ヒヒヒ」

ゆっくりと肉屋の主人は腰を動かし、由紀子の肛門を突きあげはじめた。

「ああッ……ひッ、ひいッ……ううむ」

たちまち由紀子は半狂乱だ。

4

大満足の肉屋が引きあげたのは、夜になってからだ。

いったい何度犯されただろう。肉屋は肛門を荒らしまくった。

由紀子はグッタリと死んだようになった。肛門だけがズキズキとうずき、まだ肉棒の拡張感が残った。

「ああ……けだもの……」

由紀子はシクシクと泣いた。

肉屋は由紀子の肛門をさんざんもてあそんで、約束のテープも置かずに帰ってしまった。

「また楽しませてもらうよ、奥さん」

その残酷な言葉に由紀子は泣き声を大きくした。

しばらく泣いてからフラフラと起きあがって浴室へ向かった。頭からシャワーを浴びて、身体の汚れを洗った。

「あなた……あなた、ゆるして……」

シャワーを浴び、身体にバスタオルを巻いて浴室を出た由紀子は寝室へと向かった。

「フフフ、奥さん」

由紀子はひっとバスタオルを巻いた裸身を硬くした。

振りかえると、美容院の店長が立っていた。

いつも由紀子がセットしてもらう美容院である。

「ビデオ見ましたよ、奥さん、フフフ、ご主人に知られちゃ困るんでしょう。口止め料は奥さんのオマ×コかな」

いやらしくニヤッと笑った。

「そ、そんな……」

「奥さんを見るたびに、犯りたいと思ってたのよ、フフフ」

「いや……いやです……」

「なに気どってるの。口止め料として肉屋さんをアナルで楽しませたのはわかってるんだから、フフフ、オマ×コはまだなんでしょう、奥さん」

「…………」

由紀子は声もなく弱々しく頭を振った。

「玄関でやられたでしょう。覗いてたのよ、はじめっから終わりまでね、フフフ」

店長は由紀子の身体からバスタオルを剝ぎ取った。

「いやッ」

あわててうずくまろうとする由紀子の腕を取って背中へ捻じあげ、すばやく縄を巻きつけた。

「そんな……いやッ……どうして縛るの……ああ」

「フフフ、縛った奥さんをやりたいのよ」

縄尻を由紀子の豊満な乳房の上下にもまわして、きゅっと締めあげた。

寝室へ連れこまれた由紀子は、ベッドへ押し倒された。

「ほんと、いい身体してるわね、奥さん。ムチムチして責めがいがあるわ。フフフ、女であることを後悔するくらいたっぷりやってあげますよ」

店長は由紀子を見おろし、服を脱ぎはじめた。

たくましいものを剝きだし、見せつけるように揺する。

「ああ……かんにんして……もうクタクタなんです」

「それはアナルでしょう。オマ×コはまだ一発も犯っていないのはわかってるんだから、フフフ」

「そんな……いや……いやです……」

後ろ手に縛られた不自由な身体で、由紀子はあとずさった。

だが、足首をつかまれて由紀子はグイと引きもどされた。

「さあ、口止め料に奥さんのオマ×コ、うんと楽しませてもらうわよ、フフフ、朝まで眠らせないから」

店長は由紀子の乳房を両手で鷲づかみにして、乳首にしゃぶりついていった。荒々しく揉み、乳首をガキガキと嚙む。

「ああッ……ひッ、ひッ……いやあ……」

由紀子は逃げようともがくが、腰に力が入らない。店長の手と口とでもみくちゃにされていく。

店長の手と口は、由紀子の乳房から腹部へと這いおりた。

「股を開くのよ、奥さん。オマ×コを舐めまわしてあげるから」

「いや、いやあッ」

悲鳴をあげる由紀子は、いきなり頰を張られた。ガクッと力が抜けたところを、膝をつかんで割られ、股間に店長の口が吸いついた。

「ひッ、ひいーッ……」

由紀子はガクガクと腰を揺すってのけぞった。

それをあざ笑うように、女芯がきつく吸いあげられ、割れ目が舐めまわされ、とがらせた舌が膣にもぐりこんだ。

「ひッ、ひいーッ……いや、いやあッ……ひいーッ……」

店長の舌と唇にあやつられる人形みたいに、由紀子は泣き、叫び、ベッドの上でのたうった。

「いいオマ×コしてるわね、フフフ、こういうオマ×コを見ると、孕ませたくなるわ、奥さん」

由紀子はおびえ狂ったように黒髪を振りたくる。

「いや、それだけはッ……いやあッ……」

「口止め料は高いのよ、奥さん、フフフ」

店長はまた激しく媚肉に吸いついた。

音をたてて吸う唇の間で、由紀子の女芯がヒクヒクと大きくなっていく。肉襞を舐めまわすと、ざわめいて熱くたぎりだす。

「敏感なのね、奥さん。もうお汁が溢れてきたわよ、フフフ」

店長は蜜を、チュウと音をたてて吸った。

「あ、ああ……いや……あああ……」

肉屋に何度も犯された由紀子の身体は、信じられないくらい敏感になっていた。

由紀子は官能の火に肉を灼かれ、息も絶えだえにあえぎはじめた。

それが店長にもわかって、

「フフフ、いくわよ」

顔をあげ、由紀子の太腿の間に腰を割り入れた。

「ああッ、いやッ……ゆるしてッ、ああッ」

たくましい先端で媚肉をなぞって由紀子に悲鳴をあげさせてから、店長は荒々しく膣に押しこみはじめた。

「いやあッ……ああッ、ああッ……ううむッ」

一気に貫かれて、由紀子は裸身を揉み絞る。

肉襞がいっせいにからみつき、身体の芯がひきつるように何度も収縮した。

「ああ……」

由紀子は右に左にと顔を伏せ、ハァハァと息を吐いた。貫かれてしまうと、それに支配されたようにあらがいの力が抜けた。

(も、もう……どうにでもして……ああ、どうなっても……)

そんな由紀子の胸の内を見抜いたように、店長がニヤリと笑った。

「やっとその気になったようね、フフフ、うんと気分を出して気をやるのよ、奥さん」

店長がゆっくりと突きあげはじめた。

「あ、ああ……あああ……」

こらえきれない声が由紀子の口からこぼれた。

そこへ突然、男が三人入ってきた。薬屋、本屋、クリーニング屋である。

「これはこれは、へへへ、もう口止め料を払っているところですか、奥さん」

「我々にも払ってもらいますよ。フフフ」

「それじゃさっそく、その色っぽい口でしゃぶってもらうか」

三人はニヤニヤと笑いながら服を脱ぎはじめた。

「そ、そんな……いや、いやです……ああッ、いやあッ」

戦慄の悲鳴をあげる由紀子をあざ笑うように、店長は一段と激しく由紀子を突きあげた。

言葉が途切れ、ひいひいと悲鳴になった。

その悲鳴も、まとわりついた三人の肉棒をかわるがわる口に咥えさせられ、くぐもったうめき声に変わる。

「うむ、ううむ……うぐ……」

由紀子は頭のなかが真っ白になった。そのなかでただれるような快美の炎が、メラメラと音をたてて燃えあがる。

第三章　嬲姦劇

1

（ああ、こんな……こんなことって……どうすればいいの……たすけて……）

由紀子は絶望に打ちのめされていた。

あれから外国人たちはあらわれないが、肉屋や薬屋といった商店街の店主たちに、

「また楽しませてもらうよ、奥さん。口止め料だからね、フフフ」

と脅されていた。

由紀子は恐ろしくて商店街を通れない。いつ肉屋の主人らがやってくるかと、家に昼間一人でいるのがこわい。

朝、いつものように夫と子供を送りだした由紀子は洗濯をすませ、隣りの駅のスー

パーまで買物に行こうとしていた。その時、突然、肉屋の主人から電話がかかった。

「フフフ、奥さん、本屋さんがまた口止め料を払って欲しいそうですよ」

「そ、そんな……」

由紀子はめまいがして、受話器を落としそうになった。一度もてあそんだだけでは満足せず、またいやらしいことをしようとしている。

由紀子はブルブルと身体がふるえだし、膝がガクガクした。

「ミニスカートでノーパン、ノーブラで来て欲しいというのが、本屋さんのリクエストでね、フフフ」

肉屋の主人にそう言われた。恥ずかしいビデオテープが彼らの手にある限り、由紀子は拒むことができない。

由紀子は化粧をすると、命じられたミニスカートの黒のワンピースを、素肌にじかにつけた。

（ああ、こんな……）

由紀子は思わずミニスカートの裾を手で押さえた。ワンピースの下にいっさい下着をつけないことが、こんなにも恥ずかしいとは。

今にもスカートの裾がまくれそうな気がして、手を離せない。ハイヒールをはいて外へ出ると、生きた心地もなかった。

ミニスカートの下がノーパンなのをみんなが知っていてあざ笑っているような気さえする。

由紀子は顔をあげることもできない。なるべく人目につかないように狭い路地を通って、商店街で一番駅に近い本屋に行く。

「待ってましたよ、奥さん」

本屋の主人が店の入口まで由紀子を出迎えて、うれしそうに言った。その眼はいやらしく、由紀子のミニスカートからのびた露わな太腿が素足であることを確かめる。

「ああ……」

由紀子は思わず逃げ帰ろうとしたが、本屋の主人にがっしりと腕をつかまれ、強引に店のなかへ入れられた。

午前中とあって客もほとんどいない。それをいいことに主人は由紀子を抱きしめ、首筋に唇を這わせようとした。手はいやらしく由紀子の双臀を撫でまわしてスカートのなかへもぐりこもうとする。

「あ、そんな……いや、おねがいっ。や、やめてください……いやッ」

由紀子は主人の唇をそらしつつ、あわててスカートの裾を押さえた。

「口止め料を払いにきたんでしょう、奥さん。まずノーパンかどうか確かめないとね、フフフ」

「ああ……こ、ここではいや、いやです。人に見られます……」

「どこで口止め料を払ってもらうかは、私が決めること、フフフ、どこにするか、奥さんの態度しだいと言ってもいいかな」

主人にささやかれて、由紀子はわななく唇をキリキリと噛みしめた。あらがえば店のなかでもてあそぶかもしれない。

「ああ、ひどい……」

スカートの裾を押さえる由紀子の手から力が抜けた。

だが、主人はスカートのなかへ手をもぐりこませることはやめた。本棚の前に梯子を立てかける。

「奥さん、ここをあがってもらいましょうか。ノーパンがはっきりわかるまでね」

主人はニンマリとして、いやらしく舌なめずりした。

いやいやと弱々しくかぶりを振った由紀子だったが、唇を噛みしめたまま、梯子に手をかけて一段、また一段とあがりはじめた。

主人は後ろでしゃがみこむようにして、ニヤニヤとスカートのなかを覗いてくるのが、由紀子は痛いまでにわかった。

（ああ、こんなことって……）

由紀子は思わずスカートの後ろを押さえたくなったが、それは許されない。梯子を持つ手がふるえ、膝とハイヒールもガクガクした。

「もっとあがるんですよ、奥さん、フフフ、スカートのなかがしっかりと覗けるようにね」

「ああ……」

由紀子はまた弱々しくかぶりを振った。梯子を登るにつれて、主人の熱い視線が、下から太腿の奥へと這いあがる。

「フフフ……いいながめだ」

主人が低い声で笑った。ミニスカートのなかのムッチリと張った由紀子の裸の双臀がはっきりと見えたのだ。

手をのばして太腿を這いあがらせ、双臀をねっとりと撫でまわしはじめた。

「ひッ……や、やめて、こんなところで……ああ、人に見られますッ」

由紀子は激しく狼狽して、主人の手を振り払おうとした。

「おとなしくしてないと、ここで素っ裸にするよ、奥さん。ビデオのこと、ご主人に知られてもいいのかな、フフフ」

「そ、そんな……あああっ」

由紀子の身体からあらがいの力が消えた。双臀を撫でまわしてくるいやらしい手に必死で耐え、太腿を硬く閉じ合わせる。

「奥さん、片足を一段上にあげて股を開くんですよ。オマ×コがいじれるようにね」

「か、かんにんして、ここでは……」

「フフフ、素っ裸にされたいのかな。そうなれば、ご主人だけでなくて街中に知られることになる」

「ああ……」

閉じ合わせた太腿がゆるみ、由紀子の片足が梯子の一段上に乗せられた。双臀を撫でまわしていた本屋の主人の手が由紀子の内腿にすべりこみ、指先が割れ目をまさぐってきた。

「こ、こんなところで……ああ、ゆるして……」

女の部分に指先が分け入るのを感じた。

もし誰かが店のなかに入ってきたらと思うと、由紀子は生きた心地もない。

いやらしく柔肉が剝きあげられて、こすられる。

「ひッ、いや……ひッ……」

「いくら気持ちいいからって、そんな声を出すと、店の外まで聞こえるよ、奥さん」

「い、いや……」

意地の悪いささやきに、由紀子はキリキリと歯を嚙みしばって声を抑えた。

それをあざ笑うように主人の指は、女芯をいびり、膣のなかにまで入ってきて、肉襞をまさぐる。

「あ……う、うむ……いや……うむ……」

必死にこらえようとすると、かえっていやらしい指の動きを感じ取ってしまい、由紀子は唇を嚙みしめて黒髪を振りたくった。

「うむ……も、もう、ゆるして……人に、見られます……もう、やめて……」

「やめて欲しければ、早くオマ×コをヌルヌルにすることだよ、フフフ、気分出すんだ、奥さん」

「こ、ここでは、ゆるして……」

由紀子は今にも泣きださんばかりだ。

いつ誰に見られるか……生きた心地もないのに、いやらしくまさぐられる肉が熱くうずきだし、女芯がとがっていくのが、由紀子には自分の身体なのに信じられない。

いくらこらえようとしても、成熟した人妻の性が、勝手に反応してしまう。

「ああ、そんな……」

ふくれあがる感覚を振り払うように、由紀子はかぶりを振った。

「フフフ、指じゃものたりないんでしょう、奥さん。これを使えば、もっと発情することができますよ」

主人がポケットから長大な張型を取りだした。スイッチを入れると、低い電動音とともに張型の頭がうねり、振動しはじめた。

「いやですッ、そんなもの……ゆるしてッ」

由紀子は美しい顔をひきつらせて、叫んだ。

「そんなもの、使わないで……ひと思いに……し、してください」

「こいつでオマ×コをベチョベチョにしたら、してあげますよ、フフフ、じっくり楽しまなくちゃね」

「ああ……ひと思いに……」

張型の淫らな振動とうねりとを内腿に這わされ、由紀子は身体を硬直させた。

「い、いやッ……」

「いやならテープをご主人に、フフフ」

「ああ……」

張型を割れ目へと這いあがらされても、由紀子は逃げることができない。

「さあ、しっかり咥えるんだ、奥さん」

「ああ、いや……あ、ああ……」

ジワジワと柔肉に分け入ってくる張型を感じて、由紀子はひーッと喉を絞った。

張り裂けんばかりの大きさである。じっとりと肉襞を巻きこむようにして入ってくる。ブルブルと由紀子の腰がふるえ、梯子の上で膝とハイヒールが崩れそうだ。

「うむ……ううむ……」

由紀子はキリキリと歯を噛みしばった。

「フフフ、うれしそうに咥えていくじゃないか、奥さん。肉がからみついてくる」

主人はあざ笑うように言って、ズンと張型の先端で子宮口を突きあげた。

「ひいッ……」

由紀子は今にも気がいかんばかりにのけぞった。

淫らな振動とうねりとが子宮口をおそって、とてもじっとしていられない。由紀子の双臀が、梯子の上でうねった。

「と、とめて……ああ、スイッチを切ってください」

「このましっかり咥えているんだ。バイブのスイッチを切ったら発情させられないでしょう、フフフ」

「いや……ああ、こんなの、いやです……」

「勝手に抜いたりしたら、素っ裸にしてご主人に電話しますからね、フフフ」

意地悪く言って、本屋の主人は張型から手を離すと、再び由紀子の双臀や太腿を撫でまわしはじめた。

2

さんざんスカートのなかをいじられた由紀子は、媚肉に長大な張型を咥えさせられたまま梯子からおろされた。

主人に腕を取られたまま、店から外の通りへ連れだされる。

「ああ……」

由紀子はあわててスカートの裾を押さえた。張型を入れられたまま通りに連れだされるなど、生きた心地もなく、わあっと泣き崩れてしまいそうだ。

「い、いや……気づかれてしまいます……」

「バイブを落とさなければ大丈夫、フフフ、さあ、しっかり歩くんだ。クリーニング屋さんが待っているからね。奥さんに口止め料を払って欲しいって」

「そ、そんな……」

由紀子は美しい顔をひきつらせた。

商店街は昼近くになって人通りが多くなっている。由紀子はもうなにも見えなかった。主人に腕を取られ、一歩また一歩と足を進ませるのがやっとだ。

人通りのなかで張型が抜け落ちたら、と由紀子は必死にくい締めた。だが、くい締めるほど、歩くたびにうごめく張型の、淫らな振動とうねりとをいっそう感じさせられる。

由紀子の媚肉は熱くたぎって、今にも蜜が溢れて内腿にしたたりそうだ。

(こんな……ああ、こんなことって……)

由紀子は恥ずかしさとみじめさに、気が遠くなりそうだ。

クリーニング屋は、店の前で待ちかまえていた。

「ヒヒヒ、ミニスカート姿が実に色っぽいですね、奥さん。下はノーパンだと思うとたまりませんよ」

由紀子を洗濯物が積まれた物陰へ連れこむと、もう待ちきれないように抱きしめ、激しく唇を吸った。手はスカートの後ろをまくって、裸の双臀を撫でまわす。

股間に埋めこまれた長大な張型に気づくと、クリーニング屋はゲラゲラと笑った。

「本屋さんにいいものを入れてもらってるじゃないですか、奥さん。もうオマ×コがビチョビチョだ」

「フフフ、口止め料を払ってもらう前に、オマ×コをうんととろけさせておこうと思ってね」

本屋もニヤニヤと笑って、由紀子のワンピースの背中のファスナーをさげ、ノーブラの乳房を露わにしてタプタプと揉みはじめた。

「あ、ああ……かんにんして……こ、こんなところでは、いやです……」

由紀子は声をふるわせた。洗濯物が積まれた物陰とはいえ、いつ誰がやってくるかわからない。

「私もいいことをしてあげますよ、奥さん。もっと発情するようにね、ヒヒヒ。本屋さんがバイブなら、私はこれです」

クリーニング屋は釣り糸を三本取りだした。長さは一メートルほど、先端に小さな輪がつくられている。

なにをされるのかと思う間もなく、女芯をつまみあげられて、由紀子はひいッと悲鳴をあげた。

女芯はさっきからのいたぶりで、血を噴かんばかりにとがっている。それをつまみあげられ、釣り糸の輪をはめられて、根元をキュウと絞りあげられた。

「ひッ、ひいッ……いや、いやですッ」

乳房を揉んでくる本屋の腕のなかで、由紀子はのけぞった。肉芽に電気でも流されたようにガクガクと腰がはねた。

「ヒヒヒ、おっぱいの先にもつけてあげますよ、奥さん」

「乳首もこんなにとがっていることだし、フフフ、こりゃますます味がよくなるねえ」

本屋も手伝って由紀子の乳房を絞りこむようにして乳首を浮きあがらせ、そこにクリーニング屋が釣り糸の輪をはめて絞った。

「ひいッ……いや、こんなの、かんにんしてッ」

女芯と左右の乳首という、もっとも敏感なところを釣り糸で絞られ、由紀子はもう動くこともできない。

三本の釣り糸はピンと張って先端でひとつに束ねられ、少しでも動くと肉芽と乳首に衝撃が走る。

「ヒヒヒ、もういい声で泣きだした。今にもっとよくなってくるよ、奥さん」

釣り糸を指でピンとはじき、由紀子に悲鳴をあげさせてクリーニング屋はゲラゲラと笑った。

「感じてるんだろ、奥さん、フフフ、おっぱいの先がますますとがってきた」

本屋は由紀子の乳房を揉み、釣り糸に絞られた乳首をつまんでいびりながらあざ笑うと、クリーニング屋は釣り糸をピンと張ったまま張型を深く咥えさせられた媚肉をまさぐる。

「オマ×コもますますお汁が溢れてきた。ヒヒヒ、まったく責めがいのある奥さんだ」

「いや……ああ、こんなの、かんにんしてッ……ああ、いやです……」

由紀子は黒髪を振りたくって、乳房や股間に這う男たちの手を振り払おうとした。

「や、やめて……ああ、こんなふうに嬲られるのは耐えられません。ひと思いに……」

由紀子の手は逆に本屋とクリーニング屋につかまれてしまい、背中へと捻りあげられた。

「口止め料を払う立場で、いやとかやめてはないものだ、フフフ、こっちのやりたいように口止め料を払えばいいんだよ、奥さん」

「ヒヒヒ、もっとも奥さんがそうやっていやがるところが、こっちにはたまらないんだがね。もっといじめたくなってくる」

二人は、背中で由紀子の両手を合わせると、親指だけを重ねて釣り糸で縛った。

「いや、逃げたりしませんから、ゆるして……」

「これで両手の自由も奪った。だけどこの格好で外を歩いても、他の人には、奥さんが両手を後ろへまわしているとしか見えませんよ、ヒヒヒ」

「そんな……」

由紀子は唇をワナワナとふるわせた。また白昼の商店街のなかを歩かされるのだ。

クリーニング屋は、ワンピースの胸の左右に小さな穴を開け、スカートの前にも小さな穴を開けて、三本の釣り糸を通し、先端でひとつに束ねた。

「これなら他人には見えにくい、ヒヒヒ」

「いや、いやです……ああ、ほどいて……こんな格好、あんまりです」

「さあ、歩くんだ、奥さん。薬屋さんも口止め料を払って欲しいらしいよ」

本屋は由紀子の腕を取り、クリーニング屋が三本の釣り糸を束ねた先端をグイと引いた。

「ああッ……ひッ、ひいッ……」

外へ引きだされ、由紀子はあわてて唇を嚙みしばった。

ノーパンで張型を咥えさせられただけでなく、乳首と肉芽を絞った釣り糸で、家畜のように引きたてられていく。

すれちがう人が由紀子のただならぬ気配に気づき、振りかえる。

（ああ、こんな、こんな目にあわせられるくらいなら、いっそ死んでしまいたい）

必死に声をかみ殺して平静を装っても、由紀子はブルブルと身体のふるえがとまらない。

少しでも足をとめると、容赦なく釣り糸を引かれ、由紀子は悲鳴をあげかけてあわてて歯を噛みしばった。

由紀子の股間は溢れる蜜でヌルヌルになった。足を進ませるたびに官能がふくれあがる。

（ああ……た、たまらない……）

こんなひどいことをされているのに、由紀子は自分の身体の反応が信じられない。

「もう気をやりたくってしようがないよといった顔してるよ、奥さん、フフフ、すっかり牝らしくなった」

「ヒヒヒ、まだイカせてあげないよ、奥さん。あとでたっぷりと我々の生身を入れてやるから、それまで我慢するんだ」

二人はささやいてあざ笑った。

「ああ……」

由紀子は一時も早く薬屋に逃げこみたかった。さらなる辱しめが待っているとわかっても、無数の人の眼から逃れたかった。

3

薬屋に連れこまれた由紀子は、好色中年の三人に取り囲まれて、肌をまさぐられながらハァハァとあえいでいた。

「……もう、ゆるして……ああ……」

男たちはニヤニヤと笑うばかりだ。

「ああ、これ以上、辱しめないで……も、もう、ひと思いにしてください……」

「まだまだ、奥さんの身体でもう一カ所、発情させておかなければならないところがあるんですよ、フフフ」

薬屋の主人がうれしそうに言った。

由紀子はハッとして薬屋を見た。薬屋はさっきから由紀子の双臀ばかり撫でまわしている。恐ろしい予感がふくれあがって、由紀子はワナワナと唇をふるわせた。

「ほれ、薬屋さんのほうへ尻を突きだすんだ、奥さん」

本屋が由紀子の乳房をいじり、張型を咥えさせられた媚肉をまさぐりながら言えば、

「ヒヒヒ、じっくり尻の穴をいじってもらって、後ろの口も発情させるんですよ、奥さん。オマ×コだけじゃものたりないはず」

クリーニング屋は釣り糸をクイと引いて、いやらしく笑う。

「そ、そんな……」

やはりおぞましい排泄器官を……肉屋の主人に肛門を嬲られた記憶が、ドッとよみがえった。

「い、いやッ……お尻なんて、いや……もう、いやですッ」

由紀子は激しく黒髪を振りたくった。

グイと釣り糸を引かれ、由紀子はひいッと悲鳴をあげた。その糸にあやつられるように上体を前へかたむけ、双臀を後ろへ突きだす格好をとる。

「そのままじっとしてるんだよ、奥さん。あばれたらきつい仕置きだからね」

「奥さんは口止め料を払う気がないとみなして、すべてをご主人に話すことになるよ」

本屋は由紀子の臀丘の谷間を大きく割りひろげた。

「あ、ああ……そんなところ……」

由紀子の声がふるえた。

「可愛い尻の穴だ、フフフ、とても肉屋さんにアナルセックスされたとは思えない。あんな大きいのが入ったなんてウソみたいだ」

薬屋はニヤニヤと覗きこんで、可憐にすぼまった由紀子の肛門を指先でゆるゆると揉みほぐしにかかった。

「ああッ……ああ、いや……ああ……」

キュウと由紀子の肛門が引き締まって、ムッチリとした臀丘がブルブルとふるえた。

「いい感じだ。これじゃ肉屋さんが夢中になるのもわかるねえ、フフフ」

揉みほぐしながら薬屋は何度も舌なめずりした。

由紀子の肛門の粘膜が指先に吸いつく。必死に引き締めているのが、しだいにフッとゆるむ。あわてて締めることをくりかえしはじめるのが指先に感じられ、薬屋の欲情を昂らせる。ゾクゾクと胴ぶるいがくる。

「ああ……お尻は、ゆるして……ああ……」

弱々しくかぶりを振りながら由紀子はすすり泣きはじめた。いくら引き締めても揉みほぐされて、いつしかフックラとゆるみだす。

「フフフ、奥さんの尻の穴がヒクヒクしてとろけだした。尻の穴まで敏感なんだねえ、奥さん」

薬屋があざ笑えば、あとの二人もどれどれと交代で由紀子の肛門をまさぐった。張型を埋めこまれた媚肉から溢れる蜜を指にまぶし、ズブズブと縫うように肛門を貫く。

「あ、あああッ……やめて……」

由紀子は泣き声を大きくした。指で貫かれる異常な感覚に、おぞましい記憶がよみがえった。

「気持ちいいんでしょう、奥さん。クイクイ指を締めつけてくるじゃないですか」

「こんなにきつくオマ×コを締めつけられたら、ヒヒヒ、たまらんだろうね」

「尻の穴をいじってやったら、オマ×コがますますお汁を溢れさせた。好きなんだねえ、奥さん」

「いやッ」

三人にかわるがわる指で貫かれ、出し入れされて、由紀子は黒髪を振りたくって泣いた。嫌悪感とは裏腹に身体の芯がますます熱くうずいてくる。

由紀子は恐ろしく、消えてなくなりたい気持ちだ。

いつのまにか薬屋はもう一本、グロテスクな張型を手にしていた。媚肉の蜜を塗られてヌラヌラと光り、不気味にうねっている。

「いやッ……かんにんしてッ」

由紀子がそう叫んだ時には、張型の淫らな振動とうねりとが肛門をおそっていた。指とは較べものにならない大きさで、由紀子の肛門を押しひろげていく。

「やめてッ……ああッ、いや……ああ、痛い……うむむ……」

「これより太い肉屋さんのを咥えたくせして、痛いもないものだ、フフフ、ほうれ、しっかり呑みこんで、尻の穴をもっと発情させるんですよ、奥さん」

「か、かんにんしてッ……うむ、ううむ……」

由紀子は硬直させた双臀をブルブル痙攣させて、キリキリと歯を噛みしばった。肛門をいっぱいにひろげて押し入ってくる張型に、由紀子は息もできなくなった。

「ほうれ、スムーズに入っていくのがわかるでしょう、奥さん」

たいした尻だ……薬屋はうなるように言って、深々と沈めた。

由紀子の肛門は張型をぴっちりと咥えてヒクヒクしながら締めつける。生々しく妖しいながめだ。

「う、うむ……」

由紀子はキリキリ噛みしばった口をパクパクさせ、息も絶えだえにあえいだ。

媚肉と肛門に、張型を咥えさせられた身体が、自分のものでないようだ。

その両方が振動し、共鳴する感覚に、腹のなかが火になって身体中に燃えひろがっていく。

「うんと発情するんですよ」

「オマ×コも尻の穴もヒクヒク締めつけて、そんなに気持ちいいのかな」

「フフフ、やっぱりお汁が内腿にまで垂れはじめた。口止め料を払える状態になってきたようだ」

三人は由紀子の股間を覗きこんで意地悪くからかった。

反発する気力もなく、由紀子はあえぎ、泣くばかり。

「これで準備はできたし、いよいよ肉屋さんの待っているところへ行きますかね」

今度は本屋と薬屋に左右から腕を取られ、クリーニング屋に釣り糸を引っぱられて、強引に歩かされる。

「ひッ、ひッ……そんな……ああ……」

由紀子はもうまともに歩けない。足を進めるたびに二本の張型が薄い粘膜をへだててこすれ合う。ガクガクと腰と膝の力が抜けそうだ。

そのたびに左右から腕を取った二人に、グイと引き起こされクイクイ釣り糸を引かれた。

「かんにんして……変になっちゃうっ」

「変になっていいんですよ、奥さん。そのための準備だからねえ、ヒヒヒ」

「ああ……ゆるして、もう……あむ……」

通りへ連れだされると、由紀子は歯を噛みしばって声を殺した。

泣きだしてしまいそうなのを耐えるのにやっとで、左右から腕を取られていなければ、立っていることもむずかしい。

(ああ……たすけて……)

どこをどう歩かされているのかもわからない。由紀子は釣り糸に引かれるまま足を前へ出すだけだ。

ようやく肉屋の地下倉庫へ連れこまれた時には、由紀子はグッタリと身体を二人にあずけ、ハアハアとあえぐばかりになった。美しい顔は上気して、黒髪を額や頬にまとわりつかせている。

「早く犯って欲しくてしようがないんですね、奥さん。いい表情だ、フフフ」

「こっちは全員そろったし、奥さんは見事に発情しているし、そろそろ口止め料を払ってもらおうかな」

美容院の店長と肉屋がニヤニヤと笑って待っている。

第四章　因果

1

すぐに男たちは由紀子のワンピースを脱がせはじめた。下はノーパン、ノーブラの裸で、喉から乳房、そして腹部にかけてびっしょりの汗だ。

ツンととがった乳首をふるわせて腹部があえぎ、二本の張型を埋めこまれた股間からは、蜜が内腿までしたたっている。釣り糸で絞られた女芯は、血を噴かんばかりだ。

「色っぽいねえ、フフフ、そそられますよ」

「ヒヒヒ、たっぷりと楽しませてもらわないとねえ、奥さん。口止め料は高いからね」

「こっちはさっきからオチン×ンがビンビンでしてね、奥さん」

「この前、口止め料を払ってもらってからというもの、奥さんでないと精を放つ気がしないんだよ」

男たちは口々に勝手なことを言い、由紀子を後ろ手に縛っていく。豊満な乳房の上下にも縄をまわして、絞りあげた。

親指の釣り糸は解かれたが、乳首や肉芽を絞った釣り糸はそのままだ。二本の張型も埋めこんだままである。

「ああ……」

由紀子は弱々しくかぶりを振った。

ようやく通りの人々の眼からは逃れられたものの、いよいよこの男たちに口止め料として犯されるのだ。

由紀子がブルブルふるえるたびに、股間から蜜がツーッと内腿にしたたった。

「この倉庫は完全防音でしてね、フフフ、奥さんがいくら泣き叫んでも大丈夫です」

肉屋がニヤニヤと由紀子の顔を覗きこんで言った。

好き者五人は早くもズボンを脱ぎはじめる。たくましい屹立が一本、また一本と由紀子に見せつけられた。

「ああ、いや……」

あわてて眼をそらして、由紀子は弱々しく黒髪を振った。五人の相手をさせられると思うと、気が変になる。

「さあ、口止め料を払うんだから、奥さんの口からちゃんとおねだりするんですよ」

肉屋が意地悪くささやいて、ピシッと由紀子の双臀を平手打ちした。

「ああッ……」

キリキリと唇を噛みしめた由紀子だったが、もうあらがう気力も萎えている。再び涙に濡れた瞳を男たちに向けた。

「……お、おねがい……」

由紀子の声がふるえた。

「ビ、ビデオテープのことは、夫に内緒にしてください……由紀子、この身体でいっしょうけんめいお相手しますから……うんと、オマ×コしてください……由紀子をメロメロにして」

由紀子はすすり泣きだした。

男たちはうれしそうに笑い、肉棒をつかんで揺すった。

「我々のうち一人でも満足しないのがいたら、口止め料未払いということで、ビデオをご主人に見せますよ、フフフ」

「五人の相手はきついかもしれないが、これだけいい身体をしてるんだ。うんと気分を出して、何回でもイクんですよ、奥さん」

「オマ×コだけでなくて、その色っぽい口も尻の穴も、みんな使わせてもらうよ、フフフ」

男たちにそんなことを言われても、由紀子はうなずくしかなかった。

「ゆ、由紀子、うんと気分出しますから、夫にだけは……ああ、由紀子にいっぱいして、どんなことでもして……」

「まず一人一人にあいさつだ。ほれ、しゃぶるんですよ、奥さん」

肉屋に背中を押され、由紀子はズラリと並んだ男たちの前にひざまずかされた。

由紀子の目の前に天を突かんばかりの肉棒が並んでいる。

「ほ、本屋さん……由紀子とオマ×コしてっ。おねがい、このたくましいのでメチャクチャにして」

一人ずつあいさつをさせられ、たくましい肉棒を口に含まされた。

「薬屋さん、由紀子に入れて……何回でもイカせてください……」

「もちろんだよ、フフフ、しっかり舌を使うんだ、奥さん」

「うむ……うぐぐ……」

どれも由紀子が白眼を剝くほどのたくましさだ。こんなので次々にやられると思うと、由紀子は気死しそうになる。

「ヒヒヒ、ご主人と較べてどうかな、奥さん」

「ああ……あなたのほうがずっと……大きくて、こわいくらい……」

こんなふうに五人もの男を次々としゃぶっている自分が、由紀子は信じられない。

「はあ……」

ようやく口を離すことを許された由紀子は、肩でハァハァとあえいだ。美しい顔が真っ赤になっている。

どの肉棒もしゃぶられて、一段とたくましさを増した。

「それじゃ次は奥さんの希望通り、たっぷりとやってやるかな、フフフ」

肉屋は由紀子を地下室の大きな台へ連れていった。

肉を処理する作業台である。大の男が五、六人も乗れる。その上にマットが二つ敷かれていた。

その一方のマットには美容院の店長が、もう一方のには薬屋の主人があお向けに横たわった。その頭の上にはクリーニング屋と本屋が、それぞれ肉棒をつかんで膝をついた。

「さあ、自分から店長の上に乗ってつながり、口でクリーニング屋をしゃぶるんですよ、フフフ」

肉屋に言われて、由紀子は狼狽した。歯が、ガチガチと鳴りだした。

「ああっ、自分からなんて……」

「口止め料を払う立場なんだから、自分から仕掛けていくのが筋というもの」

肉屋はピシッと由紀子の双臀をはたいて台に追いあげ、乳首と女芯を絞った釣り糸の先端を店長とクリーニング屋に渡した。

「フフフ、こっちですよ、奥さん。しっかり脚を開いて、私をまたぐんだ」

「グズグズしてると、夜までに帰れないよ、奥さん。こっちは何発も犯るつもりなんだから」

店長とクリーニング屋は、クイクイと釣り糸を引いて由紀子を引き寄せる。

「あ、ああッ……ひッ、ひッ……引っぱらないでッ……い、言う通りにしますからッ、だからっ」

由紀子は乳首と肉芽に走る激痛に悲鳴をあげ、あやつり人形みたいに店長の上に移動させられた。

「ああ、自分からなんて……ああッ」

店長の腰をまたぐと、下で待ちかまえる肉棒に向けて、腰を落としていく。

パックリと股間が開いて、ヌルヌルになった媚肉と肛門の張型が、ズルズルと抜け落ちそうになった。

「抜いていいのはこっちだけだよ、奥さん、フフフ」

店長は、媚肉の張型だけを引き抜いた。

「あ、ああッ」

由紀子は腰の力が抜けそうになって、さらにガクガクと腰が沈んだ。

灼熱の先端が内腿に触れた。

「ひいッ……いやあッ……」

由紀子は思わず腰を浮きあがらせようとしたが、ピンと張った釣り糸に乳首と肉芽を引っぱられ、またひいッと悲鳴をあげた。

「しっかり咥えるんですよ、奥さん。うんと深くね、フフフ」

「こっちの口でしゃぶることも忘れちゃ困るよ、奥さん」

さらに釣り糸が引かれ、いやでも由紀子の腰が沈み、上体がクリーニング屋の肉棒に向けてかたむく。

「あ、ああ……本当に……本当に夫には、内緒にしてくれるのですね……」

由紀子は泣き声で念を押すと、腰をさらに落とした。

灼熱の先端がジワッと媚肉に分け入った。

長時間の張型によるいたぶりにしとどに濡れて、とろけるような柔らかさで肉棒を受け入れ、柔肉をまとわりつかせていく。

「ああッ……」

膝の力がガクガクと抜け、あとは自分の身体の重みで一気に底まで貫かれ、由紀子はひいッとのけぞった。

身体の芯がひきつるように収縮して、由紀子の腰がガクガクはねた。頭のなかまで灼きつくされる。由紀子は夢遊病者のように前に突きつけられたもう一本の肉棒を口に咥えた。

2

肉屋は肛門の張型に手をのばすと、ゆっくりと動かして由紀子を上下にあやつりはじめた。

「自分から腰を振るんですよ、奥さん。ほれ、気分を出して」

「う、うむ……うぐぐ……」

由紀子は店長の上で腰を揺すられながらうめいた。

揺すられるたびに肛門の張型と媚肉の肉棒とが粘膜をへだててこすれ合い、ただれるような官能がふくれあがった。バチバチと火花が散り、身体中の肉がただれていく。

咥えさせられた肉棒も、クリーニング屋に黒髪をつかまれて口を離せなくされ、喉までふさがれる。

(やめて……ああ、たまらない……由紀子、狂っちゃうッ……)

由紀子はふさがれた口の奥で泣き叫んだ。

男たちのいたぶりはまだ、序の口である。

「ほれ……ほれ……気持ちよくてたまらないんでしょう、奥さん」

「う、うむ……ううむ……」

「もっとよくしてあげますよ、フフフ、すぐに気をやるかな」

肉屋は肛門の張型をあやつって由紀子の腰を二十回ほど上下させると、不意に動きをとめた。

そして肛門の張型で由紀子の腰を持ちあげつつ、隣りで大の字になった薬屋の上に移動させようとした。薬屋と本屋には乳首と肉芽の釣り糸が手渡され、それがクイクイと引かれ、さらに由紀子の身体を引き寄せる。

「そ、そんなッ……ああ、かんにんして、いや、いやです……」

由紀子は狼狽の泣き声をあげた。

「い、いやあ……」

「せっかく咥えたのを離したくないのはわかるけど、二人ばかりを楽しませるのは不公平だ。五人いるのを忘れないで欲しいね、フフフ」

「そんなこと……ああ、かんにんしてッ」

由紀子は薬屋の上にしゃがませられ、肉棒を受け入れさせられた。

ああッと泣き声をあげるところを、本屋に黒髪をつかまれ、肉棒を口に押しこまれる。

「うむ……」

由紀子は白眼を剝いて、腰をブルルッと今にも気がいかんばかりにふるわせた。

「よく締まっていいオマ×コだ、ヒヒヒ、腰を振るんですよ、奥さん」

「私の精を呑むつもりで、しっかりしゃぶるんだ、奥さん、フフフ」

薬屋と本屋はうれしそうに笑った。

肉屋はここでも肛門の張型を動かして、由紀子の腰を上下にあやつった。

そして由紀子の腰が二十回も上下すると不意に動きをとめられ、店長とクリーニング屋のところへもどされる。

肛門の張型と釣り糸にあやつられ、由紀子は拒むことができない。

「あ、ああ、狂っちゃうッ……もう、かんにんしてッ」

何度もくりかえされるのだから、由紀子はたまらない。もう少しで気をやりそうなところでスッと中断され、じらされている。

（いや……い、イカせてッ……ああ、最後まで、してッ……）

由紀子は肉棒でふさがれた口の奥で、叫んでいた。いくら叫んでも、喉まで荒しまくる肉棒に、くぐもったうめき声にしかならない。

「これじゃ気をやれないかな、奥さん、フフフ、もっといいことをしてあげよう」

肉屋は由紀子を右に左にと移動させてから、由紀子の顔を後ろから覗きこんで意地悪く言った。

次の瞬間、肛門の張型が引き抜かれた。

（ああッ……なにをするつもりなのッ……）

後ろの肉屋を振りかえりたくても、由紀子の口には本屋の肉棒が咥えさせられて動かすことができない。

「フフフ、奥さんのムチムチの尻には、やっぱり浣腸しなくてはねえ」

肉屋の声とともに、硬質な感覚が由紀子のとろけきった肛門を貫いた。

「ひいーッ」

媚肉と口とを二人に貫かれている身体に、さらに浣腸などということをされるとは信じられない。

肉屋の主人に浣腸された時のことがドッとよみがえった。

(いや、いやあッ……それだけはッ……ああッ)

肛門を貫いた浣腸器のノズルであやつられて、由紀子の腰が男の上で上下に揺さぶられはじめた。

同時に長大なシリンダーが押され、グリセリン原液がドクドクと注入される。

「うむ、ううむッ……うぐぐ……」

今にも気がいかんばかりに痙攣が走りはじめた。汗でびっしょりの裸身はピンクに染まって匂うようだ。

「どんどん入っていくのがわかるでしょう、奥さん。気持ちよくてたまらないかな」

「うむ……ううむ……」

「一気に入れてはもったいない。じっくり浣腸してあげますよ、奥さん。さあ、また移動してもらうかな」

肉屋は二百CCも注入したところでシリンダーを押す手をとめ、再びノズルで由紀子の身体をあやつって、隣りの二人組へと由紀子を動かした。

「いやッ……ああ、いやあッ……」

由紀子は黒髪を振りたくった。

次の瞬間、由紀子の身体に激しく痙攣が走った。ガクガクと腰がはねあがった。

(ああ、だめッ……あ、あああ……由紀子、もう、もうッ……い、イッちゃうッ)

由紀子は媚肉と肛門から脳天へと一気に灼きつくされる。

由紀子が絶頂へと追いあげられつつあるのは、男たちにもわかった。

「もうイクのか、奥さん。やっぱり敏感なんだねえ」

「浣腸してやったらすぐにイキそうになるとは、奥さんらしい」

「イッていいんですよ、奥さん。まだまだ何回でもイカせてあげるからね、ヒヒヒ、イキっぱなしというのもおもしろいな」

男たちのからかいも、もう由紀子には聞こえない。

汗びっしょりの裸身が男の上でのたうつ。さらに痙攣が激しくなった。

「ほれ、思いっきりイクんだ、岡野由紀子」

肉屋は百CCほど一気に注入した。

(ひッ、ひぃーッ……あああ、イクッ……由紀子、イクッ)

ふさがれた喉を絞って、由紀子は総身をキリキリと収縮させ、肉棒とノズルをくい切らんばかりに締めつけた。

「こりゃすごい締まりだ。油断すると射精してしまいそうだ」

薬屋がうなるように言った。

「そんなにすごいですか、薬屋さん。それじゃバトンタッチしてこの私にも」

隣りから店長がうわずった声で言って、由紀子の肉芽を絞った釣り糸を受け取った。

男たちは由紀子を休ませようとはせず、再び、店長の上へと移動させて責めつづける。肉屋もノズルで由紀子の肛門を貫いたままで、原液の注入を再開した。

(ああ、そんなッ……ああ……あああ……由紀子、また……また、イッちゃうッ)

由紀子はガクガクとはねあがった。絶頂感がおさまるひまもなく、再び追いあげられる。

(イクッ……ひッ、ひぃーッ……)

由紀子はもう眼はうつろで、肉棒を含まされた口の端からは、涎れを溢れさせて、ブルブルとふるえる裸身はあぶら汗でびっしょりだ。

それでも男たちは由紀子を店長から薬屋に、そしてクリーニング屋へと移動させ、浣腸をつづけた。

（ま、また、イクッ……）

ようやく原液がすべて注入された時には、由紀子はグッタリとなってあえぐばかりだった。

注入は終わっても、猛烈な便意が由紀子をおそった。

（あ、ああ……もう、ゆるして……あああ、もうおトイレにッ……）

肉棒で口をふさがれていては、言葉にならない。

「フフフ、もっとよくしてあげるよ、奥さん。イキっぱなしになるようにね」

肉屋が由紀子の耳もとで言った。

ノズルが引き抜かれたと思うと、たくましい肉棒の先端が由紀子の肛門に押しつけられた。

3

浣腸されて排泄も許されない肛門セックスなど、由紀子には信じられない。媚肉と口にも肉棒を咥えさせられ、男三人を同時に受け入れさせられている。

（う、ううむ……死ぬう……ひぃーッ……ひぃーッ……）

薄い粘膜をへだててこすれ合う二本の肉棒、荒れ狂う便意を押しとどめ、栓と化して逆流させせつつ肛門を突きあげてくる肉棒。泣き叫ぼうにも喉までふさぐ肉棒。

（こんな……こんなことって……）

それがこの世のものとは思えない肉の快美を生むのが、恐ろしい。便意と苦痛の入り交じった、ただれるような快感である。

（死んじゃう……）

ふと気づくと今度は本屋の上に乗せられ、口には薬屋の肉棒を咥えさせられ、また次に気づくと、クリーニング屋の上だった。肛門はずっと肉屋の主人に占拠されたままだ。もう自分の身体がどうなっているのか、どのくらい責められているのかもわからない。

「しっかりするんだ、奥さん。これだけいい身体をしているのに、だらしないぞ」

肉屋に頬をたたかれ、由紀子はゆり起こされた。

うつろに眼を開いた由紀子は、肉屋がニヤニヤと笑っているのに気づくと、悲鳴をあげた。

「いやッ、もう、いやですッ……死んじゃう……ああ、ゆるしてッ」

肉屋はゲラゲラと笑った。肉屋以外の姿はない。

「みんな満足して帰っていきましたよ。次回の口止め料を払ってもらうのが楽しみだと言ってね、フフフ」

「…………」

由紀子は声もなく唇をワナワナとふるわせた。

起きあがろうとしたが、由紀子は腰が抜けたように力が入らない。

媚肉はまだ熱くうずく、肛門にはまだ拡張感が残っていた。

「ああ……」

それでも由紀子はフラフラと起きあがると、ワンピースを引き寄せて身につけはじめる。一刻も早くここから逃げたかった。

「おみやげがありますよ、奥さん。これでも食べて、うんと精をつけるんですな、フフフ」

肉屋が取りだしたのは、ソーセージだった。ひとつは直径五センチほど、もうひとつはウインナーソーセージが数本つながっている。

「わかるでしょう、大きいのはオマ×コに、小さいのがつながってるのは尻の穴に咥えて、持ち帰ってもらいますよ」

「い、いや……そんなことっ」

「いやなら、その気になるまで浣腸してもいいんですよ、奥さん」

「ああ……」

由紀子は弱々しくかぶりを振った。

キリキリと唇を噛みしめると、命じられるままにスカートをまくり、裸の下半身を剝きだしにして両脚を左右へ開いた。

大きいソーセージがジワジワと由紀子の媚肉に埋めこまれた。

「あ、ああ……うむ、いや……」

ズンと子宮口に達するまで入れられ、由紀子はひいッとのけぞった。腰の力が抜け、膝とハイヒールがガクガクと崩れそうになる。

つづいて後ろにまわった肉屋は、小ぶりなのをひとつひとつ由紀子の肛門へ押し入れはじめた。

「いやッ……ああ、かんにんしてッ……あ、ああ……」

「せっかくのおみやげを落とさないように、うんと深く入れなくてはねえ、フフフ」

小さなソーセージをひとつ入れては指でぐっと押しこみ、またひとつと入れていく。

最後のひとつは肛門からぶらさがるようにした。

「フフフ、オマ×コも尻の穴もしっかりくい締めて、落とさないように持って帰るんですよ、奥さん」

「ああ……こんなことって……」

「そうそう、気持ちいいからって、せっかくのソーセージをくいちぎってしまわないようにね」

肉屋は双臀をピシッと打ってゲラゲラと笑った。

由紀子はまくったミニスカートを直すと、壁に手をついて身体を支えるようにしながら、逃げるように地下室の階段をあがった。

4

外へ出ると、もうあたりはすっかり暗い。

由紀子はハッとした。子供が一人で泣いているのではないか。それに、夫も帰ってきてしまう。

由紀子は必死に夜道を急いだ。だが、媚肉と肛門のソーセージの存在を思い知らされ、何度もよろめいた。

ソーセージを抜き取りたくても、ちょうど帰宅時間の道には人の眼があり、由紀子にはできない。

なんとか我が家のそばまでたどりついた時、待ちかまえていたように若い男が近づいてきた。

「フフフ、岡野由紀子さんだな」

「は、はい……なにか……」

由紀子はハッと身体を硬くした。男はヤクザのようだ。

「ビデオ見たぜ、フフフ」

男の言葉に由紀子の美貌が凍りついた。ブルブルと身体がふるえだした。

「おとなしく車に乗ることだ。子供が可愛いんだったら」

男がそう言う間にも黒塗りの車があらわれて、由紀子の横でとまった。窓には黒いシートがはられ、なかが見えない。

助手席の窓が開いた。ヤクザふうの男が膝の上に由紀子の子供を抱えている。子供は薬で眠らされているようだ。首にはナイフが押し当てられている。

「ああッ、絵美ちゃんッ……子供になにをしたのですかッ」

由紀子は声をひきつらせた。

「まだなにもしちゃいねえ。奥さんがこっちの言う通りにしてる間はな、フフフ」

男は車の後部席のドアを開けて、由紀子に乗るよう言った。

すでに男が一人乗っていた。由紀子は後ろの男とはさまれるようになった。

すぐに車は走りだした。

「いい女だ。ビデオより実物はもっといい」

「こ、子供にあんなことをして……ど、どういうつもりなのですか……」

「ガキに用はねえ。用があるのは奥さんの身体でね、フフフ、肉屋や薬屋なんかにはもったいねえ女だ」

「…………」

由紀子の唇がワナワナとふるえた。用があるのは奥さんの身体……それがどういうことを意味するのか。

「こりゃたっぷり稼げますぜ、兄貴。これだけの女なら、客はいくらでもつくってもんだ、へへへ」

「客はとらせる、裏ビデオもショーもなんでもＯＫというところか。兄貴のきつい責めにも充分耐えられそうじゃねえですか」

運転席と助手席の男二人も由紀子を振りかえって、ニヤニヤと笑った。

「ああ……」

由紀子はブルブルとふるえがとまらなくなった。

「奥さんはもう組のものだぜ。この身体でたっぷり楽しませて、うんと稼ぎな」

「……………」

由紀子は声もなく、いやいやとひきつった顔を振った。

いきなり黒髪をつかまれた。

「ガキがこっちの手にある限り、奥さんは逃げることはできねえんだよ」

強引に唇を奪われ、舌をからめ取られて激しく吸われた。

口を離した男はニヤリと笑った。

「着くまで車のなかでまず浣腸だ、フフフ、俺の浣腸は肉屋よりずっときついぜ」

男は足もとから注射型の浣腸器を取りあげた。

グリセリン原液と酢の混合液がたっぷりと充塡されている。

「ひいッ……いやあッ……そんなこと、いや、いやですッ」

悲鳴をあげる由紀子のワンピースが引き裂かれて、たちまち全裸にされた。

狭い車のなかで由紀子の裸の双臀が強引に高くもたげられた。肛門のソーセージに気づいても驚くふうもなく、そのままソーセージを押しこむようにノズルを刺す。

「まずは一発目だ。途中で漏らすなよ」

男は荒々しく長大なシリンダーを押しはじめた。一気に入れるやり方だ。

「ひッ、ひいーッ……」

由紀子の悲鳴が噴きあがった。

人妻シリーズとして由紀子の裏ビデオが次々と街に流れだすのは、その一カ月後だった。


（完）

本作は、『肛虐の美学　助教授夫人・二十七歳』『美肛伝説』（ハードXノベルズ）を修正・再構成し、改題の上、刊行した。

フランス書院文庫X

肛虐《こうぎゃく》の凱歌《ファンファーレ》【四匹《よんひき》の熟夫人《うれふじん》】
著　者　結城彩雨（ゆうき・さいう）
発行所　株式会社フランス書院
東京都千代田区飯田橋３－３－１　〒102-0072
電話　03-5226-5744（営業）
　　　03-5226-5741（編集）
URL　http://www.france.jp
印刷　誠宏印刷
製本　若林製本工場

ISBN978-4-8296-7646-2 C0193